W0223602

BASTEI LÜBBE

ROBERT HEINLEIN IM
TASCHENBUCH-PROGRAMM:

14 159 Starship Troopers (Sternenkrieger)
23 163 Das geschenkte Leben
23 167 Ein Doppelleben im Kosmos
23 191 Von Stern zu Stern
23 210 Tunnel zu den Sternen
24 118 Das Buch Hiob
24 124 Die Katze, die durch Wände geht
24 163 Die Sternenbestie
24 176 Die Tür in den Sommer
24 183 Farnhams Oase
24 187 Segeln im Sonnenwind
24 191 Der Mond ist eine herbe Geliebte
24 214 Fremder in einer fremden Welt
24 220 Gestrandet im Sternenreich

Robert A. Heinlein

DER ROTE PLANET

Roman

Ins Deutsche bertragen
von Herbert Roch

BASTEI
LÜBBE

BASTEI LÜBBE TASCHENBUCH
Band 23 214

Erste Auflage: Juli 1999

Sie finden uns im Internet unter
http://www.luebbe.de

© Copyright 1949 by Robert A. Heinlein
renewed 1976 by Robert A. Heinlein
All rights reserved
Deutsche Lizenzausgabe 1999 by
Bastei-Verlag Gustav H. Lübbe GmbH & Co.,
Bergisch Gladbach
© Copyright der deutschen Übersetzung by
Wilhelm Heyne Verlag GmbH & Co. KG, München
Originaltitel: Red Planet (ungekürzte Fassung)
Lektorat: Wolfgang Neuhaus / Stefan Bauer
Titelbild: Barclay Shaw / Agentur Schlück
Umschlaggestaltung: QuadroGrafik, Bensberg
Satz: Fotosatz Steckstor, Rösrath
Druck und Verarbeitung:
Brodard & Taupin, La Flèche, Frankreich
Printed in France
ISBN 3-404-23214-3

Der Preis dieses Bandes versteht sich einschließlich der gesetzlichen Mehrwertsteuer

1

WILLIS

Die dünne Marsluft war frisch, aber nicht kalt. Noch herrschte in den südlichen Breiten kein Winter, und die Tagestemperatur lag für gewöhnlich über dem Gefrierpunkt.

Das seltsame Wesen, das vor der Tür eines domähnlichen Gebäudes stand, sah im großen und ganzen zwar wie ein gewöhnlicher Mensch aus, doch kein Mensch hatte einen derartigen Kopf. Der Schädel besaß eine hahnenkammartige Erhebung, die Linsen vor den Augen waren breit und hatten etwas Starrendes, und der untere Teil des Gesichts lief in eine Art Rüssel aus. Die Fremdartigkeit der Erscheinung wurde durch ein Muster von schwarz-gelben Tigerstreifen verstärkt, das den gesamten Kopf bedeckte.

Das Geschöpf war mit einer pistolenartigen Handfeuerwaffe ausgestattet, die in einem Halfter am Gurt steckte; unter den rechten Arm geklemmt trug es einen Ball – etwas größer als ein Basketball, aber kleiner als ein Medizinball. Nachdem das Wesen den Ball in den linken Arm genommen hatte, öffnete es die äußere Tür des Gebäudes und trat ein.

Im Inneren befanden sich ein winziges Vorzimmer und eine weitere Tür. Sobald die äußere Tür sich geschlossen hatte, stieg der Luftdruck im Vorzimmer, wobei ein weiches, seufzendes Geräusch entstand. Aus einem Lautsprecher, der über der inneren Tür angebracht war, fragte eine Stimme in dröhnendem Baß: »Hallo? Wer ist da? So gib schon Antwort!«

Der Besucher legte den Ball behutsam auf den

Boden, fuhr sich dann mit beiden Händen ins Gesicht und streifte sich die häßliche Maske über den Kopf. Darunter kam das Gesicht eines ganz normal aussehenden Jungen zum Vorschein. »Ich bin's, Doc – Jim Marlowe«, erwiderte er.

»Du? Na schön, komm rein! Steh nicht da draußen rum und kaue auf den Nägeln!«

»Ich komme schon.«

Als der Luftdruck im Vorzimmer dem im übrigen Hausinneren entsprach, öffnete sich die innere Tür automatisch. Jim sagte: »Komm mit, Willis«, und trat ein.

Der Ball bildete drei kurze, stelzenartige Beine auf seiner Unterseite aus und folgte Jim in einer Gangart, die aus einem Rollen, Trudeln und Laufen bestand: Er kullerte dahin wie ein Faß, das über ein Dock gerollt wird. Sie bewegten sich einen Flur entlang und betraten ein großes Zimmer, das die Hälfte des rund angelegten Hauses einnahm.

Dr. MacRae hob den Kopf, stand aber nicht auf. »Tag, Jim. Leg ab. Kaffee steht auf der Bank. Wie geht's, Willis?« fügte er hinzu und machte sich wieder an die Arbeit. Er war damit beschäftigt, die Hand eines Jungen zu verbinden, der etwa das gleiche Alter wie Jim haben mochte.

»Danke, Doc. Oh, hallo – Francis. Was machst du denn hier?«

»Hallo, Jim. Ich habe einen Wassersucher erlegt und mir den Daumen an einem seiner Stacheln aufgeritzt.«

»Willst du wohl stillhalten!« schimpfte der Arzt.

»Das Zeug brennt«, protestierte Francis.

»Das soll es auch.«

»Wie hast du das denn fertiggebracht?« fragte Jim. »Du müßtest doch eigentlich wissen, daß man diese

Dinger nicht anfaßt. Man knallt sie einfach ab – und fertig.« Er öffnete den Reißverschluß seiner Überkleidung, zog sie aus und hängte sie an einen Haken in Türnähe. Francis' Anzug hing bereits dort; das Kopfteil war mit grellen Farben bemalt, wie Indianer sie auf dem Kriegspfad trugen. Auch der Anzug des Arztes war an dem Haken aufgehängt. Im Gegensatz zu den beiden anderen war seine Maske unbemalt. Jim war jetzt so gekleidet, wie es auf dem Mars innerhalb eines Hauses üblich war: nackt bis auf hellrote Shorts.

»Ich habe ihn tödlich getroffen«, erklärte Francis, »aber als ich ihn anrührte, hat er sich bewegt. Ich war scharf auf seinen Schwanz. Ich wollte eine Halskette daraus machen.«

»Dann hast du ihn eben nicht richtig getroffen, und nun kann er sich vermutlich weiter fortpflanzen. Für wen willst du denn das Halsband machen?«

»Das geht dich nichts an. Und die Fortpflanzungsorgane von dem Biest haben auch ganz schön was abgekriegt. Für wen hältst du mich eigentlich? Für einen Touristen?«

»Das frage ich mich manchmal wirklich. Du weißt doch, daß diese Biester ihren letzten Atemzug erst bei Sonnenuntergang tun.«

»Red keinen Unsinn, Jim«, sagte der Arzt. »Und du, Frank, bekommst jetzt eine Antitoxin-Spritze. Die wird dir zwar nichts weiter nützen, aber wenigstens ist deine Mutter dann beruhigt. Im Laufe des morgigen Tages wird dein Daumen anschwellen, als hättest du mit einem Hammer draufgeschlagen. Dann kommst du wieder her, und ich werde schneiden.«

»Werde ich meinen Daumen verlieren?« erkundigte sich der Junge.

»Nein. Aber für ein paar Tage wirst du dich wohl

oder übel mit der linken Hand kratzen müssen. Und du, Jim? Was führt dich her? Bauchschmerzen?«

»Nein, Doc. Ich komme wegen Willis.«

»Willis? Wieso? Scheint doch ganz mobil zu sein.« Der Arzt blickte auf das Geschöpf hinunter. Willis saß zu seinen Füßen; er war näher gekommen, um das Anlegen des Verbandes zu beobachten. Um dies bewerkstelligen zu können, hatte er drei Augenstengel aus seiner runden Körpermasse emporgereckt. Die Stengel ragten wie Daumen aus ihm heraus, die in einem gleichschenkligen Dreieck angeordnet waren; an jedem saß ein Auge, das etwas beunruhigend Menschliches hatte.

Der kleine Kerl drehte sich langsam auf seinen drei Pseudobeinen um und musterte den Arzt dabei aus jedem einzelnen Auge.

»Hol mir eine Tasse Kaffee, Jim«, sagte der Arzt; dann beugte er sich nach vorn und hielt die Hände auf. »Komm, Willis, hopp!«

Willis machte einen kleinen Sprung und landete in den Händen des Arztes, wobei er sämtliche Pseudopodien einzog. Der Arzt setzte ihn auf den Untersuchungstisch, und sogleich streckte Willis wieder Beine und Augen heraus. Sie schauten einander an.

Der Arzt erblickte einen Ball, der mit dichtem, kurzhaarigem Fell bedeckt war, wie Schafe nach der Schur, und der im Augenblick weiter keine Wesensmerkmale aufwies als seine Stützen und Augenstengel. Die Marskreatur dagegen erblickte einen älteren Erdenbürger, dessen Kopf auf dem Scheitel mit dünnem grauweißem Haar bedeckt war, während Wangen und Kinn dicht bewachsen waren. Auf den nackten Armen und Beinen war das Haar flaumig und gelockt. Das seltsame landfremde Wesen trug nur schneeweiße

Shorts und ein Hemd. Es bereitete Willis Vergnügen, sein Gegenüber zu betrachten.

»Wie fühlst du dich denn so, Willis?« fragte der Arzt. »Gut? Schlecht?«

Zwischen den Stengeln, ganz oben auf dem Ball, kam ein Grübchen zum Vorschein, das sich zu einer Öffnung erweiterte. »Willis ausgezeichnet!« sagte er. Seine Stimme klang fast genau wie die Jims.

»Ausgezeichnet, hm?« Ohne sich umzuschauen, fügte der Arzt hinzu: »Jim! Spül diese Tassen noch einmal aus. Und sterilisiere sie diesmal. Oder sollen wir uns alle anstecken?«

»Okay, Doc«, erwiderte Jim und wandte sich dann an Francis: »Möchtest du auch einen Schluck Kaffee?«

»Klar. Aber nicht so stark – mit viel Kuh.«

»Sonst noch was?« Jim wühlte im Ausguß der Spüle im Labor und brachte schließlich eine dritte Tasse zum Vorschein. Der Ausguß war mit schmutzigem Geschirr gefüllt. Dicht daneben stand ein Bunsenbrenner, über dem ein großes Gefäß mit Kaffee brodelte. Jim wusch die drei Tassen sorgfältig aus, sterilisierte sie und schenkte ein.

Dr. MacRae nahm eine Tasse und sagte: »Jim, dieser Bürger behauptet, er sei okay. Was ist eigentlich los?«

»Ich weiß, daß er das von sich behauptet, Doc, aber es stimmt nicht. Können Sie ihn nicht untersuchen und feststellen, was ihm fehlt?«

»Ihn untersuchen? Wie soll ich das denn anstellen, Junge? Ich kann nicht mal seine Temperatur messen, weil ich nicht weiß, wie hoch oder wie niedrig sie sein müßte. Über seine Körperchemie weiß ich ungefähr so viel, wie ein Schwein vom Kuchenbacken versteht. Soll ich ihn etwa aufschneiden, um herauszufinden, was seine Maschinerie in Bewegung hält?«

Bei diesen Worten zog Willis seine sämtlichen Extremitäten ruckartig ein und wurde so glatt und rund wie eine Billardkugel.

»Jetzt haben Sie ihm einen Schreck eingejagt«, sagte Jim vorwurfsvoll.

»Tut mir leid.« Der Arzt streckte die Hand aus und streichelte den pelzigen Ball. »Guter Willis. Braver Willis. Niemand will Willis etwas tun. Komm, Junge. Komm schon raus aus deinem Loch.«

Willis erweiterte den Schließmuskel über seiner Sprechscheidewand kaum wahrnehmbar. »Willis nichts tun?« fragte er besorgt mit Jims Stimme.

»Willis nichts tun. Ehrenwort.«

»Willis nicht aufschneiden?«

»Willis nicht aufschneiden. Kein bißchen.«

Langsam kamen die Augen hervor. Irgendwie brachte das Wesen einen Ausdruck wachsamer Vorsicht zustande, obwohl es nichts an sich hatte, das einem Gesicht auch nur ähnelte.

»So ist es schon besser«, sagte der Arzt. »Also, zur Sache, Jim. Wie kommst du darauf, daß mit diesem Burschen vielleicht was nicht in Ordnung ist, wo weder er noch ich etwas feststellen können?«

»Es ist sein Verhalten, Doc. Im Inneren eines Hauses geht es ja, aber im Freien ... Früher ist er mir überall hin gefolgt, kullerte durch die Gegend und steckte seine Nase in alles und jedes.«

»Er hat doch gar keine Nase«, bemerkte Francis.

»Mann, bist du ein Klugscheißer. – Aber wenn ich jetzt mit ihm ausgehe, Doc, rollt er sich einfach zu einem Ball zusammen, und ich kann nichts aus ihm herausbekommen. Warum benimmt er sich so, wenn er nicht krank ist?«

»Langsam dämmert es mir«, erwiderte der Arzt.

»Wie lange bist du mit diesem Ballon denn schon kameradschaftlich verbunden?«

Jim ging die vierundzwanzig Monate des Marsjahres in Gedanken durch. »Etwa seit Ende Zeus, fast November.«

»Und jetzt schreiben wir beinahe schon Ende März und sind in Ceres, und der Sommer ist vorbei. Gibt dir das vielleicht irgendeinen Anhaltspunkt?«

»Hm . . . nein.«

»Erwartest du etwa von ihm, daß er im Schnee herumkullert? Wir wechseln unseren Wohnsitz, sobald es kalt wird. Er aber lebt hier.«

Jim sperrte den Mund auf. »Sie meinen, daß er zu überwintern versucht?«

»Was denn sonst? Willis' Vorfahren haben ein paar Millionen Jahre Zeit gehabt, sich an die hiesigen Jahreszeiten zu gewöhnen. Du kannst nicht von ihm erwarten, daß er ihre Erfahrungen ignoriert.«

Jim machte ein besorgtes Gesicht. »Ich hatte mir vorgenommen, ihn mit nach Syrtis Minor zu nehmen.«

»Syrtis Minor? Ach ja, richtig, du gehst ja dieses Jahr zur Akademie, nicht wahr? Und du auch, Frank.«

»Klar.«

»Ich kann mich einfach nicht daran gewöhnen, wie schnell ihr jungen Leute heranwachst. Ich bin auf den Mars gekommen, damit die Jahre doppelt so lang sein sollten, merke aber keinen Unterschied, weil sie anscheinend schneller vergehen.«

»Sagen Sie mal, Doc, wie alt sind Sie eigentlich?« erkundigte sich Francis.

»Das tut nichts zur Sache. Wer von euch wird denn nun Medizin studieren und mir nach seiner Rückkehr in der Praxis helfen?«

Keiner der beiden antwortete.

»Nun sagt schon, raus damit!« drängte der Arzt. »Was werdet ihr studieren?«

Jim erwiderte: »Ich weiß es noch nicht genau. Ich interessiere mich für Areographie, aber auch für Biologie. Vielleicht werde ich mal planetarischer Wirtschaftswissenschaftler, so wie mein alter Herr.«

»Das ist ein weites Feld. Daran wirst du eine ganze Weile zu kauen haben. Und du, Frank?«

Frank konnte eine leichte Verlegenheit nicht verbergen. »Ich ... nun ja, bei mir ist es so, daß ich noch immer Raumpilot werden möchte.«

»Ich dachte, mit den Jahren hättest du das überwunden.«

»Warum sollte ich?« erwiderte Frank. »Vielleicht schaffe ich's ja.«

»Vielleicht auch nicht. Aber es ist dein eigenes Risiko. Da wir gerade davon sprechen, ihr jungen Burschen brecht doch sicherlich noch vor dem allgemeinen Umzug der Kolonie auf, oder?«

Da die Marsbewohner, die von der Erde stammten, nicht überwintern, bestand für die Kolonie die Notwendigkeit, den Wohnsitz zweimal jährlich zu verlegen. Der südliche Sommer wurde in Charax verbracht, das nur dreißig Grad vom Südpol entfernt lag; jetzt stand die Kolonie kurz vor ihrer Verlegung nach Copais in Utopia, fast so weit nach Norden, wo sie ein halbes Marsjahr oder beinahe ein volles Erdenjahr verbringen würde.

In der Nähe des Äquators gab es einige Niederlassungen – Neu-Schanghai, Marsport, Syrtis Minor und andere –, die das ganze Jahr hindurch bewohnt waren; man konnte sie jedoch nicht als eigentliche Kolonien bezeichnen, da sie hauptsächlich von Angestellten der Mars-Gesellschaft bewohnt wurden. Diese Gesellschaft war durch vertragliche Abmachungen dazu verpflichtet, den Marskolonisten die Möglichkeit zu geben, sich eine höhere Schul- und Hochschulbildung im irdischen Sinne zu erwerben; aus irgendeinem Grunde war das aber nur in Syrtis Minor möglich.

»Wir fahren nächsten Mittwoch«, sagte Jim, »mit dem Postschlitten.«

»So bald schon?«

»Ja – deswegen mache ich mir ja solche Sorge um Willis. Was soll ich denn tun, Doc?«

Als Willis seinen Namen hörte, blickte er Jim fragend an. In genau demselben Tonfall, den Jim gebraucht hatte, wiederholte er: »Was soll ich denn tun, Doc?«

»Ruhig, Willis ...«

»Ruhig, Willis.« Willis imitierte den Arzt genauso perfekt.

»Das beste für ihn wäre wahrscheinlich, wenn du ihn irgendwo draußen in ein Loch setzen würdest. Sobald er seinen Winterschlaf gehalten hat, könnt ihr eure Bekanntschaft erneuern.«

»Aber damit würde ich ihn doch unweigerlich verlieren, Doc! Er wird lange vor meiner Rückkehr wieder draußen sein. Vielleicht wacht er sogar schon auf, ehe die Kolonie zurückkommt.«

»Wahrscheinlich.« MacRae dachte einen Augenblick nach. »Es wird ihm nichts schaden, wieder einmal auf eigenen Füßen zu stehen. Mit dir führt er ein unnatürliches Leben, Jim. Er ist ein eigenständiges Wesen, weißt du, und kein Gegenstand, den man sich aneignen und in Besitz nehmen kann.«

»Selbstverständlich nicht! Er ist mein Freund.«

»Es ist mir nicht ganz begreiflich«, warf Francis ein, »warum Jim so großen Wert auf ihn legt. Sicher, er redet eine ganze Menge, aber das meiste ist doch nur nachgeschwätzt, wie bei einem Papagei. Meiner Meinung nach hat er eine Schraube locker.«

»Dich hat niemand gefragt. Willis hat mich gern, nicht wahr, Willis? Komm doch mal her, Willis.«

Jim breitete die Arme aus, und das kleine Marsgeschöpf sprang in seinen Schoß und machte es sich dort bequem – ein warmes, pelzumhülltes Häuflein, das kaum wahrnehmbar atmete.

Jim streichelte ihn.

»Warum fragst du nicht einen Eingeborenen um Rat?« schlug MacRae vor.

»Das habe ich bereits versucht, aber ich konnte keinen finden, der gerade in der Stimmung war, mir zuzuhören.«

»Du meinst, du hast keine Lust gehabt, so lange zu warten. Man muß nur geduldig sein, dann nehmen sie schon Notiz von einem. Aber warum fragst du *ihn* eigentlich nicht selber? Er kann für sich selbst sprechen.«

»Was soll ich denn sagen?«

»Laß mich mal versuchen. – Willis!«

Willis richtete zwei Augen auf den Arzt.

MacRae fuhr fort: »Möchtest du ins Freie und dir dort ein Plätzchen zum Schlafen suchen?«

»Willis nicht müde.«

»Aber draußen müde. Schön und kalt, suchst dir ein Loch im Marsboden, rollst dich zusammen und schläfst hintereinander weg. Wie wär's damit?«

»Nein!«

Der Arzt mußte genau aufpassen, um dem Irrtum vorzubeugen, Jim hätte geantwortet; denn wenn Willis für sich selbst sprach, benutzte er stets Jims Stimme. Willis' Stimmembrane war gewissermaßen so qualitätslos wie die eines Radio-Lautsprechers. Das Ganze hatte große Ähnlichkeit mit einem Wiedergabegerät, nur daß es eben zu einem Lebewesen gehörte.

»Das klingt ziemlich entschieden und endgültig, aber wir wollen es noch mal aus einer anderen Perspektive versuchen. Willis, möchtest du mit Jim zusammenbleiben?«

»Willis bleibt bei Jim.« Nachdenklich fügte Willis hinzu: »Warm!«

»Da hast du das Geheimnis deiner Anziehungskraft, Jim«, sagte der Arzt trocken. »Er mag deine Bluttemperatur. Aber *ipse dixit* – behalte ihn. Ich glaube nicht, daß es ihm schaden wird. Vielleicht wird er nur fünfzig Jahre alt statt hundert, aber er wird doppelt soviel Spaß dabei haben.«

»Werden diese Wesen normalerweise hundert Jahre alt?« fragte Jim.

»Wer kann das sagen? Wir sind noch nicht lange genug auf diesem Planeten, um darüber Bescheid zu wissen. Und nun raus mit euch. Ich habe noch zu arbeiten.« Der Arzt warf einen nachdenklichen Blick auf sein Bett, das seit einer Woche nicht gemacht worden war, und gelangte zu der Überzeugung, daß es noch bis zum Waschtag so liegenbleiben könnte.

»Was heißt ›*ipse dixit*‹ eigentlich, Doc?« erkundigte sich Francis.

»Es heißt: ›Er hat das Maul sehr voll genommen!‹«

»Doc«, schlug Jim vor, »kommen Sie doch heute abend zum Essen zu uns! Ich werde Mutter anrufen. Du auch, Frank.«

»Ich nicht«, sagte Frank. »Lieber nicht. Meine Mutter behauptet schon lange, daß ich zu oft zum Essen bei euch wäre.«

»Wenn meine Mutter hier wäre, würde sie unweigerlich dasselbe behaupten«, gab der Arzt zu. »Aber ruf deine Mutter ruhig an, Jim.«

Jim trat an den Apparat und wählte so lange daran, bis er das Gespräch zweier miteinander schwatzender Kolonistenhausfrauen, die sich über ihre Säuglinge unterhielten, unterbrochen hatte, und erreichte seine Mutter auf einer anderen Frequenz. Als ihr Gesicht auf dem Bildschirm erschien, brachte er seinen Wunsch vor.

»Es würde mich freuen, wenn der Doktor käme«, sagte Jims Mutter. »Sag ihm, er soll sich beeilen, Jimmy.«

»Sofort, Mom!« Jim schaltete aus und griff nach seiner Überkleidung.

»Zieh das Zeug nicht an«, riet MacRae ihm. »Es ist zu kalt draußen. Wir werden durch die Tunnels gehen.«

»Das ist doppelt so weit«, wandte Jim ein.

»Überlassen wir Willis die Entscheidung. Was meinst du, Willis?«

»Warm«, sagte Willis, ohne einen Augenblick zu zögern.

2

S D-KOLONIE, MARS

Süd-Kolonie war radförmig angelegt. Das Verwaltungsgebäude bildete die Nabe; Tunnels liefen von dort aus in sämtliche Richtungen, und darüber erhoben sich die Gebäude. Der Bau eines Randtunnels war in Angriff genommen worden, um die Speichen des Rades zu vereinen; derzeit war ein Bogen von etwa fünfundvierzig Grad fertiggestellt.

Außer drei Mondhütten, die man schon bei der Gründung der Kolonie errichtet hatte und die seither unbewohnt waren, besaßen alle Gebäude die gleiche Form. Jedes einzelne war ein halbkugelförmiges Gebilde aus silikonischem Mörtel, der aus dem Marsboden gewonnen und an Ort und Stelle aufgeschäumt wurde. In Wirklichkeit war jedes Gebäude ein Doppelgebilde; zuerst wurde eine äußere Umwandung von ungefähr dreißig bis vierzig Fuß im Durchmesser aufgeschäumt; sobald die Masse ausgehärtet war, wurde das Baumaterial für das eigentliche Haus von unten her durch einen Tunnel herangeschafft, und im Inneren der größeren Halbkugel wurde eine kleinere aufgeschäumt. Inzwischen war die Außenwand »polymerisiert« – das heißt, die Masse war unter dem Einfluß der Sonnenstrahlen getrocknet und erstarrt; eine Batterie von ultravioletten Lampen trocknete auch das Material im Inneren aus. Die Wände waren durch einen luftleeren Raum getrennt, der das Innere gegen die weit unter Null absinkenden Temperaturen der Marsnächte isolierte.

Sobald ein neu errichtetes Gebäude fertig gegossen

war, wurde die Außenwand mit einer Tür und einer Luftschleuse versehen; im Inneren ihrer Häuser hielten die Kolonisten einen Luftdruck aufrecht, der etwa zwei Drittel des normalen irdischen betrug; dies steigerte ihr Wohlbefinden, denn der Luftdruck auf dem Mars ist nicht einmal halb so groß wie der irdische. Ein Besucher von der Erde, der nicht an die Bedingungen auf dem Mars gewöhnt war, würde ohne einen Atmungsapparat sterben. Unter den Kolonisten waren es nur die Tibetaner und die bolivianischen Indianer, die sich kurzfristig ohne einen solchen Schutz ins Freie wagten, und selbst diese legten die elastische, eng anliegende Marskleidung an, um zu verhindern, daß ihnen das Blut aus den Poren drang.

Die Häuser waren fensterlos, genau wie die modernen Gebäude in New York. Die Wüste, die das Ganze umgab, war zwar sehr schön, aber recht eintönig. Süd-Kolonie lag in einem Gebiet, das die Marsbewohner abgetreten hatten, genau nördlich der uralten Stadt Charax – den ursprünglichen Namen dafür anzuführen, ist sinnlos, da ihn doch kein irdisches Wesen aussprechen kann – und zwischen den verschiedenen Armen des doppelten Strymon-Kanals. Wir halten uns hier wieder an die koloniale Sitte und gebrauchen jenen Namen, den der unsterbliche Dr. Percival Lowell, Astronom und Marsforscher, dem Kanal gegeben hat.

Francis begleitete Jim und Dr. MacRae bis an die Tunnelkreuzung unter dem Rathaus und schlug dort einen anderen Weg ein. Einige Minuten später stiegen der Arzt und Jim – und Willis – in das Marlowsche Haus hinauf. Jims Mutter empfing sie; Dr. MacRae machte eine Verbeugung. »Gnädige Frau, ich nutze Ihre Nachsicht wieder einmal schamlos aus.«

»Unsinn, Doktor. Sie wissen doch, daß Sie immer willkommen bei uns sind.«

»Wenn ich doch nur die Charakterstärke besäße, mir zu wünschen, daß Sie keine so hervorragende Köchin wären, damit ich Ihnen die ganze Wahrheit sagen könnte. Ich komme nämlich nur Ihretwegen her, meine Liebe.«

Jims Mutter errötete und wechselte das Thema. »Jim, hänge deine Pistole auf. Laß sie nicht auf dem Sofa liegen, wo Oliver damit herumspielen kann.«

Als Jims kleiner Bruder seinen Namen hörte, stürzte er sich sofort auf die Waffe. Jim und auch seine Schwester Phyllis sahen, worauf der Kleine aus war; beide riefen wie aus einem Munde: »Ollie!« – und wurden sofort von Willis nachgeahmt, der das schwierige Kunststück fertigbrachte, beide Stimmen gleichzeitig zu imitieren, was sonst nur einer atonalen Membran möglich ist.

Phyllis war am nächsten; sie ergriff die Waffe und gab dem Kind einen Klaps auf die Finger. Oliver fing an zu heulen, und Willis ahmte sein Geplärr mit verstärkter Lautstärke nach.

»Kinder!« sagte Mrs. Marlowe, und im selben Augenblick erschien Mr. Marlowe in der Tür.

»Was ist denn hier los?« erkundigte er sich ruhig.

Dr. MacRae nahm Oliver auf den Arm und setzte ihn sich auf die Schultern, so daß der Kleine vor Vergnügen zu schreien und zu kreischen vergaß. Mrs. Marlowe wandte sich an ihren Mann. »Nichts weiter, Schatz. Ich bin froh, daß du da bist. Geht, Kinder, und wascht euch, damit wir essen können.«

Die jüngere Generation trottete hinaus.

»Was gab es denn wieder?« fragte Mr. Marlowe noch einmal.

Ein paar Augenblicke später trat Mr. Marlowe zu seinem Sohn ins Zimmer. »Jim?«

»Ja, Vater?«

»Stimmt es, daß du deine Pistole in Reichweite deines jüngeren Bruders hast liegen lassen?«

Jim lief rot an. »Sie war nicht geladen, Dad.«

»Wenn alle Leute nebeneinander lägen, die durch ungeladene Pistolen ums Leben gekommen sind, ergäbe das eine kilometerlange Reihe. Du bist doch stolz darauf, einen Waffenschein zu besitzen, nicht wahr?«

»Aber ja!«

»Und ich bin auch stolz darauf. Es bedeutet nämlich, daß man dich für einen verantwortungsbewußten erwachsenen Menschen hält. Aber als ich neben dir stand, während du vor dem Rat eingeschworen wurdest, habe ich versprochen, daß du dich streng an die Vorschriften halten würdest, immer und überall – nicht nur gelegentlich. Hast du mich verstanden?«

»Ich glaube schon.«

»Gut. Dann können wir hineingehen und essen.«

Wie immer führte Dr. MacRae das Wort bei Tisch, und wie immer geizte er auch diesmal nicht mit deftigen Bemerkungen und ketzerischen Beobachtungen. Bald wandte er sich an Mr. Marlowe und sagte: »Sie haben vorhin angedeutet, daß wir in etwa zwanzig Jahren unsere Atmungsapparate beiseite werfen könnten. Und nun verraten Sie mir einmal: Gibt es etwas Neues, das mit diesem Projekt zusammenhängt?«

In der Kolonie liefen Dutzende von Projekten, die sämtlich darauf abzielten, den Mars für Menschen bewohnbarer zu machen, aber *das* eigentliche Projekt war und blieb das Atmosphäre- oder Sauerstoff-Projekt. Die Pioniere der Harvard-Carnegie-Expedition waren mit der Nachricht zurückgekommen, daß der Mars sich sehr wohl zur Kolonisation eigne; man müsse lediglich das Problem lösen, das die dünne Luft darstelle, in der ein normaler Mensch ersticken würde. Gleichwohl ging aus dem Bericht der Expedition hervor, daß viele Milliarden Tonnen Sauerstoff latent im Wüstensand des Mars eingeschlossen lägen – die roten Eisenoxide, die dem Mars seine rötliche Färbung verleihen. Das Projekt zielte dahin, diesen Sauerstoff freizusetzen, damit menschliche Wesen ihn atmen konnten.

»Haben Sie nicht die Nachmittagsnachrichten von Deimos gehört?« fragte Mr. Marlowe.

»Ich höre nie Nachrichten. Es schont das Nervensystem.«

»Zweifellos. Aber diesmal waren es erfreuliche Nachrichten. Das Pilotwerk in Libya hat die Arbeit aufgenommen – erfolgreich, wohlgemerkt. Allein am ersten Tag wurden fast vier Millionen Tonnen Sauerstoff in die Atmosphäre geleitet – und das alles, ohne daß es irgendwelche Pannen gab.«

Mrs. Marlowe machte ein erstauntes Gesicht. »Vier Millionen Tonnen? Das hört sich ungeheuer viel an.«

Ihr Mann grinste. »Hast du eine Vorstellung davon, wie lange ein einziges Werk mit dieser Kapazität brauchen würde, um den Sauerstoffdruck auf dem Mars um ungefähr eine Atmosphäre zu erhöhen?«

»Wie sollte ich? Aber ich kann mir nicht vorstellen, daß es so schrecklich lange dauert.«

»Augenblick mal …« Seine Lippen bewegten sich geräuschlos. »Hm, ich schätze, ungefähr zweihundertausend Jahre – Marsjahre natürlich.«

»James, du machst dich über mich lustig!«

»Nicht im geringsten. Laß dich von den Zahlen nicht weiter beeindrucken. Natürlich werden wir uns dabei nicht nur auf ein einziges Sauerstoff-Produktionswerk stützen. Wir werden überall in der Wüste im Abstand von fünfzig Meilen solche Werke errichten, und jedes mit einer hohen Kapazität. Energie ist Gott sei Dank kein Problem; und selbst wenn das Projekt zu unseren Lebzeiten nicht mehr verwirklicht werden sollte, so werden es doch unsere Kinder erleben.«

Mrs. Marlowe blickte verträumt vor sich hin. »Es wäre schön, wieder einmal ohne Maske draußen im Wind herumlaufen zu können. Als ich ein Mädchen war, hatten wir einen Obstgarten, und mitten hindurch floß ein Bach, und ...«

Sie hielt inne.

»Bereust du es, daß wir auf den Mars gekommen sind, Jane?« fragte ihr Mann sie leise.

»Natürlich nicht! Ich bin hier wie zu Hause.«

»Gut. – Warum machen Sie denn ein so saures Gesicht, Doktor?«

»Bitte? Ach, nichts, nichts! Ich dachte nur eben an das Endergebnis. Verstehen Sie mich recht ... was hier geschaffen wird, dagegen ist nichts einzuwenden. Es ist schwere Arbeit, und wir werden die Aufgabe schon bewältigen. Aber lohnt es sich? Wozu dient das alles? Nur damit noch ein paar Milliarden Schafe mehr auf der Welt sein und Unfug treiben können. Wir hätten den Mars ruhig seinen Ureinwohnern überlassen sollen. Wissen Sie, wozu das Fernsehen in seinen Anfängen benutzt wurde?«

»Nein. Woher sollte ich das wissen?«

»Hm, ich habe es zwar auch selbst nicht miterlebt, aber mein Vater hat mir davon erzählt. Es scheint ...«

»Ihr *Vater!* Wie alt war er denn? Wann wurde er geboren?«

»Dann war es wohl mein Großvater, oder vielleicht auch mein Urgroßvater. Das tut nichts zur Sache. Die ersten Fernsehapparate wurden in Cocktailbars aufgestellt – Vergnügungslokalen – , und man verwendete sie dazu, sich Ringkämpfe anzusehen.«

»Was ist denn das? ›Ringkämpfe‹?« wollte Phyllis wissen.

»Eine in Vergessenheit geratene Form des Volkstanzes«, klärte ihr Vater sie auf. »Aber weiter. Zugegeben, daß es so war, Doktor, ich sehe nichts Schlimmes . . .«

»Was ist ein ›Volkstanz‹?« begehrte Phyllis zu wissen.

»Gib du ihr eine Erklärung, Jane. Ich weiß nicht mehr weiter.«

Jim setzte eine schlaue Miene auf. »Das ist, wenn Leute tanzen, Dummkopf.«

»Genau. Das ist erschöpfend genug«, pflichtete seine Mutter bei.

Dr. MacRae blickte vor sich hin. »Diesen Kindern fehlt irgend etwas. Ich glaube, ich werde einen richtigen Tanzklub ins Leben rufen. Zu meiner Zeit war ich ein ganz guter Tänzer, aber . . . das war einmal.«

Phyllis wandte sich an ihren Bruder. »Jetzt wirst du mir wahrscheinlich gleich wieder mit der Weisheit kommen, daß ein richtiger Tanz ein richtiger Tanz ist.«

Mr. Marlowe hob die Augenbrauen. »Ich glaube, die Kinder sind fertig mit essen und können verschwinden.«

»Selbstverständlich. Ihr könnt gehen, Kinder. Sag ›Entschuldigt, bitte‹, Ollie.« Der Jüngste wiederholte die Worte, und Willis imitierte ihn.

Jim wischte sich rasch den Mund ab, ergriff Willis

und eilte in sein Zimmer. Er hörte den Doktor gern reden, mußte jedoch zugeben, daß der alte Knabe mitunter fantastischen Unsinn schwatzte, besonders wenn andere Erwachsene dabei waren. Auch die Diskussion über das Sauerstoff-Projekt interessierte Jim nicht weiter; er erblickte nichts Außergewöhnliches oder Unbequemes darin, eine Maske zu tragen. Vor allem wäre er sich nackt vorgekommen, wenn er ohne Maske ins Freie gegangen wäre.

Jim vertrat den Standpunkt, daß mit dem Mars, so wie er war, alles in Ordnung war; wenn es nach ihm ging, brauchte man ihn nicht noch mehr der Erde anzugleichen. Mit der Erde war ohnehin nicht viel los. Jims eigenen persönlichen Erinnerungen an die Erde beschränkten sich auf die frühe Kindheit, die er in einem Trainingslager für Auswanderer auf dem bolivianischen Hochplateau verbracht hatte – an Kälte, Atemnot und große Müdigkeit.

Seine Schwester kam hinter ihm her. Er blieb in der Tür stehen und sagte: »Was willst du denn noch, Kleine?«

»Ich dachte nur ... weil du doch bald zur Uni gehst und ich dann auf Willis aufpassen muß, wäre es vielleicht ganz gut, wenn du ihm schon jetzt sagen würdest, daß er auf mich hören soll.«

Jim blickte sie verdutzt an. »Wie kommst du denn auf den Gedanken, daß ich Willis hierlasse?«

Sie starrte ihn nicht minder verwundert an. »Aber du *mußt* ihn hierlassen! Du kannst ihn doch nicht mit zur Universität nehmen. Frag Mutter.«

»Mutter hat nichts damit zu tun. Ihr ist es sowieso gleich, was ich mit an die Uni nehme.«

»Es ist aber nicht richtig, daß du Willis mitnimmst, selbst wenn Mutter nichts dagegen hat. Du bist gemein! Außerdem sind Haustiere an der Akademie nicht erlaubt.«

»Willis ist kein Haustier. Er ist ein ... ist ein ...«

»Ist ein was?«

»Er ist Freund. Genau. Ein Freund.«

»Er ist auch *mein* Freund. – Stimmt doch, Willis, nicht wahr? Du bist schrecklich gemein, Jim!«

»Das sagst immer, wenn ich dir nicht deinen Willen lasse.«

»Es geht doch nicht um mich, sondern um Willis. Hier ist er zu Hause! Hier ist er durch Gewohnheit mit allem verbunden. Er wird Heimweh haben.«

»Ich werde bei ihm sein!«

»Aber doch nicht ständig. Du hast Vorlesungen und Seminare. Willis würde nur dasitzen und sich langweilen. Wirklich, du solltest ihn hierlassen, bei mir ... bei uns, wo er glücklich wäre.«

Jim richtete sich auf.

»Ich werde mir sofort Klarheit darüber verschaffen. Jetzt sofort.«

Er kehrte ins Wohnzimmer zurück und wartete angriffslustig darauf, bemerkt zu werden. Bald wandte sein Vater sich an ihn.

»Was gibt's, Jim? Ärgert dich irgend etwas?«

»Die Sache ist die, Dad ... bestehen irgendwelche Bedenken, daß Willis mich begleitet, wenn ich zur Uni gehe?«

Sein Vater machte ein überraschtes Gesicht. »Es ist mir noch gar nicht eingefallen, daß du daran denken könntest, ihn mitzunehmen.«

»Was? Warum denn nicht?«

»Weil die Universität kaum der richtige Ort für ihn sein dürfte.«

»Wie kommst du darauf?«

»Du könntest dich nicht richtig um ihn kümmern, weil du viel zuviel zu tun haben wirst.«

»Willis braucht nicht viel Pflege. Man muß ihm nur einmal im Monat etwas zu essen geben und ihm einmal wöchentlich etwas zu trinken vorsetzen, mehr verlangt er nicht. Wieso kann ich ihn denn nicht mitnehmen, Dad?«

Mr. Marlowe machte ein ratloses Gesicht und wandte sich an seine Frau.

»Nun hör mal gut zu, Jimmy. Wir wollen nicht ...«

Jim unterbrach sie. »Immer wenn du mir etwas ausreden willst, Mutter, fängst du mit deinem ›Nun hör mal gut zu, Jimmy‹ an!«

Um ihren Mund zuckte es, doch sie unterdrückte das Lächeln.

»Mag schon sein, Jim. Tut mir leid. Was ich sagen wollte ... wir möchten gern, daß du einen guten Anfang an der Universität hast. Und ich glaube nicht, daß Willis' Anwesenheit dazu beitragen wird.«

Für den Moment fühlte Jim sich geschlagen, dachte aber nicht daran, so rasch aufzugeben. »Sieh mal, Mutter ... Vater. Ihr habt doch beide die Verhaltungsmaßregeln gelesen, die man mir von der Uni zugeschickt hat ... was ich zu tun und zu lassen habe, wann ich da sein soll und so weiter. Wenn ihr mir auch nur ein einziges Wort zeigen könnt, aus dem hervorgeht, daß ich Willis nicht mitbringen darf, werde ich sofort verstummen wie ein Marsbewohner. Ist das ein faires Angebot?«

Mrs. Marlowe warf einen fragenden Blick auf ihren Gatten. Dieser schaute seine Frau hilfesuchend an. Er war sich bewußt, daß Dr. MacRae sie beide beobachtete und sich im stillen amüsierte.

Mr. Marlowe zuckte die Achseln. »Also gut. Nimm

Willis mit, Jim. Und sieh zu, wie du mit ihm fertig wirst.«

Jims Gesicht leuchtete auf. »Danke, Dad!«

Damit eilte er aus dem Zimmer, um seinen Eltern keine Gelegenheit zu geben, es sich doch noch anders zu überlegen. Mr. Marlowe klopfte seine Pfeife aus und blickte Dr. MacRae grimmig an.

»Weshalb grinsen Sie denn so, alter Knabe? Über meine Nachgiebigkeit, was?«

»Nicht im entferntesten! Sie haben völlig richtig gehandelt.«

»Meinen Sie nicht auch, daß Willis unserem Jim nur Unannehmlichkeiten bereiten wird?«

»Ganz meine Meinung. Ich bin ziemlich genau mit Willis' sozialen Eigenheiten vertraut.«

»Warum sagen Sie dann, ich hätte richtig gehandelt?«

»Lassen Sie den Jungen ruhig Schwierigkeiten haben. Schließlich ist das der normale Zustand von uns Menschen. Schwierigkeiten haben uns vorangebracht. Wir leben von Schwierigkeiten. Sie waren stets der beste Ansporn.«

»Ich kann mir nicht helfen, Doktor, aber manchmal möchte ich mit Jim behaupten, daß bei Ihnen nicht alles stimmt.«

»Das mag schon sein. Aber da ich der einzige Mediziner hier bin, dürfte man mich dafür nicht so leicht zur Rechenschaft ziehen. Mrs. Marlowe, würden Sie die Güte haben, einem alten Mann noch eine Tasse von Ihrem köstlichen Kaffee zu geben?«

»Aber gern, Doktor.« Sie goß ihm ein und wandte sich an ihren Gatten: »Ich bin nicht im geringsten betrübt darüber, daß du Jim erlaubt hast, Willis mitzunehmen. Es wird eine wahre Wohltat sein.«

»Na, hör mal! So viele Umstände hat der kleine Kerl uns doch nun auch wieder nicht gemacht.«

»Das meine ich auch gar nicht. Ich meine ... wenn er nur nicht so fanatisch wahrheitsliebend wäre.«

»So? Ich dachte immer, er wäre ein völlig unbestechlicher Zeuge, wenn die Kinder sich gegenseitig beschuldigen, dieses oder jenes gesagt zu haben?«

»Das ist er ja auch. Er wiederholt jedes einzelne Wort, als wäre es auf Band gesprochen. Das ist es ja eben.«

Sie schaute bedenklich drein und lachte dann leise auf.

»Du kennst doch Mrs. Pottle?«

»Natürlich.«

Der Doktor fügte hinzu: »Der entgeht nichts und niemand. Bei mir ist sie auch noch unglückseligerweise mit ihren ›Nerven‹ in Behandlung.«

Mrs. Marlowe fragte: »Ist sie denn wirklich krank?«

»Sie ißt zuviel und arbeitet nicht genug. Mehr zu sagen verbietet mir meine ärztliche Ethik.«

»Ich wußte gar nicht, daß Sie so etwas überhaupt besitzen.«

»Bitte etwas mehr Respekt vor meinem weißen Haar, werte Dame. Was ist denn nun mit Mrs. Pottle?«

»Also, vorige Woche war Luba Konski zum Lunch bei mir, und wir sprachen über Mrs. Pottle. Du kannst mir glauben, James, ich habe nicht viel dazu gesagt und wußte nicht, daß Willis unter dem Tisch lag.«

»Um Gottes willen!« Mr. Marlowe schlug sich die Hand an die Stirn. »Aber erzähl ruhig weiter.«

»Ihr werdet euch wahrscheinlich erinnern, daß die Pottles so lange bei den Konskis in Nord-Kolonie wohnten, bis ein Haus für sie errichtet wurde. Seitdem haßt Luba diese Sarah Pottle. Und diesen Dienstag nun erzählte sie mir ein paar deftige Einzelheiten über Sarahs Benehmen zu Hause. Zwei Tage darauf schaute Sarah Pottle bei mir herein, um mir ein paar Ratschläge über Kindererziehung zu erteilen. Sie ließ irgendeine Bemerkung fallen, die eine Art Stichwort für Willis gewesen sein muß – ich wußte zwar, daß er sich im Zimmer befand, ahnte aber nichts Schlimmes –, bis Willis plötzlich mit der falschen Platte loslegte, ohne daß ich ihn zum Schweigen bringen konnte. Schließlich wußte ich mir keinen anderen Rat und trug ihn hinaus. Mrs. Pottle ging, ohne auf Wiedersehen zu sagen, und seitdem habe ich nichts mehr von ihr gehört.«

»Das ist weiter nicht schade«, bemerkte ihr Gatte.

»Stimmt schon, aber Luba muß es jetzt ausbaden. Lubas Aussprache ist unverkennbar, und Willis kann es sogar noch besser als sie selbst. Ich glaube zwar nicht, daß Luba sich viel daraus macht – aber ihr hättet Willis nur hören müssen, als er wiedergab, wie Sarah Pottle frühmorgens aussieht ... und was sie dagegen unternimmt.«

»Sie sollten erst einmal Mrs. Pottles Meinung über das Dienstbotenproblem hören«, erwiderte der Arzt.

»Habe ich gehört. Sie hält es für einen Skandal, daß die Gesellschaft keine Dienstboten für uns importiert.«

Der Doktor nickte. »Die mit Halseisen zusammengekoppelt sind.«

»Dieses Weibsbild! Ich verstehe nicht, warum sie überhaupt erst ausgewandert ist.«

»Weißt du das nicht?« fragte ihr Mann. »Weil sie hier schnell zu Reichtümern zu gelangen hoffte.«

»Hmmmph!«

Dr. MacRae blickte versonnen drein. »Mrs. Marlowe, als ihr Arzt wäre es vielleicht ganz aufschlußreich für mich, wenn ich hören könnte, was Willis über Mrs. Pottle zu sagen hat. Glauben Sie, daß man ihn dazu bewegen könnte, ihre Worte für uns zu wiederholen?«

»Sie sind ein alter Schurke, Doktor, und haben eine Vorliebe für Klatsch.«

»Zugegeben. Außerdem spiele ich auch gern den heimlichen Lauscher.«

»Sie sind schamlos.«

»Genau. Ich habe gute Nerven und habe mich schon seit Jahren nicht mehr geschämt.«

»Willis wiederholt vielleicht nur, was die Kinder in den vergangenen Wochen miteinander geredet haben.«

»Sie müssen vielleicht nur ein bißchen nett zu ihm sein.«

Mrs. Marlowe errötete plötzlich leicht. »Man kann es ja probieren.« Sie verließ das Zimmer, um Jims globularen Freund zu holen.

3

GEKKO

Der Mittwochmorgen brach klar und kalt an, wie jeder Morgen auf dem Mars. Die Suttons und die Marlowes – bis auf Oliver –, hatten sich auf dem am Westarm des Strymon-Kanals gelegenen Verladedock der Gesellschaft eingefunden, um die Jungen zu verabschieden.

Die Temperatur stieg, und ein stetiger, heftiger Morgenwind wehte, aber es waren noch immer mindestens fünfzig Grad unter Null. Der Strymon-Kanal war eine stahlblaue, hartgefrorene Eisfläche, und in diesen Breitengraden würde er heute überhaupt nicht auftauen. Der Postschlitten von Syrtis Minor lag am Pier und ruhte mit seinen rasiermesserscharfen Kufen auf dem Eis. Der Fahrer war immer noch mit dem Verstauen der Fracht beschäftigt.

Die jungen Leute waren durch die unterschiedliche Bemalung ihrer Masken – Tigerstreifen bei Jim, Indianer-Kriegsfarben bei Frank und ein Regenbogenmotiv bei Phyllis – leicht voneinander zu unterscheiden. Wollte man dagegen die Erwachsenen auseinanderhalten, mußte man auf Größe, Gestalt und Gestik achten. Außerdem waren zwei weitere Personen anwesend, die nicht zu den Familien direkt gehörten: Dr. MacRae und Pater Cleary.

Der Priester sprach gerade mit leiser, ernster Stimme zu Frank. Dann wandte er sich an Jim und redete mit ihm. »Dein Pastor hat mich gebeten, dir auf Wiedersehen zu sagen, mein Sohn. Der arme Mann liegt leider mit einer schweren Marserkältung im Bett.

Er wäre aber trotzdem gekommen, hätte ich seine Maske nicht versteckt.« Sowohl der protestantische Pfarrer wie der Priester waren Junggesellen und wohnten in einem Haus zusammen.

»Ist er sehr krank?« fragte Jim.

»So krank nun auch wieder nicht. Aber nimm seinen Segen – und meinen auch.« Er streckte die Hand hin.

Jim setzte seinen Reisesack ab, nahm seine und Willis' Schlittschuhe unter den linken Arm und ergriff die dargebotene Hand. Ein Augenblick beklemmenden Schweigens folgte. Endlich sagte Jim: »Warum gehen wir nicht alle hinein, statt uns hier draußen einen abzufrieren?«

»Guter Gedanke«, sagte Francis.

»Das lohnt nicht mehr. Ich glaube, der Fahrer ist jetzt bald soweit«, sagte Mr. Marlowe. »Paß gut auf dich auf, Junge. Wir sehen uns im Winterquartier wieder.« Er schüttelte ihm feierlich die Hand.

»Bis dahin, Dad.«

Mrs. Marlowe umarmte ihn, preßte ihre Maske gegen die seine und sagte: »Mein kleiner Junge – du bist noch viel zu jung, um von zu Hause fortzugehen!«

»Ich bitte dich, Mutter!«

Er drückte sie mannhaft von sich weg. Dann mußte Phyllis gedrückt werden.

Der Fahrer rief:

»Einsteigen!«

»Bis dann, ihr alle!« Als Jim sich gerade umdrehte, fühlte er sich am Ellbogen festgehalten.

Es war der Doktor. »Mach's gut, Jim. Und keine Dummheiten.«

»Danke, Doc.« Jim wandte sich um und überreichte

dem Fahrer seinen Universitätsausweis, während der Arzt Francis auf Wiedersehen sagte.

Der Fahrer prüfte den Ausweis. »Beide mit Freifahrscheinen, hm? Na, weil heute morgen sonst keiner mitfährt, könnt ihr in der Aussichtskabine sitzen.« Er riß den für ihn bestimmten Zettel aus dem Heft; Jim stieg ein und begab sich nach hinten zu den Aussichtssitzen, die über der Fahrerkabine lagen.

Ein Zittern durchlief das Gefährt, als der Fahrer die Kufen ausfuhr und die Bremsen löste, dann setzte das Fahrzeug sich mit lautem Geheul der Turbine leicht und gleitend in Bewegung. Die Böschungen flogen an ihnen vorbei und verwandelten sich mit zunehmender Geschwindigkeit in Mauern ohne jede Merkmale. Das Eis war spiegelglatt; sehr bald schon hatten sie eine Geschwindigkeit von knapp über vierhundert Stundenkilometern erreicht.

Der Fahrer nahm seine Maske ab; durch sein Beispiel ermutigt, taten Jim und Frank es ihm gleich. Das Fahrzeug erhielt durch einen Luftrammbock erhöhten Druck; überdies war es aufgrund der Kompression der Luft bereits viel wärmer.

»Ist das nicht super?« sagte Francis.

»Ja. Schau mal – die Erde.«

Der Heimatplanet schwebte hoch über der aufgehenden Sonne am nordöstlichen Himmel. Sein Grün hob sich strahlend von einem dunkelvioletten Hintergrund ab. Dicht daneben, aber nicht mit dem bloßen Auge zu unterscheiden, erblickte man einen kleineren, rein weißen Stern – Luna, den Erdenmond. Nördlich von ihnen, in der Richtung, in der sie fuhren, hing Deimos, der äußere Marsmond, nicht höher als zwanzig Grad über dem Horizont.

Er wurde fast von der Sonne überstrahlt und war

lediglich eine kleine, blasse Scheibe, nicht annähernd so hell wie die Erde.

Phobos, der innere Mond, war nicht zu sehen. Auf der Breite von Charax erhebt er sich nie höher als ungefähr acht Grad über den Horizont, zweimal täglich, aber nie länger als höchstens eine Stunde.

Tagsüber schwebte Phobos unsichtbar im Blau des Himmels, und niemand würde so verrückt sein und in die bitterkalte Nacht hinausgehen, um diesen Mond zu beobachten. Jim konnte sich nicht entsinnen, ihn je zu anderen Zeiten als während des Quartierwechsels gesehen zu haben.

Francis wandte den Blick von der Erde und richtete ihn auf Deimos. »Sag doch dem Fahrer, er soll mal das Radio einschalten«, schlug er vor. »Deimos ist aufgegangen.«

»Wer will denn schon Radio hören?« erwiderte Jim. »Ich will rausgucken und sehen, was da draußen los ist.«

Die Böschungen waren jetzt nicht mehr so hoch; von seinem Platz aus konnte Jim die dahinterliegenden Felder sehen. Obwohl die Jahreszeit bereits fortgeschritten war, war der bewässerte Gürtel in der Nähe des Kanals noch immer grün und wurde, während Jim beobachtete, ständig grüner, da die Pflanzen aus dem Boden hervorkamen, um die Morgensonne aufzufangen.

Meilen entfernt konnte er da und dort eine rötlich schimmernde Sanddüne der offenen Wüste erkennen. Den grünen Gürtel um den östlichen Arm des Kanals konnte er nicht sehen, da dieser hinter dem Horizont lag.

Ohne darum gebeten worden zu sein, schaltete der Fahrer das Radio ein; Musik ertönte, und das monotone leise Dröhnen der Turbo-Düse ging darin unter. Die Musik kam von der Erde und war von Sibelius, einem klassischen Komponisten aus einem anderen Jahrhundert. Die Marskolonie hatte noch keine Zeit gefunden, eigene Künste zu entwickeln, und lebte immer noch von geborgter Kultur. Aber weder Jim noch Frank hatten eine Ahnung von dem Komponisten, der ihnen ohnehin völlig gleichgültig war. Die Böschungen versperrten die Aussicht jetzt wieder; man sah nichts als das schnurgerade Eisband.

Sie machten es sich bequem und hingen ihren Gedanken nach.

Willis rührte sich zum erstenmal, seit er draußen mit der Kälte in Berührung gekommen war. Er schob seine Augenstengel heraus, blickte sich fragend um und bewegte sie dann im Takt.

Bald endete die Musik, und eine Stimme sagte: »Hier ist D-M-S, die Marsgesellschaft, Deimos, *circum* Mars. Wir bringen Ihnen jetzt eine Sendung aus Syrtis Minor und schalten uns in das dortige Volksbildungsprogramm ein. Doktor Graves Armbruster spricht über ›Die ökologischen Erwägungen, die sich aus der experimentellen künstlichen Befruchtung in bezug auf ...‹«

Der Fahrer schaltete das Radio sofort ab.

»Das hätte ich mir ganz gern angehört«, sagte Jim. »Es klang interessant.«

»Gib nicht so an«, erwiderte Frank. »Du weißt ja nicht mal, was diese Worte bedeuten.«

»Ach, ja? Sie bedeuten ...«

»Halt den Mund und mach die Augen zu.«

Frank beherzigte seinen eigenen Ratschlag und streckte sich zu einem Schläfchen aus. Doch er kam nicht zum Einschlafen, weil Willis das soeben gehörte

Programm in allen Einzelheiten zu wiederholen begann.

Der Fahrer hob den Kopf und blickte sich erschreckt nach allen Seiten um. Er sagte irgend etwas, doch Willis übertönte ihn einfach und hörte nicht eher auf, bis er die unterbrochene Ansage heruntergehaspelt hatte. Erst jetzt konnte der Fahrer sich Gehör verschaffen.

»He, was habt ihr denn da? Ein tragbares Aufnahmegerät?«

»Nein, einen Angeber.«

»Was für ein Ding?«

Jim hob Willis hoch, so daß der Fahrer ihn sehen konnte. »Einen Angeber. Er heißt Willis.«

Der Fahrer riß die Augen auf.

»Wollt ihr mir einreden, daß dieses Ding da ein Aufnahmegerät ist?«

»Nein, er ist ein Angeber und heißt Willis, wie ich schon gesagt habe.«

»Das muß ich mir ansehen«, erklärte der Fahrer. Er nahm eine Umschaltung vor, drehte sich um und steckte den Kopf in das Abteil.

Frank rief: »He! Wir werden irgendwo gegenknallen!«

»Keine Angst«, sagte der Fahrer. »Ich habe den Echoautomaten eingeschaltet. Und auf den nächsten paar hundert Meilen gibt's nur hohe Böschungen. So, jetzt möchte ich aber mal wissen, was das für eine Nudel ist. Als ich euch damit ankommen sah, habe ich gedacht, es wäre ein Fußball.«

»Nein, es ist Willis. Sag dem Herrn guten Tag, Willis.«

»Guten Tag, Herr«, sagte Willis freundlich.

Der Fahrer kratzte sich am Kopf. »Das ist je ein Ding! So 'ne Art Papagei, was?«

»Nein, ein Angeber. Er hat zwar auch einen wissenschaftlichen Namen, es heißt aber nichts weiter als ›Mars-Rundkopf‹. Haben Sie noch nie einen gesehen?«

»Nein. Weißt du was, Junge? Dieser Mars ist der verrückteste Planet im ganzen System.«

»Wenn es Ihnen hier nicht gefällt«, fragte Jim, »warum kehren Sie dann nicht dorthin zurück, wo Sie hergekommen sind?«

»Sachte, Kleiner, sachte. Wieviel willst du für diesen Apparat haben? Ich könnte ihn ganz gut gebrauchen.«

»Willis verkaufen? Sind Sie wahnsinnig?«

»Manchmal glaube ich es beinahe. War nur so eine Idee. Vergiß es.« Der Fahrer wandte sich wieder seinen Hebeln und Instrumenten zu, wandte sich aber noch einmal kurz um und blickte Willis an.

Die Jungs kramten ihre Brote aus den Reisesäcken und aßen. Dann folgte ein Nickerchen, bis das Fahrzeug die Geschwindigkeit verringerte.

Jim richtete sich auf, blinzelte und rief: »Was ist denn los?«

»Haltepunkt Cynia«, erwiderte der Fahrer. »Wir machen hier bis Sonnenuntergang Pause.«

»Trägt das Eis nicht mehr?«

»Vielleicht – vielleicht auch nicht. Die Temperatur ist gestiegen, und ich gehe kein Risiko ein.«

Das Fahrzeug kam fast unmerklich zum Stehen, setzte sich jedoch noch einmal in Bewegung, fuhr langsam eine niedrige Rampe hinauf und hielt erneut.

»Alles aussteigen!« rief der Fahrer. »Seid bei Sonnenuntergang wieder hier – oder ihr bleibt zurück.« Er kletterte hinaus, und die Jungs folgten ihm.

Haltepunkt Cynia lag drei Meilen westlich der alten Stadt Cynia, wo der Weststrymon mit dem Kanal

Oeroe zusammenfließt. Es gab nur eine Gaststätte, eine Schlafbaracke und ein paar Lagerschuppen. Im Osten sah man die federleichten Türme Cynias am Himmel glänzen; sie machten den Eindruck, als schwebten sie frei in der Luft – zu schön, um wahr zu sein.

Der Fahrer begab sich in die kleine Gaststätte. Jim wollte sofort in die Stadt gehen und sie erforschen, doch Frank gab der Gaststätte den Vorzug. Er setzte sich mit seinem Vorschlag tatsächlich durch. Sie gingen hinein und legten einen Teil ihrer geringen Barschaft in Kaffee und irgendeiner Suppe an.

Der Fahrer schaute von seinem Teller auf und sagte: »He, George! Hast du schon mal so was gesehen?« Dabei zeigte er auf Willis.

George war der Kellner. Gleichzeitig war er der Kassierer, der Wirt, der Stationsvorsteher und der Vertreter der Gesellschaft. Er kam herüber und warf einen flüchtigen Blick auf Willis.

»Klar.«

»So? Und wo? Meinst du, ich könnte auch so ein Ding bekommen?«

»Kaum. Manchmal treiben sie sich in der Nähe der Eingeborenen herum. Aber nie in größeren Mengen.«

Er wandte sich wieder seiner Lektüre zu – einer zwei Jahre alten *New York Times*.

Als die Jungs fertig waren, bezahlten sie und machten Anstalten, das Lokal zu verlassen. Der Koch/Kellner/Stationsvorsteher sagte: »Moment mal. Wo wollt ihr denn hin?«

»Nach Syrtis Minor.«

»Das meine ich nicht. Wo wollt ihr jetzt hin? Warum wartet ihr nicht im Schlafraum? Legt euch flach, und macht ein Nickerchen.«

»Wir hätten uns draußen gern mal ein bißchen umgesehen«, sagte Jim.

»Okay. Aber geht nicht in die Stadt.«

»Warum nicht?«

»Weil die Gesellschaft es nicht gestattet, deswegen. Jedenfalls nicht ohne Sondergenehmigung. Also laßt es bleiben.«

»Wie kriegt man denn die Genehmigung?« wollte Jim wissen.

»Überhaupt nicht. Cynia ist noch nicht freigegeben.«

Er steckte den Kopf wieder in die Zeitung.

Jim wollte das Gespräch fortsetzen, doch Frank zupfte ihn am Ärmel. Sie gingen zusammen hinaus. Jim sagte: »Ich glaube nicht, daß der Bursche das Recht hat, uns irgendwelche Vorschriften zu machen.«

»Er bildet es sich jedenfalls ein.«

»Was sollen wir denn jetzt tun?«

»Ganz einfach. Wir gehen nach Cynia und pfeifen auf seine Erlaubnis.«

»Und wenn der Kerl uns dabei erwischt?«

»Wie denn? Der rührt sich bestimmt nicht von seinem angewärmten Stuhl. Los, komm.«

»Okay.«

Sie machten sich in östlicher Richtung auf den Weg. Das Vorwärtskommen war nicht ganz leicht; es gab keine Straße, und die Mittagssonne hatte entlang des Kanals eine üppige Vegetation hervorgelockt. Aber die geringe Schwerkraft auf dem Mars machte das Gehen selbst in schwierigem Gelände leicht. Sehr bald schon gelangten sie an die Ufer des Oeroe und gingen rechts daran entlang auf die Stadt zu.

Auf der glatten Steinböschung bereitete das Gehen keine Schwierigkeiten. Es war warm, wenngleich der

Kanal stellenweise noch zugefroren war. Die Sonne stand hoch am Himmel; sie waren dem Äquator jetzt schon um tausend Meilen näher als bei ihrer Abreise.

»Warm«, sagte Willis. »Willis möchte runter.«

»Na gut«, sagte Jim. »Aber fall nicht rein.«

»Willis nicht fallen rein.«

Jim setzte ihn auf den Boden, und das kleine Geschöpf rollte die Böschung entlang und verschwand dann und wann im Gebüsch wie ein junger Hund, der eine unbekannte Gegend erkundet.

Sie mochten vielleicht eine Meile weit gegangen sein und sahen die Türme der Stadt immer höher in den Himmel ragen, als sie plötzlich auf einen Marsbewohner stießen. Er war ein kleineres Exemplar seiner Gattung, nicht ganz vier Meter groß. Er stand völlig regungslos da, hatte alle drei Beine zu Boden gelassen und schien in Nachdenken versunken zu sein. Das den Jungen zugewandte Auge starrte ins Leere, ohne zu blinzeln.

Jim und Frank waren selbstverständlich an den Anblick von Mars-Ureinwohnern gewöhnt und erkannten sofort, daß dieser hier in Betrachtung seiner ›anderen Welt‹ versunken war; sie gingen schweigend an ihm vorbei und achteten darauf, daß sie seine Beine nicht berührten.

Anders Willis. Er kugelte sich um die Füße des Marsmenschen herum, rieb sich daran, blieb dann still liegen und krächzte ein paarmal betrübt und traurig.

Der Marsmensch bewegte sich, schaute sich um, bückte sich plötzlich und hob Willis auf.

»He!« rief Jim. »Setz ihn sofort wieder herunter!«

Keine Antwort.

Jim wandte sich an Frank. »Sprich du mit ihm,

Frank. Ich kann mich dem Burschen nicht verständlich machen. Bitte!«

Jim beherrschte die Sprache der Marsmenschen nur sehr schlecht und sprach sie noch schlechter. Frank verstand sich etwas besser darauf, war aber noch längst keine Leuchte auf diesem Gebiet.

»Was soll ich ihm denn sagen?«

»Daß er Willis auf den Boden setzen soll.«

»Hab' dich nicht so. Du weißt doch, daß Marsmenschen niemandem etwas zuleide tun.«

»Egal. Er soll Willis hergeben.«

»Ich kann es ja versuchen.«

Frank verrenkte den Mund und machte sich daran, seine Aufgabe zu bewältigen. Seine Aussprache, die bestenfalls schlecht war, wurde noch schlechter, da er die Maske trug und überdies nervös war. Nichtsdestoweniger stotterte und krächzte er einen Satz zusammen, der auszudrücken schien, was Jim meinte.

Nichts geschah.

Frank versuchte es noch einmal in einem anderen Dialekt; wieder ohne jeden Erfolg. »Es hat keinen Zweck, Jim«, sagte er. »Entweder versteht er mich wirklich nicht, oder er hört überhaupt nicht zu.«

Jim rief mit lauter Stimme: »Willis! He, Willis! Alles in Ordnung bei dir?«

»Willis gut!«

»Spring runter. Ich fange dich auf.«

Der Marsmensch bewegte den Kopf und schien Jim erst jetzt zu entdecken. Er bettete Willis in einen Arm; seine beiden anderen Arme kamen plötzlich heruntergeschossen, und Jim fühlte sich von hinten und vorn gepackt und emporgehoben. Und dann starrte er in ein großes, wässeriges Marsmenschenauge, das ihn ebenfalls anstarrte. Der Marsmensch rollte mit dem

Kopf und ließ jedes seiner Augen eine Zeitlang auf Jim ruhen.

So nahe war Jim einem Marsmenschen noch nie gewesen, und ihm war unbehaglich zumute. Er versuchte sich freizumachen, aber der zerbrechlich aussehende Eingeborene war körperlich stärker als er.

Mit einemmal dröhnte die Stimme des Marsmenschen oben aus seinem Kopf hervor. Jim verstand nicht, was er sagte, bekam jedoch soviel mit, daß der Satz mit einem Fragesymbol begonnen hatte. Die Stimme des Eingeborenen übte eine seltsame Wirkung auf ihn aus. Obgleich sie sich krächzend und rauh anhörte, klang doch soviel Wärme, Mitgefühl und Freundlichkeit heraus, daß er keine Furcht mehr vor dem Eingeborenen empfand. Er glaubte einen alten Freund vor sich zu haben.

Der Marsmensch wiederholte die Frage.

»Was hat er gesagt, Frank?«

»Weiß ich nicht. Er ist zwar freundlich, aber deshalb kann ich ihn noch lange nicht verstehen.«

Der Eingeborene ergriff noch einmal das Wort, und Frank hörte aufmerksam zu. »Ich glaube, er will sagen, daß du ihn begleiten sollst.«

Jim zögerte einen Augenblick. »Sag ihm, ich komme mit.«

»Du bist verrückt, Jim!«

»Laß nur. Er meint es gut, ich fühl's.«

»Na schön.« Frank krächzte die zustimmenden Worte.

Der Eingeborene zog ein Bein ein und lief, rasch ausschreitend, auf die Stadt zu. Frank trottete hinterher. Er versuchte mitzuhalten, doch die Schritte des Marsmenschen waren viel zu lang für ihn. Schließlich blieb er keuchend stehen und rief: »So warte doch auf mich!« Seine Stimme wurde durch die Maske gedämpft.

Jim versuchte, dem Eingeborenen begreiflich zu machen, daß er stehenbleiben solle. Nach einigen erfolglosen Bemühungen kam ihm ein glücklicher Einfall. »Willis, Junge – sag du ihm, daß er stehenbleiben soll.«

»Auf Frank warten?« fragte Willis zweifelnd.

»Ja, auf Frank warten.«

»Okay.« Willis kreischte seinem neuen Freund etwas zu, und der Marsmensch blieb stehen und streckte das dritte Bein aus. Völlig außer Atem holte Frank sie endlich ein.

Der Eingeborene ließ Jim mit einem Arm los und streckte ihn nach Frank aus.

»He!« protestierte Frank. »Laß das!«

»Mach keinen Quatsch«, riet Jim.

»Aber ich will nicht getragen werden.«

Noch ehe Frank zu Ende gesprochen hatte, setzte der Marsmensch sich bereits wieder in Bewegung. Solcherart beladen, wechselte er in eine dreibeinige Gangart über, wobei stets mindestens zwei Beine den Boden berührten.

»Was meinst du, wo er mit uns hingeht?« fragte Jim.

»In die Stadt, wahrscheinlich«, erwiderte Frank und fügte hinzu: »Wir müssen nur aufpassen, daß wir den Schlitten nicht verpassen.«

»Bis dahin ist noch viel Zeit. Mach dir keine Sorgen.«

Der Marsmensch sagte nichts weiter und lief stetig auf Cynia zu. Willis war offensichtlich so glücklich wie eine Biene in einem Blumenladen. Jim machte es sich auf dem Arm des Trägers bequem. Aus dieser Höhe konnte er über die Pflanzen hinweg, die entlang des Kanals wuchsen, die schimmernden Türme Cynias sehen. Die Türme waren anders als die in Charax; keine zwei Eingeborenenstädte glichen einander. Bei jeder hatte man den Eindruck, daß es sich um ein einmaliges Kunstwerk handelte, das die Gedanken eines anderen Künstlers ausdrückte.

Jim fragte sich, warum man die Türme wohl errichtet haben mochte, wozu sie dienten und wie alt sie sein mochten.

Die Felder entlang des Kanals bildeten ein dunkelgrünes Meer, das dem Marsmenschen bis an die Hüften reichte. Die breiten Blätter hatten sich voll entfaltet und sogen die Sonnenstrahlen gierig ein. Sobald der Eingeborene sie mit seinem Körper streifte, zogen sie sich zusammen und öffneten sich wieder, kaum daß er vorüber war.

Die Türme rückten immer näher. Plötzlich blieb der Marsmensch stehen und setzte die beiden Jungen ab, behielt jedoch Willis auf dem Arm. Vor ihnen, von dichtem Blattwerk nahezu völlig verdeckt, führte eine Art Rampe in den Boden hinunter und dann in einen Tunnel. Jim warf einen Blick darauf und sagte: »Was meinst du, Frank?«

»Ich weiß nicht recht . . .«

Die Jungen waren beide bereits in den Städten Charax und Copais gewesen, aber nur in den verlassenen Vierteln und noch nie unter der Erde. Doch es blieb ihnen keine Zeit, eine Entscheidung zu treffen, da ihr Führer sich bereits den Abhang hinunter in Bewegung setzte.

Jim rannte hinter ihm her und rief: »He, Willis!«

Der Marsmensch blieb stehen und wechselte ein paar Worte mit Willis; nach einer Weile sagte Willis: »Jim warte.«

»Sag ihm, daß er dich herunterlassen soll.«

»Willis gut. Jim warte.«

Der Eingeborene setzte sich erneut in Bewegung – in einem solchen Tempo, daß Jim unmöglich Schritt mit ihm halten konnte. Untröstlich kehrte er auf die Rampe zurück und setzte sich.

»Was willst du denn jetzt tun?« fragte Frank.

»Warten. Was bleibt mir anderes übrig? Und was hast du jetzt vor?«

»Hierbleiben, natürlich. Aber bilde dir bloß nicht ein, daß ich deswegen den Schlitten verpasse.«

»Ich auch nicht. Nach Sonnenuntergang könnten wir uns hier sowieso nicht mehr aufhalten.«

Bei Sonnenuntergang sinkt die Temperatur auf dem Mars so rapide ab, daß ein menschliches Wesen binnen kurzer Zeit erfriert. Nur wenn man Spezialkleidung trägt und dauernd in Bewegung bleibt, ist ein Aufenthalt im Freien möglich.

So saßen die Freunde da und warteten und beobachteten die vorüberhastenden Spindelkäfer. Einer setzte sich neben Jims Knie, ein kleines dreifüßiges Geschöpf, kaum drei Zentimeter groß, das sich seine Gedanken zu machen schien. Jim berührte das Tier; es steckte seine Gliedmaßen heraus und stelzte von dannen. Die Jungen trafen weiter keine Vorsichtsmaßnahmen, da Wassersucher die Siedlungen von Marsmenschen meiden; sie warteten einfach.

Etwa eine halbe Stunde später kam der Marsmensch – oder zumindest ein Eingeborener derselben Größe – zurück. Ohne Willis.

Jims Miene verdüsterte sich, doch der Marsmensch sagte: »Kommt mit mir.«

»Sollen wir oder sollen wir nicht?« fragte Frank.

»Klar. Sag es ihm.«

Frank kam der Aufforderung nach, und die drei machten sich an den Abstieg. Der Marsmensch legte seine großen, lappenartigen Handflächen auf die Schultern der Jungen und schob sie vor sich her. Bald darauf blieb er stehen und nahm sie auf den Arm. Diesmal ließen sie es sich ohne Einwand gefallen.

Der Tunnel schien taghell zu bleiben, auch als sie bereits mehrere hundert Meter tief hinabgestiegen waren. Von überallher strömte Licht, aber hauptsächlich von der Tunneldecke.

An menschlichen Maßstäben gemessen, war der Tunnel gewaltig, für Marsmenschen jedoch gerade geräumig genug.

Sie kamen an mehreren anderen Eingeborenen vorbei; wenn einer von ihnen sich bewegte, entbot ihm ihr Gastgeber einen schallenden Gruß; wenn er jedoch in der charakteristischen tranceähnlichen Regungslosigkeit verharrte, gingen sie schweigend vorüber.

Einmal machte ihr Führer einen langen Schritt über einen Ball von etwa einem Meter im Durchmesser. Jim konnte zuerst nicht erkennen, was es war. Er reckte den Hals, blickte zurück und wollte seinen Augen nicht trauen.

Er sah etwas, das nur wenige Menschen je zu Gesicht bekommen hatten und was kein Mensch je zu sehen wünscht: einen Marsmenschen, zu einem Ball zusammengerollt; die lappenartige Hände bedeckten alles bis auf den gebogenen Rücken. Die modernen, zivilisierten Marsmenschen halten keinen Winterschlaf mehr, aber vor Äonen müssen ihre Vorfahren es getan haben, und sie sind noch immer so beschaffen, daß sie die richtige, Wärme und Feuchtigkeit konservierende globulare Form annehmen können, wenn sie wollen.

Doch es geschieht nur selten, daß einer von ihnen ein dahingehendes Bedürfnis verspürt.

Denn wenn ein Marsmensch sich zusammenrollt, ist dies moralisch gleichbedeutend mit einem Duell auf der Erde, und kein Eingeborener greift mehr zu diesem letzten Mittel – es sei denn, er wurde so schwer beleidigt, daß es keinen anderen Ausweg für ihn gibt. Diese Geste besagt: Ich stoße dich aus, ich verlasse deine Welt, ich leugne deine Existenz.

Die ersten auf dem Mars gelandeten Pioniere verstanden das nicht, und ihre Unkenntnis der heimischen Sitten und Wertmaßstäbe richtete manchen Schaden an. Dadurch wurde die Kolonisation des Mars durch den Menschen um viele Jahre verzögert, und es bedurfte der geschicktesten Diplomaten und Völkerkundler der Erde, den unabsichtlich angerichteten Schaden wiedergutzumachen. Jim starrte ungläubig auf den in sich selbst zurückgezogenen Eingeborenen und fragte sich, was ihn bewogen haben mochte, dies einer ganzen Stadt anzutun.

Er erinnerte sich an einen schaurigen Bericht, den Dr. MacRae einmal von der zweiten Marsexpedition gegeben hatte. »Da packt dieser Idiot doch«, hatte der Doktor gesagt, »und noch dazu ein Mediziner, wie ich leider zugeben muß – nun, da packt dieser Idiot den Kerl an den Handlappen und versucht, ihn aufzurollen. Und da geschah es.«

»Was geschah?« hatte Jim sich erkundigt.

»Er verschwand.«

»Der Eingeborene?«

»Nein, der Mediziner.«

»Aber wie denn?«

»Frag mich nicht. Ich war nicht dabei. Die Zeugen – es waren vier – haben unter Eid ausgesagt, daß er in dem einen Augenblick noch da und im nächsten verschwunden war.«

»Aber wie ist so etwas möglich?«

»Keine Ahnung. Nenne es meinetwegen Massenhypnose, wenn er dich beruhigt. Aber mich selbst beruhigt es nicht sehr. Ich kann nur eines dazu sagen: daß man sieben Zehntel eines Eisbergs nie zu Gesicht bekommt.«

Jim hatte noch nie einen Eisberg gesehen und die Anspielung nicht verstanden – aber jetzt, als er den zusammengerollten Marsmenschen sah, fühlte er sich nicht im geringsten erleichtert.

»Hast du das gesehen?« sagte Frank.

»Mir wäre wohler, ich hätte es nicht gesehen«, erwiderte Jim. »Ich möchte wissen, was los war.«

»Vielleicht wollte er Bürgermeister werden und ist bei der Wahl durchgefallen.«

»Darüber macht man keine Witze. Vielleicht ... psst!«

Jim unterbrach sich. Sie kamen an einem anderen Eingeborenen vorbei, der völlig regungslos dastand, aber nicht zusammengerollt war; die Höflichkeit gebot Schweigen.

Der Marsmensch, der sie trug, wandte sich plötzlich scharf nach links und betrat eine Halle, wo er die Jungen absetzte. Der Raum kam ihnen sehr groß vor, aber für die Eingeborenen mochte er gerade als Vereinszimmer passen. Man sah viele in einem Kreis aufgebaute Gestelle von der Art, die den Marsmenschen die Stühle ersetzen. Der Raum selbst war kreisförmig angelegt und gewölbt; man hatte die Illusion, sich im Freien zu befinden, da die gewölbte Decke dem Marshimmel täuschend ähnlich sah – hellblau am Horizont, dann zunehmend dunkler, erst violett, dann violettschwarz, mit hindurchblinkenden Sternen am höchsten Punkt der Decke.

Eine überzeugend nachgeahmte Miniatursonne hing westlich des Meridians. Durch irgendeinen perspektivischen Trick waren die bemalten Horizonte anscheinend weit entfernt. An der Nordwand schien der Oeroe vorbeizufließen.

»Junge, Junge!« war alles, was Frank zu sagen vermochte, Jim brachte nicht einmal das fertig.

Ihr gastlicher Freund hatte sie neben zwei Rastgestellen abgesetzt. Die Jungen versuchten nicht erst, sie zu benutzen; Steigleitern wären bequemer gewesen. Der Marsmensch mit seinen großen traurigen Augen blickte zuerst die Jungen, dann die Rastgestelle an. Dann verließ er den Raum.

Bald darauf kehrte er in Begleitung von zwei anderen zurück; alle drei trugen gewaltige Bündel bunter Stoffe, die sie in der Mitte der Halle auf einen Haufen warfen. Der Eingeborene, mit dem die Jungen gekommen waren, hob Jim und Frank hoch und setzte sie behutsam auf den Haufen nieder.

»Das soll wohl heißen ›Nehmen Sie bitte Platz‹«, bemerkte Jim.

Die Stoffe waren nicht gewoben, sondern bildeten ein einziges zusammenhängendes Ganzes und waren fast so weich wie Spinnweben, nur viel fester. Sie schimmerten in sämtlichen Farben, von Pastellblau bis zu tiefem üppigem Rot. Die Jungen machten es sich darauf bequem und warteten.

Ihr Gastfreund setzte sich auf eines der Rastgestelle, und die beiden anderen taten es ihm gleich. Niemand sprach ein Wort. Die beiden Jungen waren beileibe keine Touristen und wußten, daß man den Eingeborenen Zeit lassen mußte. Nach einer Weile hatte Jim einen Einfall; um die Probe zu machen, hob er vorsichtig die Maske.

»He! Was soll denn das? Willst du dich umbringen?« herrschte Frank ihn an.

Jim behielt die Maske oben. »Schon gut. Der Luftdruck hier ist ausreichend.«

»Das *kann* nicht sein. Wir sind durch keine Luftschleuse gekommen.«

»Wie du meinst.« Jim behielt seine Maske oben.

Als Frank sah, daß sein Gesicht sich nicht blau verfärbte, und daß er nicht nach Atem rang, wagte er es ebenfalls und schob die Maske hoch. Sofort stellte er fest, daß er mühelos atmen konnte. Sicher, der Luftdruck war nicht ganz so hoch wie zu Hause, und ein Neuling von der Erde wäre sich wie in der Stratosphäre vorgekommen, aber für einen Menschen, der sich nicht körperlich anstrengte, reichte es durchaus.

Nach und nach erschienen mehrere andere Eingeborene und nahmen langsam und umständlich auf ihren Gestellen Platz.

Nach einiger Zeit sagte Frank: »Hast du eine Ahnung, was hier vor sich gehen soll, Jim?«

»Hm ... vielleicht.«

»Was heißt vielleicht? Es ist bestimmt ein ›Zusammenwachsen‹.«

»Zusammenwachsen« ist die unvollkommene Übersetzung eines Ausdrucks aus der Eingeborenensprache, mit dem die Marsbewohner ihre üblichen geselligen Zusammenkünfte bezeichnen – die darin bestehen, daß sie schweigend zusammenhocken.

»Ich glaube, du hast recht«, sagte Jim. »Also, kein Wort mehr.«

Für lange Zeit wurde nicht gesprochen. Jims Gedanken wanderten zur Universität, dann zurück zu seiner Familie und in die Vergangenheit. Als er sich des eigenen Selbst wieder vollkommen bewußt wurde, fühlte er sich aus irgendeinem Grunde froher als je zuvor. Es war ein seltsam ruhiges Wohlbefinden; er mochte nicht einmal lächeln, geschweige denn lachen, war aber vollkommen entspannt und zufrieden.

Er war sich der Gegenwart der Marsmenschen deutlich bewußt, jedes einzelnen von ihnen, und wurde sich ihrer mit jeder Minute bewußter. Es war ihm noch nie so aufgefallen, wie schön diese Wesen waren. »Häßlich wie ein Eingeborener«, war eine übliche Redensart unter den Kolonisten; zu seiner Überraschung mußte Jim daran denken, daß er selbst diese Redensart des öfteren benutzt hatte, und er fragte sich, wie er eigentlich dazu gekommen war.

Er war sich auch Franks an seiner Seite bewußt und dachte daran, wie sehr er seinen Freund leiden mochte. Verläßlich – das war der angemessene Begriff für Frank; er war eine gute Rückendeckung. Warum hatte er ihm eigentlich noch nie gesagt, wie gern er ihn hatte?

Willis vermißte er zwar, machte sich aber weiter keine Sorgen um ihn.

Eine solche Gesellschaft war einfach nicht nach Willis' Geschmack; Willis fühlte sich am wohlsten, wenn es laut und lustig zuging.

Jim verdrängte den Gedanken an Willis, legte sich zurück und badete förmlich in einem Fluidum von Lebensfreude. Mit Entzücken stellte er fest, daß der unbekannte Künstler, der die Halle entworfen hatte, darauf bedacht gewesen war, daß die Miniatursonne sich genauso an der Decke entlang bewegte wie die wirkliche Sonne am Himmel. Jim beobachtete sie auf ihrer Wanderung nach Westen und sah, wie sie sich dem Horizont zuneigte.

Er vernahm ein sanftes Dröhnen hinter sich – die Worte konnte er nicht verstehen –, und ein anderer Eingeborener antwortete. Einer erhob sich und verließ den Raum.

Frank richtete sich auf. »Ich muß geträumt haben«, sagte er.

»Hast du geschlafen?« fragte Jim. »Ich nicht.«

»Erzähl doch keine Märchen. Du hast geschnarcht wie Doc MacRae.«

»Dabei war ich nicht einmal eingenickt.«

»Glaubst du!«

Der Eingeborene, der hinausgegangen war, kam zurück. Jim glaubte mit Sicherheit zu erkennen, daß es derselbe war; sie sahen jetzt nicht mehr alle gleich für ihn aus. Der Eingeborene hielt ein Trinkgefäß in der Hand. Franks Augen traten förmlich aus den Höhlen. »Meinst du, daß man uns *Wasser* anbieten wird?«

»Sieht ganz so aus«, erwiderte Jim, von Ehrfurcht erfüllt.

Frank schüttelte den Kopf. »Das können wir ebensogut für uns behalten. Niemand wird es uns jemals glauben.«

»Da hast du recht.«

Die Zeremonie begann. Der Eingeborene mit dem Trinkgefäß nannte seinen Namen, berührte leicht den Stiel des Gefäßes und reichte es dann weiter. Der nächste Eingeborene nannte ebenfalls seinen Namen und tat, als würde er trinken. Das Gefäß ging im Kreis herum. Der Eingeborene, der Jim und Frank hergebracht hatte, hieß »Gekko«, wie Jim erfuhr; der Name gefiel ihm, und er fand ihn passend.

Endlich war Jim mit dem Gefäß an der Reihe; ein

Eingeborener überreichte es ihm mit den Worten: »Mögest du niemals Durst erleiden.« Jim verstand die Worte ganz deutlich.

Im Chor erwiderte man: »Mögest du stets trinken können, wenn du Verlangen danach hast.«

Jim ergriff das Gefäß, wobei ihm einfiel, daß der Doc einst gesagt hatte, die Eingeborenen hätten nichts, das für Erdmenschen sonderlich verlockend wäre.

»Jim Marlowe!« sagte Jim und nahm einen kleinen Schluck.

Noch während er das Gefäß zurückreichte, zerbrach er sich den Kopf, suchte krampfhaft nach den passenden Worten aus der Umgangssprache und brachte schließlich hervor: »Möge das Wasser ewig rein und reichlich für euch fließen.«

Es gab ein beifälliges Gemurmel, das sein Herz erwärmte. Der Eingeborene gab das Gefäß an Frank weiter.

Nachdem die Zeremonie vorüber war, löste sich die Gesellschaft auf. Dabei wurde so laut und lebhaft geschwatzt, wie Menschen es bei derartigen Anlässen tun. Jim gab sich alle Mühe zu begreifen, was ein Eingeborener, der fast dreimal so groß war wie er selbst, ihm zu sagen versuchte, als Frank ihn anstieß: »Jim! Schau dir die Sonne an! Wir werden noch den Schlitten verpassen!«

»Ach, was! Das ist nicht die richtige Sonne. Es ist ein Spielzeug.«

»Aber ihre Bahn stimmt mit der richtigen Sonnenbahn überein. Meine Uhr sagt dasselbe.«

»Ach, du meine Güte! Wo ist Willis? Gekko – wo ist Gekko?«

Als Gekko seinen Namen hörte, kam er herüber

und krächzte fragend auf Jim ein. Dieser versuchte, ihm ihre schwierige Situation zu erklären, aber seine Sätze gerieten durcheinander; er gebrauchte die verkehrten hinweisenden Symbole und drückte sich immer unverständlicher aus.

Frank schubste ihn beiseite und führte die Verhandlung fort.

Nach einiger Zeit sagte Frank: »Man will uns bis Sonnenuntergang hinbringen, aber Willis bleibt hier.«

»Was? Das können sie nicht tun!«

»Er sagt es aber.«

Jim überlegte. »Sag ihm, sie sollen Willis herbringen und ihn selbst fragen.«

Gekko willigte ein. Willis wurde hereingetragen und auf den Fußboden gesetzt. Er watschelte auf Jim zu und sagte: »Tag, Jim Junge! Tag, Frank Junge!«

»Willis«, sagte Jim eindringlich. »Jim muß jetzt gehen. Kommt Willis mit?«

Willis schien verwirrt. »Bleib hier. Jim bleib hier. Willis bleib hier. Gut.«

»Willis«, sagte Jim drängend. »Jim muß gehen. Kommt Willis mit?«

»Jim geht?«

»Jim geht.«

Es sah fast so aus, als würde Willis die Achseln zucken. »Willis geht mit Jim«, sagte er betrübt.

»Sag das Gekko.«

Der Eingeborene schien überrascht, als Willis ihm seinen Entschluß mitteilte, erhob aber weiter keine Einwände. Er nahm beide Jungen sowie Willis auf den Arm und ging auf die Tür zu. Ein anderer, noch größerer Eingeborener – der G'kuro hieß, wie Jim sich erinnerte – nahm Gekko Frank ab und kam hinterher. Als sie durch den Tunnel nach oben gingen, bemerkte

Jim plötzlich, daß er der dünnen Luft wegen seine Maske brauchte; auch Frank setzte die seine auf.

Der in sich selbst zurückgezogene, am Boden liegende Marsmensch versperrte noch immer den Weg; beide Träger stiegen ohne eine Bemerkung über ihn hinweg.

Die Sonne stand bereits sehr tief, als sie an die Oberfläche gelangten. Obwohl man einen Marsmenschen nicht zur Eile antreiben kann, kommt er mit seiner normalen Schrittlänge ziemlich schnell voran; das langbeinige Paar legte die fünf Kilometer bis zur Haltestelle im Nu zurück.

Die Sonne hatte gerade den Horizont erreicht, und es war bereits bitterkalt, als die Jungen und Willis an der Haltestelle abgesetzt wurden. Die beiden Eingeborenen machten sich sofort wieder auf den Heimweg und eilten in die Wärme ihrer Stadt zurück.

»Wiedersehen, Gekko!« rief Jim. »Wiedersehen, G'kuro!«

Der Fahrer und der Stationsvorsteher standen draußen; offensichtlich war der Fahrer startbereit und hatte seine Passagiere bereits vermißt.

»Was, in aller Welt ...?« sagte der Stationsvorsteher.

»Wir sind soweit«, sagte Jim.

»Das sehe ich«, sagte der Fahrer und schaute hinter den entschwindenden Gestalten her. Er blinzelte und wandte sich an den Verwalter. »Wir hätten lieber nichts von dem Zeug trinken sollen, George. Ich sehe schon Gespenster.« Zu den Jungs gewandt, fügte er hinzu: »Los, steigt ein.«

Sie gehorchten und kletterten in die Aussichtskabine hinauf. Das Fahrzeug rumpelte die Rampe hinunter auf das Eis, drehte nach links auf den Oeroe-Kanal ab und beschleunigte. Die Sonne verschwand unter dem Horizont; die Landschaft glühte noch einmal in den Farben des kurzen Marssonnenunterganges auf. Die Jungen sahen, wie die Pflanzen auf beiden Böschungen sich für die Nacht zurückzogen. In einigen Minuten würde der Boden, der noch vor einer halben Stunde mit einer üppigen Vegetation bedeckt gewesen war, kahl wie die Wüste sein.

Die Sterne traten heraus und glänzten scharf und hell. Das Flimmern des Nordlichts hing in der Luft. Im Westen glühte ein kleines stetiges Licht auf und stieg bis zu den Sternen empor.

»Dort ist Phobos«, sagte Frank. »Schau nur!«

»Ja, ja«, erwiderte Jim. »Es ist kalt. Legen wir uns hin.«

»Okay. Ich habe Hunger.«

»Ich habe noch ein paar belegte Brötchen.«

Sie verzehrten jeder eines, begaben sich dann nach unten und krochen in die Betten. Die Fahrt ging währenddessen weiter, an der Stadt Hesperidum vorbei und von dort über den Kanal Erymanthus nach West-Nordwest, aber Jim merkte nichts davon; er träumte, daß Willis und er auf einer Wohltätigkeitsveranstaltung ein Duett vor erstaunten Marsianern singen würden.

»Alles aussteigen! Endstation!« Der Fahrer rüttelte sie wach.

»Hä?«

»Hoch mit dir, Kumpel. Wir sind da – in Syrtis Minor.«

4

LOWELL-AKADEMIE

Liebe Eltern,

der Grund dafür, warum ich Euch nicht gleich Mittwoch abend angerufen habe, ist der, daß wir erst Donnerstag früh hier eingetroffen sind. Als ich Euch am Donnerstag zu erreichen versuchte, erklärte man mir vom Amt aus, daß Deimos auf Süd-Kolonie eingestellt wäre, und da wußte ich, daß mindestens drei Tage vergehen würden, ehe ich durchkäme und daß ein Brief schneller ginge und Euch außerdem die Gebühren sparen würde. Ich habe den Brief allerdings wieder nicht schnell genug eingeworfen, und ehe er in Eure Hände gelangt, hätte ich Euch wahrscheinlich auch fernmündlich erreichen können, aber Ihr könnt Euch gar nicht vorstellen, wie man hier an der Uni auf Trab gehalten wird und wie wenig Zeit man übrig behält; außerdem habt Ihr wahrscheinlich schon von Franks Mutter gehört, daß wir gut angekommen sind, und wie man die Sache auch betrachtet, die Gebühren für den Annuf habt Ihr jedenfalls nicht zu bezahlen brauchen.

Phyllis wird natürlich sagen, daß ich das nur erwähne, damit ich das Geld von Euch bekomme, aber das ist ganz falsch, weil ich so etwas niemals tun würde und außerdem noch etwas von dem Geld übrig habe, das Ihr mir vor meiner Abreise gegeben habt – auch von meinem Geburtstagsgeld habe ich noch etwas übrig –, und bei vernünftiger Einteilung brauche ich nichts weiter, bis Ihr während des Quartierwechsels hier durchkommen werdet, obwohl hier alles viel teurer ist als zu Hause. Frank behauptet, die Preise stiegen wegen des Fremdenverkehrs an, aber es gibt im Augenblick so gut wie keine Touristen hier, erst nächste

Woche werden mit der ›Albert Einstein‹ wieder welche eintreffen. Aber wenn Ihr die eingesparte Summe mit mir teilen würdet, wäre das immer noch ein gutes Geschäft für Euch.

Der Grund, warum wir es Mittwoch abend nicht mehr bis hierher geschafft haben, war der, daß der Fahrer Angst hatte, das Eis könnte uns nicht tragen, und so blieben wir in Cynia, und Frank und ich trieben uns bis Sonnenuntergang draußen herum.

Frank und ich wohnen zusammen und haben ein schönes Zimmer. Es ist zwar nur für einen Jungen gedacht und hat nur einen Schreibtisch, aber da wir dieselben Fachgebiete und Studienfächer belegt haben, können wir oft den Projektionsapparat zusammen benutzen. Ich spreche diesen Brief in das Schreibtisch-Diktaphon, weil Frank heute Küchendienst hat und ich noch ein bißchen für Geschichte arbeiten muß, aber das will ich nachher mit Frank zusammen tun. Professor Steuben sagt, er weiß nicht, wie das noch werden soll, wenn immer mehr Studenten herkommen, wo jetzt schon so wenig Platz ist, und ob man sie etwa an Haken aufhängen soll, aber er macht nur Spaß. Er ist überhaupt sehr spaßig, und alle mögen ihn sehr und werden traurig sein, wenn er uns bald mit der ›Albert Einstein‹ verläßt und der neue Direktor kommt.

Das ist alles für heute, denn Frank ist gerade zurückgekommen, und wir wollen uns jetzt an die Arbeit machen, weil wir morgen mündlich in System-Geschichte drankommen.

Euer Euch liebender Sohn
James Madison Marlowe, Jr.

PS.: Frank erklärt mir gerade, daß auch er noch nicht an seine Eltern geschrieben hat und ob Ihr nicht seine Mutter anrufen und ihr sagen könntet, daß es ihm gut geht und daß sie ihm sofort seine Kamera schicken soll; er hat sie nämlich vergessen.

PPS.: Willis läßt Euch herzlich grüßen. Ich habe ihn eben gefragt.

PPPS.: Sagt Phyllis, daß die Mädels hier ihr Haar in Streifen färben. Es sieht albern aus.

Euer Jim

Hätte Professor Dr. Otto Steuben, M.A., sich nicht in den Ruhestand versetzen lassen, hätte Jims Leben an der Lowell-Akademie einen anderen Verlauf genommen. So aber kehrte Steuben zu wohlverdienter Ruhe ins San Fernando Valley zurück.

Die gesamte Universität geleitete ihn bis zum Flughafen. Er schüttelte einem jeden die Hand, vergoß ein paar Tränen und empfahl die Studenten der Obhut Marquis Howes, der erst vor kurzem von der Erde eingetroffen war, um die Leitung der Akademie zu übernehmen.

Als Frank und Jim vom Flughafen zurückkehrten, bemerkten sie, daß die vor ihnen eingetroffenen Studenten sich vor dem Schwarzen Brett zusammendrängten. Sie mischten sich unter die Gruppe und lasen:

ZUR BESONDEREN KENNTNISNAHME!

Alle Studenten haben nicht nur für die Sauberkeit und Ordnung in ihren Unterkünften zu sorgen, sondern müssen selbst ordentlich und sauber sein. Die Überwachung dieser Vorschriften durch Vertrauensstudenten hat sich als nicht zufriedenstellend erwiesen. Deshalb wird der Direktor ab sofort wöchentlich einmal selbst Revierbegehungen vor-

nehmen. Die erste Inspektion dieser Art findet am Sonnabend, dem 7. Ceres, um 10 Uhr statt.

(gez.) M. Howe, Direktor

»Was sagst du dazu!« rief Frank. »Ist das nicht ein starkes Stück?«

Jim starrte mit düsterer Miene auf den Anschlag. »Wenn ich nur daran denke, daß heute schon der sechste Ceres ist.«

»Ja, sicher, aber was soll das überhaupt? Sind wir hier in einer Besserungsanstalt?«

Frank wandte sich an einen älteren Studenten, der bis jetzt für die Ordnung auf ihrem Korridor zuständig gewesen war.

»Was meinst du dazu, Anderson?«

»Ich weiß nicht recht. Ich habe immer geglaubt, es wäre alles in Ordnung.«

»Was wirst du dagegen unternehmen?«

»Ich?« Anderson überlegte eine Weile, ehe er antwortete.

»Ich habe nur noch ein Semester bis zur Abschlußprüfung, dann bin ich hier verschwunden. Ich werde hübsch das Maul halten und in den sauren Apfel beißen.«

»Was? Für dich mag das ja eine Lösung sein, aber ich habe noch zwölf Semester vor mir. Was bin ich denn? Etwa ein Verbrecher?«

»Das ist deine Angelegenheit, Junge.«

Damit ging der ältere Student davon.

Unter den versammelten Jungen fiel einer durch seine Gleichgültigkeit der Ankündigung gegenüber auf. Es war Herbert Beecher, der Sohn des obersten Verwaltungsbeamten der Gesellschaft; er war noch nicht lange auf dem Mars und auch noch nicht lange an der Akademie. Einer der Jungen sah ihn schmunzeln.

»Worüber grinst du denn so albern?« wandte er sich an ihn. »Hast du das etwa schon vorher gewußt?«

»Natürlich habe ich's gewußt.«

»Hast es selbst ausgeheckt, wie?«

»Nein, aber mein alter Herr ist der Ansicht, daß ihr Penner lange genug zu glimpflich davongekommen seid. Mein alter Herr meint, Stoobie wäre zu nachsichtig gewesen, und es gäbe weder Zucht noch Ordnung an dieser Uni. Mein alter Herr sagt, daß ...«

»Hier will keiner hören, was dein Alter sagt. Mach, daß du wegkommst!«

»Ich würde dir raten, nicht in diesem Ton von meinem alten Herrn zu sprechen. Ich werde ...«

»Schwirr ab, sage ich!« Der junge Beecher maß seinen Gegner – einen rothaarigen Burschen namens Kelly –, merkte, daß die Drohung ernst gemeint war, und machte sich aus dem Staub.

»Der hat gut grinsen«, sagte Kelly bitter, »er wohnt bei seinem Vater. Betroffen werden nur wir, die wir hier hausen müssen. Das ist die reinste Anstachelung zum Klassenhaß.«

Etwa ein Drittel der Studenten waren Söhne von in Syrtis Minor stationierten Angestellten der Gesellschaft und lebten bei ihren Eltern. Der Rest setzte sich aus Angehörigen von Kolonisten zusammen, welche die jährliche Umsiedlung mitmachen mußten, und aus Arbeiterkindern, deren Väter in weit draußen liegenden Siedlungen am Atmosphäre-Projekt arbeiteten. Die Mehrzahl der Letztgenannten waren Bolivianer und Tibeter sowie ein paar Eskimos. Kelly wandte sich an einen von ihnen. »Was meinst du, Chen? Sollen wir uns das gefallen lassen?«

Das breite Gesicht des Esikmos blieb völlig ausdruckslos.

»Es lohnt nicht, sich darüber zu aufzuregen.« Er schickte sich an, weiterzugehen.

»Was? Willst du damit sagen, daß du nicht für deine Rechte kämpfen willst?«

»Das geht vorüber.«

Jim und Frank kehrten auf ihr Zimmer zurück, diskutierten die Angelegenheit aber lebhaft weiter.

»Frank«, fragte Jim, »was mag hinter dieser Geschichte stecken? Ob dieselbe Verfügung auch an der Uni der Mädels gilt?«

»Ich könnte Dolores Montez anrufen und mich erkundigen.«

»Hm ... laß nur. Es ist ja auch egal. Die Frage ist: wie verhalten wir uns?«

»Was können wir denn unternehmen?«

»Ich weiß nicht. Ich wünschte, ich könnte Dad fragen. Er hat mir immer eingebleut, für meine Rechte zu kämpfen – aber vielleicht würde er sagen, hier sei es nicht der Rede wert. Vielleicht. Ich weiß es nicht.«

»Sag mal«, meinte Frank. »Warum fragen wir unsere Väter eigentlich nicht um Rat?«

»Meinst du, daß wir sie anrufen sollten? Werden denn heute Gespräche umgelegt?«

»Nein, nicht anrufen, das ist zu teuer. Wir werden einfach warten, bis sie auf dem Wege in die Winterquartiere hier durchkommen. Das dauert ja nicht mehr sehr lange. Wenn wir die Sache an die große Glocke hängen wollen, müssen unsere Familienangehörigen hier sein, sonst haben wir keinerlei Rückhalt. Inzwischen tun wir, was man uns sagt. Vielleicht ist es gar nicht so schlimm.«

»Das läßt sich hören.« Jim erhob sich. »Am besten, wir fangen gleich mit dem Revierreinigen an.«

»Okay. Sag mal, Jim, da fällt mir eben etwas ein. Heißt der Vorsitzende der Gesellschaft nicht Howe?«

»John W. Howe«, sagte Jim. »Stimmt. Warum?«

»Weil unser Direktor ebenfalls Howe heißt.«

»Oh.« Jim schüttelte den Kopf. »Das will nichts weiter besagen. Howe ist ein sehr verbreiteter Name.«

»Ich wette aber doch, daß es etwas zu bedeuten hat. Doc MacRae hat immer gesagt, man müßte mit jemandem von den höheren Chargen verwandt oder befreundet sein, um einen wichtigen Posten bei der Gesellschaft zu kriegen. Doc behauptet, daß die führenden Leute in der Gesellschaft alle miteinander verwandt oder eng befreundet sind und daß es der größte Witz seit der Erfindung der Frauen wäre, das Unternehmen für eine gemeinnützige Angelegenheit zu halten.«

»Hmm ... Ich weiß nicht. Wo soll ich denn diesen Mist hinkippen?«

Am nächsten Morgen beim Frühstück wurden Zettel mit neuen Stubenordnungen verteilt, und die Jungen mußten mit dem Aufräumen noch einmal von vorn anfangen, was nicht einfach war, da die Anordnungen des Direktors die Möglichkeit unberücksichtigt ließen, daß zwei Studenten ein einziges Zimmer bewohnten. Es wurde zehn, ehe sie damit zu Rande kamen. Gleichwohl vergingen noch zwei weitere Stunden, ehe der Direktor auf seinem Inspektionsgang zu ihnen gelangte.

Er steckte den Kopf durch die Tür und schien schon weitergehen zu wollen, kam dann aber doch herein.

Er zeigte auf ihre Freiluftanzüge, die an Haken neben dem Spind hingen.

»Warum habt ihr diese barbarischen Bemalungen nicht von euren Masken entfernt?«

Bestürzung spiegelte sich auf den Gesichtern der beiden Jungen; Howe fuhr fort: »Habt ihr denn den neuen Anschlag am Brett nicht gelesen?«

»Nein, Herr Direktor.«

»Dann lest ihn gefälligst. Ihr seid verpflichtet, alle Mitteilungen, die dort ausgehängt werden, zur Kenntnis zu nehmen.« Er wandte sich zur Tür und rief: »Melder!«

Einer der älteren Studenten erschien im Türrahmen. »Herr Direktor?«

»Die Wochenendvergünstigungen für diese beiden streichen. Fünf Minuspunkte für jeden.«

Er blickte sich um.

»Ein Saustall, diese Stube. Warum habt ihr euch nicht nach dem vorgeschriebenen Schema eingerichtet?«

Die offensichtliche Ungerechtigkeit der Frage brachte Jim völlig außer Fassung. Endlich stotterte er: »Das ist eine Einzelstube. Wir haben unser möglichstes getan.«

»Keine Ausflüchte. Werft alle überflüssigen Sachen weg, dann werdet ihr schon Platz haben.« Zum erstenmal fiel sein Blick auf Willis, der sich beim Anblick der Fremden zusammengerollt und in eine Ecke zurückgezogen hatte. Howe zeigte auf ihn. »Sportgeräte gehören auf die Spinde oder müssen in der Turnhalle deponiert werden. Man wirft sie nicht einfach in irgendeine Zimmerecke.«

Jim wollte etwas erwidern, aber Frank gab ihm einen Tritt vor das Schienbein.

Howe ging auf die Tür zu, ununterbrochen Ermahnungen von sich gebend.

»Ich weiß zwar, daß ihr jungen Kerle fernab jeder Zivilisation herangewachsen seid und nie mit gebildeten Menschen Umgang gehabt habt, aber hier werde ich Abhilfe schaffen. Mein Streben geht vor allem dahin, aus dieser Universität eine wahre Bildungsstätte zu machen.« An der Tür blieb er noch einmal stehen und fügte hinzu: »Sobald ihr die Masken gesäubert habt, meldet ihr euch bei mir im Büro.«

Als Howe außer Hörweite war, sagte Jim: »Warum hast du mich vorhin getreten?«

»Du Blödmann! Der Bursche hielt Willis für einen Ball.«

»Ich weiß. Ich wollte ihn gerade aufklären.«

Frank verzog das Gesicht. »Blöd genug wärst du. Du willst doch Willis behalten, oder nicht? Er hätte bestimmt sofort eine neue Vorschrift erlassen, wonach es uns verboten wäre.«

»Oh, das könnte er nicht tun!«

»So siehst du aus! Mir wird jetzt erst klar, daß nur Stoobie unseren Freund an der Entfaltung seiner ganzen Talente gehindert hat. Was meinte er eigentlich mit den ›Minuspunkten‹?«

»Ich weiß nicht, jedenfalls nichts Gutes.« Jim nahm seine Maske herunter und betrachtete die hellen Tigerstreifen. »Weißt du, Frank, ich pfeife darauf, ein ›gebildeter junger Mann‹ zu werden.«

»Ich auch.«

Um nicht noch weitere Unannehmlichkeiten zu haben, beschlossen die Freunde, rasch einen Blick auf das Schwarze Brett zu werfen, ehe sie die Masken säuberten.

Sie gingen hinunter und fanden folgenden Erlaß angeschlagen:

ZUR KENNTNISNAHME
FÜR ALLE STUDENTEN!

1. *Masken mit sogenannten Erkennungszeichen zu bemalen, ist ab sofort verboten. Die Masken sind ohne derartige Zeichen zu tragen. Jeder Student hat seinen Namen in zentimetergroßen Buchstaben quer über Brust und Schultern seines Freiluftanzuges anzubringen.*
2. *Außer auf den eigenen Stuben haben die Studenten stets und überall Hemden, Schuhe oder Hausschuhe zu tragen.*
3. *Das Halten von Tieren ist nicht erlaubt. Nur in Fällen, wo die Tiere als wissenschaftliche Objekte von Interesse sind, kann ihre Unterbringung im biologischen Laboratorium beantragt werden.*
4. *In den Schlafstuben dürfen keine Lebensmittel aufbewahrt werden.* ***Studenten,*** *die Lebensmittelpakete von ihren Angehörigen erhalten, müssen dieselben bei der Haushälterin in Aufbewahrung geben; angemessene Portionen können außer nach dem Sonnabend-Frühstück unmittelbar nach jeder Mahlzeit angefordert werden. Für ›Kaffee-und-Kuchen-Gesellschaften‹ anläßlich von Geburtstagen usw. muß eine Sondergenehmigung eingeholt werden.*
5. *Studenten, denen die Wochenendvergünstigungen gestrichen worden sind, dürfen lesen, Briefe schreiben, Instrumente spielen oder Musik hören. Es ist ihnen verboten, Karten zu spielen, Besuche auf anderen Stuben zu machen und das Universitätsgelände zu verlassen.*

6. *Studenten, die telefonieren wollen, müssen die Gespräche auf dem dafür vorgeschriebenen Formular anmelden und erhalten den Schlüssel zur Telefonzelle auf dem Hauptbüro.*
7. *Der Schülerrat ist aufgelöst. Die Schülerselbstverwaltung wird erst wieder aufgenommen, wenn das Betragen der gesamten Schülerschaft einen solchen Schritt rechtfertigt.*

(gez.) M. Howe, Direktor.

Jim pfiff. Frank sagte: »Oh, Mann, Jim. Sieh dir das an. Wir werden am Ende noch um Erlaubnis bitten müssen, wenn wir uns kratzen wollen. Wofür hält der Kerl uns eigentlich?«

»Frag mich nicht.«

»Du weißt auch nie etwas. Aber schau dir mal Paragraph drei genau an ...«

»Was ist denn damit?« Jim las ihn noch einmal durch.

»Du mußt mit dem Biologieprofessor sprechen, damit für Willis etwas geschieht.«

»Was?« Jim hatte den Absatz über das Halten von Tieren einfach in keiner Weise mit Willis in Zusammenhang gebracht; für ihn war Willis kein Haustier. »Das kann ich nicht machen, Frank. Er würde sich schrecklich verlassen vorkommen.«

»Dann mußt du ihn nach Hause zu deiner Familie schicken.«

»Das kommt überhaupt nicht in Frage.«

»Was willst du dann tun?«

»Ich weiß nicht.« Er überlegte. »Ich werde überhaupt nichts tun. Nur einfach gut auf ihn aufpassen. Howe ahnt ja nicht einmal, daß ich ihn hier habe.«

»Schön ... damit könntest du vielleicht durchkommen, solange dich niemand verrät.«

»Ich glaube nicht, daß einer von den Kameraden sich dazu hergeben würde.«

Sie kehrten auf ihre Stube zurück und machten sich daran, die Bemalungen von ihren Masken zu entfernen. Viel Erfolg hatten sie damit allerdings nicht; die Farbe hatte sich tief in das Material eingefressen, und sie erreichten lediglich, daß sie die Farben verschmierten.

Nach einiger Zeit steckte ein Student namens Smythe den Kopf durch die Tür. »Soll ich die Masken für euch saubermachen?«

»Geht leider nicht. Die Farben sind zu tief eingedrungen.«

»Du bist so ungefähr der Hundertsiebenundachtzigste, der mir das sagt. Aber aus reiner Güte – und um der Allgemeinheit einen Dienst zu erweisen –, bin ich bereit, eure Masken so zu übermalen, daß sie wie neu aussehen. Es kostet allerdings eine Kleinigkeit.«

»Ich dachte mir schon, daß die Sache einen Haken hat.«

»Wollt ihr, oder wollt ihr nicht? Entscheidet euch, meine Kunden warten.«

»Du würdest nicht einmal davor zurückschrecken, Karten zur Beerdigung deiner Großmutter zu verkaufen, Smitty.«

Jim zog einen Viertelkredit in gültiger Marswährung aus der Tasche.

»Das wäre noch eine Idee! Wieviel könnte ich dafür verlangen, was meinst du?« Der andere Junge brachte eine Büchse Farbe und einen Pinsel zum Vorschein und machte sich daran, Jims stolzes Erkennungszeichen zu übertünchen. »Da! In ein paar Minuten wird es trocken sein. Und wie steht's mit dir, Sutton?«

»Okay, Blutsauger«, sagte Frank.

»Spricht man in solchen Tönen von seinem Wohltäter? Ich bin verabredet, auf der Mädchenseite drüben, und trotzdem opfere ich meinen kostbaren Sonnabend für euch.« Smythe brachte Franks Maske ebenso schnell in Ordnung wie die von Jim.

»Du meinst, du opferst deine Zeit dafür, das Geld für deine Verabredung zusammenzukratzen«, sagte Jim. »Was hältst du eigentlich von den Schikanen, die sich der neue Direktor ausgedacht hat, Smitty? Sollen wir kuschen oder sollen wir Krach machen?«

»Krach machen? Wozu?« Smythe packte sein Handwerkszeug zusammen. »Wenn ihr genug Grips hättet, würdet ihr schon längst gemerkt haben, daß man aus jeder dieser Vorschriften Kapital schlagen kann. Ganz neue Geschäftsmöglichkeiten tun sich auf. Wenn ihr etwas braucht, kommt zu Smitty – ich habe Tag und Nacht geöffnet.« An der Tür blieb er noch einmal stehen. »Das mit den Karten zum Begräbnis meiner Großmutter behaltet gefälligst für euch; sie würde mir sonst noch Prozente abverlangen, ehe sie abkratzt. Gerissener als meine Oma kann man in Geldangelegenheiten nicht sein.«

»Frank«, sagte Jim, nachdem Smythe verschwunden war, »irgendwas an diesem Kerl gefällt mir nicht.«

Frank zuckte die Achseln. »Er hat uns aus der Klemme geholfen. Melden wir uns, und sehen wir zu, daß wir von der Strafliste gestrichen werden.«

»Gut. Er erinnert mich an etwas, das der Doc immer sagte. ›Jedes Gesetz, das geschrieben wurde, hat der Korruption neue Pforten geöffnet.‹«

»Das muß nicht unbedingt so sein. Komm.«

Vor dem Büro des Direktors stand bereits eine lange Schlange. Endlich wurden sie in Zehnergruppen hereingelassen. Howe warf einen kurzen Blick auf ihre Masken und fing gleich wieder mit seinen Ermahnungen an.

»Ich hoffe, dies wird euch jungen Gentlemen eine Lehre sein, nicht nur, was Sauberkeit, sondern auch, was Wachsamkeit angeht. Hättet ihr euch rechtzeitig darüber informiert, was auf dem Brett angeschlagen stand, so hättet ihr die nötigen Vorkehrungen treffen können. Was den Verstoß selbst betrifft, so könnt ihr euch ein für allemal merken, daß diese Strafe sehr milde ausgefallen ist im Vergleich zu den kindischen und barbarischen Schmierereien auf euren Masken.«

Er machte eine Pause und vergewisserte sich, daß man ihm zuhörte. »Es gibt keinen wie immer gearteten Grund dafür, daß die kolonialen Sitten ungehobelt und vulgär sein müßten, und als Leiter dieser Anstalt empfinde ich es als meine vornehmste Pflicht, daß alle diese Mängel, die euch von zu Hause aus anhaften, beseitigt werden. Der vornehmste, ja, vielleicht der einzige Zweck der Erziehung ist die Festigung des Charakters – und Charakter erwirbt man nur durch Disziplin. Ich bilde mir ein, mich außergewöhnlich gut für diese Aufgabe zu eignen; ehe ich hierher kam, war ich zwölf Jahre als Lehrer an der Rocky-Mountains-Militär-Akademie tätig, einer außerordentlich guten Ausbildungsstätte, einer Akademie, aus der *Männer* hervorgingen.«

Wieder machte er eine Pause, entweder um zu verschnaufen, oder um seine Worte einwirken zu lassen. Jim war zwar auf eine Rüge gefaßt gewesen, aber langsam trieb ihm die hochnäsige Art dieses Mannes und besonders seine Bemerkung über die Rückständigkeit kolonialer Elternhäuser die Galle ins Blut. Er meldete sich zum Wort.

»Mr. Howe?«

»Ja? Was gibt's?«

»Wir sind hier nicht in den Rocky Mountains, sondern auf dem Mars. Und dies ist keine Militärakademie.«

Für einen Augenblick schien es, als würde Mr. Howe sich vor Überraschung und Wut zu einer Gewalttätigkeit hinreißen lassen, oder als würde er jeden Augenblick einen Schlaganfall erleiden. Er bezähmte sich jedoch und fragte gepreßt: »Wie heißt du?«

»Marlowe, Herr Direktor, James Marlowe.«

»Für dich wäre es entschieden besser, Marlowe, wenn dies eine Militärakademie wäre.« Dann wandte er sich an die anderen. »Ihr könnt jetzt gehen. Wochenendvergünstigungen werden wieder gewährt. Marlowe, du bleibst hier.«

Als die anderen gegangen waren, sagte Howe: »Marlowe, es gibt auf der Welt nichts Schlimmeres als einen jungen Bengel, der einen großen Schnabel riskiert und seine Grenzen nicht kennt. Durch die Großzügigkeit der Gesellschaft stehen dir sämtliche Bildungsmöglichkeiten offen. Es steht dir schlecht zu Gesicht, über die Leute, die von der Gesellschaft angestellt sind, um über deinen Bildungsgang zu wachen, billige Witze zu reißen. Siehst du das ein?«

Jim erwiderte nichts. Howe fuhr in scharfem Tonfall fort: »Los! Äußere dich dazu, mein Junge – gib dein Vergehen zu und entschuldige dich. Sei ein Mann!«

Jim sagte wiederum nichts.

Howe trommelte auf der Schreibtischplatte; endlich sagte er: »Also schön, geh auf deine Stube und denk darüber nach. Du hast das ganze Wochenende Zeit dazu.«

Als Jim auf die Stube zurückkehrte, warf Frank ihm einen bewundernden, von Kopfschütteln begleiteten Blick zu.

»Junge, Junge!« sagte er. »Bist du jetzt nicht ein bißchen zu weit gegangen?«

»Man mußte es ihm einmal deutlich sagen.«

»Klar. Aber was willst du jetzt machen? Dir die Gurgel durchschneiden oder in ein Kloster gehen? Du wirst von jetzt an keine Sekunde mehr vor dem Alten sicher sein. Und ich als dein Stubengenosse werde auch darunter zu leiden haben.«

»Verdammt noch mal, Frank, wenn das deine Reaktionen sind, dann such dir einen anderen Stubengenossen!«

»Sachte, sachte! Ich laß dich schon nicht fallen, Mann. Ich halte zu dir. ›Ein Lächeln auf den Lippen, stürzte der Knabe tot zu Boden.‹ Ich bin froh, daß du's dem Kerl gegeben hast. Ich hätte dazu nicht den Mut gehabt.«

Jim warf sich auf sein Bett. »Ich glaube nicht, daß ich es hier aushalten werde. Ich bin es nicht gewöhnt, daß man mich wegen nichts und wieder nichts herumschubst und mich schlecht behandelt. Und jetzt wird der Tanz erst richtig losgehen. Was kann ich machen?«

»Wenn ich es dir nur sagen könnte!«

»Unter dem alten Stoobie war es direkt nett hier – ich hatte das Gefühl, daß ich hier gut aufgehoben war.«

»Stoobie war in Ordnung. Aber was kannst du machen, Jim? Im Grunde nur das Maul halten, die Schläge einstecken und darauf hoffen, daß der neue Direktor die Sache vergißt.«

»Aber die anderen sind auch alle dagegen. Wenn

wir zusammenhalten, könnten wir ihn vielleicht zum Nachgeben zwingen.«

»Kaum. Du warst der einzige, der den Mund aufgemacht hat. Und nicht einmal ich habe mich solidarisch mit dir erklärt – und ich bin hundertprozentig deiner Meinung.«

»Und wenn wir alle an unsere Eltern schreiben?«

Frank schüttelte den Kopf. »Alle kannst du dazu nicht bewegen – irgendeiner würde uns bestimmt verpfeifen. Und dann würdest du erst richtig in der Tinte sitzen – wegen Anstiftung zum Aufruhr oder irgendeinem solchen Quatsch. Und was für stichhaltige, nachweisbare Gründe hast du dafür, daß Howe etwas tut, wozu er kein Recht hat? Ich weiß schon, was mein alter Herr dazu sagen würde.«

»Was würde er denn sagen?«

»Er hat mir oft genug Geschichten aus seiner Studienzeit auf der Erde erzählt, und wie streng sie damals gehalten wurden. Ich glaube, er ist sogar ein bißchen stolz darauf. Wenn ich ihm jetzt damit käme, daß Howe uns nicht gestattet, Kuchen mit auf die Stube zu nehmen, würde er mich einfach auslachen. Er würde sagen . . .«

»Verdammt noch mal, Frank, es handelt sich nicht bloß um die Fressalien, die wir nicht mit auf die Stube nehmen sollen, sondern um das Ganze.«

»Sicher, sicher. Mir brauchst du das nicht zu sagen. Aber versuch mal, es meinem alten Herrn beizubringen. Schließlich handelt es sich ja um lauter Kleinigkeiten. Es muß erst noch viel schlimmer kommen, ehe unsere Eltern etwas unternehmen können . . .«

Franks Ansichten erfuhren noch am selben Tage eine Bestätigung. Nachdem es sich herumgesprochen hatte, erschien ein Student nach dem anderen auf ihrer Stube, um Jim die Hand für seinen mutigen Widerstand gegen den Direktor zu drücken, oder auch nur, um den seltsamen Kerl einmal aus der Nähe zu sehen, der die Frechheit besessen hatte, sich gegen die eingesetzte Obrigkeit aufzulehnen. Eines ging jedoch ganz deutlich daraus hervor: niemand mochte den neuen Direktor, und fast alle lehnten seine neuen »disziplinarischen« Maßnahmen insgesamt oder doch zum Teil ab, aber keiner wollte in eine, wie man vermutete, hoffnungslos verlorene Sache verwickelt werden.

Am Sonntag machte Frank einen Ausflug nach Syrtis Minor – in das von Erdenmenschen bewohnte Viertel, nicht in die dicht daneben liegende Eingeborenenstadt. Jim, der so gut wie unter Stubenarrest stand, mußte daheim bleiben und vertrieb sich die Zeit, indem er sich mit Willis unterhielt.

Gegen Abend kam Frank zurück und verkündete: »Ich habe dir etwas mitgebracht.« Er warf ihm ein Päckchen zu.

»Das nenne ich Freundschaft! Was ist es denn?«

»Mach auf und schau nach.«

Es war eine neue Tangoaufnahme mit dem Titel *Quien es la Senorita?*, in Rio hergestellt und mit der *Albert Einstein* frisch von der Erde eingetroffen. Jim hatte eine außerordentliche Vorliebe für südamerikanische Musik, und Frank hatte daran gedacht.

»Junge, Junge!« Jim trat an den Schreibtisch, legte das Band ins Abspielgerät und freute sich auf den bevorstehenden Genuß. Frank hielt ihn zurück.

»Es klingelt zum Abendessen. Warte lieber.«

Jim fügte sich nur widerstrebend, doch als sie aus der Kantine zurückkamen, spielte er das Band mehrmals hintereinander, bis Frank ihn ermahnte, daß sie noch zu arbeiten hätten. Vor dem Schlafengehen spielte er die Aufnahme noch einmal.

Auf dem Korridor waren die Lichter bereits seit einer Viertelstunde erloschen, als *Quien es la Senorita?* noch einmal von vorn erklang. Frank richtete sich mit einem Ruck auf.

»Was soll das? Jim – hör jetzt auf damit!«

»Ich tue doch gar nichts«, protestierte Jim. »Es muß Willis sein.«

»Bring ihn zum Schweigen. Erdrossele ihn. Stülp ihm ein Kissen über den Kopf.«

Jim schaltete das Licht ein. »Willis, Junge – he, Willis! Mach nicht solchen Krach!«

Willis hörte ihn anscheinend überhaupt nicht. Er stand in der Mitte der Stube und bewegte die Augenstengel im Takt. Seine Wiedergabe war hervorragend, vollständig mit Marimbas, Refraingesang und allem anderen.

Jim hob ihn auf. »Willis! Ruhig jetzt, Kerl!«

Willis machte unbeeindruckt weiter. Plötzlich wurde die Tür weit aufgestoßen, und Direktor Howe stand im Rahmen. »Habe ich's mir doch gedacht«, sagte er triumphierend, »keinerlei Rücksichtnahme auf andere. Stellt den Lautsprecher sofort ab. Ihr habt Stubenarrest für den ganzen nächsten Monat.«

Willis spielte weiter, und Jim versuchte hastig, ihn hinter seinem Körper zu verbergen.

»Hast du denn nicht gehört, was ich gesagt habe?« herrschte Howe ihn an. »Ich habe befohlen, die Musik abzuschalten.«

Er trat an den Schreibtisch und drehte an dem Lautsprecherknopf, aber da er bereits ganz abgestellt war, kam weiter nichts dabei heraus, als daß er sich einen Fingernagel einriß. Er unterdrückte einen unstandesgemäßen Fluch und steckte sich den Finger in den Mund. Willis dröhnte unbekümmert weiter.

Howe drehte sich um. »Wie hast du denn das Ding bloß angeschlossen?« stieß er kurz hervor. Als er keine Antwort erhielt, trat er dicht an Jim heran und sagte: »Was versteckst du denn da?« Er stieß Jim beiseite und schaute ungläubig und angewidert auf Willis nieder. »Was ist denn das?«

»Ääăh, das ist Willis«, erwiderte Jim kläglich.

Howe war kein völliger Dummkopf; nach und nach ging ihm auf, daß die Musik aus diesem seltsam aussehenden und mit Pelz bedeckten runden Ding gekommen sein mußte.

»Und was ist ›Willis‹, wenn man fragen darf?«

»Er ist ... ein ... ein Angeber. Eine Art Marsgeschöpf.«

Willis benutzte diesen Augenblick, um seine Darbietung mit einem in rauchiger Altstimme hingehauchten *buenas noches* zu beschließen.

»Ein Angeber? Noch nie von einem solchen Wesen gehört.«

»Selbst unter den Kolonisten gibt es nur sehr wenige Leute, die einen Angeber zu Gesicht bekommen haben. Sie sind selten.«

»Nicht selten genug, scheint mir. Eine Art Marspapagei, nehme ich an.«

»Aber nein.«

»Was soll das heißen, ›aber nein‹?«

»Er hat überhaupt nichts von einem Papagei. Er spricht, er denkt – er ist mein Freund!«

Howe hatte seine Erstaunen überwunden und entsann sich, weshalb er hergekommen war. »Das alles ist nebensächlich. Hast du denn nicht gelesen, was ich über Haustiere angeordnet habe?«

»Ja, aber Willis fällt nicht unter diese Anordnung.«

»Wieso denn nicht?«

»Weil er kein Haustier in diesem Sinne ist, sondern ... nun ja, eben Willis.«

Diesmal benützte Willis den Augenblick, um wiederzugeben, was er aufgeschnappt hatte, nachdem der Tango zum letztenmal erklungen war: »Junge, wenn ich diese Musik höre«, verkündete er mit Jims Stimme, »kann mir Howe, der alte Penner, den Buckel runterrutschen.«

»Ich kann nicht so leicht vergessen, was er uns angetan hat«, fuhr Willis mit Franks Stimme fort. »Ich wünschte, ich hätte ihm genauso Bescheid gesagt wie du, Jim. Er hat bestimmt nicht alle Latten im Zaum. Ich wette, daß er als Junge ein Feigling und Versager war und nie darüber hinweggekommen ist.«

Howe wurde bleich. Frank hatte mit seiner Analyse genau ins Schwarze getroffen. Der Direktor hob die Hand, als ob er zuschlagen wollte, ließ sie jedoch wieder sinken, unschlüssig, wen er denn nun schlagen sollte. Willis zog auf der Stelle sämtliche Pseudopodien ein und rollte sich zu einem glatten Ball zusammen.

»Wenn das kein Haustier ist!« sagte Howe wütend, nachdem er die Sprache wiedergefunden hatte. Er nahm Willis auf den Arm und ging auf die Tür zu.

Jim lief hinter ihm her. »Mr. Howe ... Sie dürfen ihn mir nicht wegnehmen!«

Der Direktor wandte sich um. »So? Ich darf ihn also nicht mitnehmen, was? Mach, daß du ins Bett kommst, Bengel, und melde dich morgen früh bei mir!«

»Wenn Sie Willis irgendein Leid antun, werde ich ... werde ich ...«

»Was wirst du?« sagte Howe und blieb stehen.

»Deinem Liebling wird nichts weiter geschehen. Und nun zurück ins Bett mit dir, sonst prügle ich dich doch noch tüchtig durch.« Er drehte sich wieder um und ging hinaus, ohne sich zu vergewissern, ob sein Befehl ausgeführt wurde.

Jim stand da und starrte auf die geschlossene Tür. Tränen liefen ihm über die Wangen, und er schluchzte vor Wut, Enttäuschung und Hilflosigkeit. Frank trat auf ihn zu und legte ihm die Hand auf die Schulter.

»Nimm es nicht so tragisch, Jim. Du hast doch gehört, daß er gesagt hat, Willis würde kein Leid geschehen. Kriech wieder ins Bett und bring die Sache morgen ins reine. Schlimmstenfalls muß du Willis nach Hause schicken.«

Jim machte eine abwehrende Bewegung.

Frank fuhr fort: »Sei vernünftig, Mann, und laß dich nicht bis zum äußersten von dem Kerl reizen, sonst begehst du noch irgendeine Dummheit, und dann hat er dich am Wickel.«

»Wütend genug bin ich.«

»Ich weiß, und ich kann es dir nicht verdenken. Aber du mußt darüber hinwegkommen und deinen Verstand benutzen. Howe will dir um jeden Preis eins auswischen, aber was er auch tut oder sagt, du mußt ruhig bleiben und klüger sein als er – sonst bist du der Angeschmierte.«

»Du hast wahrscheinlich recht.«

»Ich weiß, daß ich recht habe. Doc würde dasselbe sagen. Und jetzt ab ins Bett.«

In dieser Nacht schlief keiner von beiden viel. Gegen Morgen träumte Jim, daß Howe ein in sich selbst zurückgezogener, zusammengerollter Marsmensch wäre, den er, wider besseres Wissen, aufzurollen versuchte.

Am nächsten Morgen hing ein neuer Anschlag am Schwarzen Brett aus. Er lautete:

WICHTIGE BEKANNTMACHUNG!

Alle Waffen aus Privatbesitz sind sofort auf der Waffenkammer abzugeben. Das Amt des Studenten-Waffenmeisters ist abgeschafft; die Ausgabe von Waffen erfolgt nur durch den Direktor persönlich und nur an Studenten, die das Gelände der Universität und die angrenzende Siedlung verlassen. Das Tragen von Handfeuerwaffen in Gebieten, wo keine tatsächliche Gefahr durch Marsfauna besteht, ist verboten.

(gez.) M. Howe, Direktor.

Jim und Frank lasen den Anschlag gemeinsam durch. »Ich verstehe nicht«, sagte Jim, »was er damit bezweckt, wo wir doch fast alle Waffenscheine haben.«

Die Studenten gaben ihre Waffen für gewöhnlich zur Aufbewahrung auf der Kammer ab; Buch geführt wurde aber nur über die Waffen derjenigen, die noch keinen Schein hatten.

Frank las den Anschlag noch einmal durch. »Weißt du, was ich glaube?«

»Nein. Was?«

»Ich glaube, der Kerl hat Angst vor dir.«

»Vor mir? Warum?«

»Wegen gestern abend. Du hättest ihn am liebsten umgebracht, und er hat es deutlich genug gespürt. Er hat Schiß. Jetzt will er dir diesen Zahn ziehen. Was wir anderen mit unseren Waffen treiben, interessiert ihn überhaupt nicht.«

»Meinst du wirklich? Hm ... vielleicht ist es ganz

gut, daß unsere Waffen zufällig nicht auf der Kammer sind.«

»Die Frage ist nur: was wirst du jetzt tun?«

Jim überlegte. »Ich gebe meine Pistole nicht ab. Dad würde das auch nicht von mir verlangen, da bin ich mir ganz sicher. Ich habe meinen Waffenschein und brauche mich dieser Anordnung nicht zu fügen. Ich bin ein qualifizierter Schütze, ich habe die Psycho-Tests bestanden und den Eid abgelegt. Ich bin genauso berechtigt, eine Pistole zu tragen, wie der Direktor.«

»Okay, bin ganz deiner Meinung. Aber ehe du dich bei ihm meldest, müssen wir uns noch genau überlegen, wie wir vorgehen wollen.«

Als sie beim Frühstück saßen, tauchte Smythe auf, und als Frank ihn erblickte, hatte er plötzlich eine Idee. Er tuschelte Jim etwas ins Ohr. Nach dem Frühstück traten sie beide an Smythe heran und nahmen ihn mit auf ihre Stube.

»Hör mal, Smitty«, begann Jim, »du bist doch ein fixer Bursche, oder nicht?«

»Hm ... schon möglich. Was gibt's?«

»Hast du den neuesten Anschlag schon gelesen?«

»Klar. Wer nicht? Alles schimpft darüber.«

»Wirst du deine Pistole abgeben?«

»Meine Knarre liegt schon die ganze Zeit auf der Kammer. Was brauche ich eine Pistole? Ich habe Köpfchen.«

»In dem Fall wirst du wegen deiner Pistole nicht aufgerufen werden. Nur mal angenommen, daß man dir zwei Päckchen zur Aufbewahrung in die Hand drückt. Du machst sie nicht auf und weißt auch nicht, was drin ist. Meinst du, daß du ein sicheres, ein wirklich sicheres Versteck dafür finden könntest und trotzdem imstande wärst, die Päckchen ganz kurzfristig wieder ihren Besitzern auszuhändigen?«

»Ich nehme an, daß niemand etwas von diesen, hm ... Päckchen erfahren soll?«

»Niemand.«

»Na ja ... so was kostet.«

»Wieviel?«

»Für weniger als zwei Kredite wöchentlich kann ich es beim besten Willen nicht tun.«

»Das ist zu teuer«, warf Frank kurz dazwischen.

»Na schön. Da ihr meine Freunde seid, sagen wir ... acht Kredite für den Rest des Jahres.«

»Immer noch zuviel.«

»Dann also sechs, aber das ist das Äußerste. Schließlich muß mir auch für das Risiko etwas bleiben.«

»Gemacht«, sagte Jim, noch ehe Frank weiter verhandeln konnte.

Ehe Jim sich beim Direktor meldete, zog Smythe mit einem Bündel davon.

5

KLEINE LAUSCHER HABEN GROSSE OHREN

Jim mußte eine halbe Stunde warten, ehe Direktor Howe ihn vorließ. Als er ihm gegenüberstand, bemerkte Jim, daß Howe einen außerordentlich selbstzufriedenen Eindruck machte. Er hob den Kopf. »Ja? Du wolltest mich sprechen?«

»Ich sollte mich bei Ihnen melden, Herr Direktor.«

»Auf meinen Anweisung? Wie heißt du doch gleich?«

Das weiß er ganz genau, sagte Jim zu sich selber; er will mich nur zu einer Unbesonnenheit verleiten. Franks eindringliche Warnung, auf jeden Fall die Ruhe zu bewahren, fiel Jim ein.

»James Marlowe, Herr Direktor«, erwiderte er gefaßt.

»Ach ja, richtig. Du wolltest mich in irgendeiner Angelegenheit sprechen, Marlowe?«

»Ich sollte mich wegen Willis bei Ihnen melden.«

»Willis? Richtig, das ist dieser Marsrundkopf.« Howe lächelte dünn. »Ein interessantes wissenschaftliches Objekt.«

Weiter sagte Howe nichts. Das Schweigen währte so lange, daß Jim bald einsah, daß der Direktor ihn zu den ersten Schritten zwingen wollte. Er hatte sich bereits mit dem Gedanken abgefunden, daß es unmöglich war, Willis bei sich zu behalten. Deshalb sagte er: »Ich bin gekommen, um ihn zu holen. Ich werde ihn in der Stadt unterbringen und ihn bei der ersten Gelegenheit zurück nach Hause schicken.«

Howe lächelte breiter. »So? Aber vielleicht verrätst du mir einmal, wie du das bewerkstelligen willst, wo du doch die Akademie für die nächsten dreißig Tage nicht verlassen darfst?«

Jim hörte noch immer Franks warnende Stimme. Er erwiderte: »Dann werde ich eben jemanden damit beauftragen – heute noch. Dürfte ich jetzt bitte Willis haben?«

Howe lehnte sich zurück und verschränkte die Hände über dem Bauch.

»Du wirfst da einen hochinteressanten Gesichtspunkt in die Debatte, Marlowe. Gestern abend hast du behauptet, dieses Geschöpf wäre kein Tier.«

Jim wußte nicht, worauf Howe hinauswollte.

»Ja, und?«

»Du bist dabei ziemlich in Erregung geraten und hast behauptet, du wärest nicht sein Eigentümer, sondern sein Freund. Stimmt das?«

Jim zögerte. Er fühlte die Falle, die ihm von Howe gestellt wurde, war sich aber nicht klar darüber, welcher Art sie war.

»Und wenn ich das behauptet hätte?«

»Hast du es gesagt, oder hast du es nicht gesagt? Antworte gefälligst!«

»Nun ... ja.«

Howe beugte sich vor. »Was willst du dann hier, wo es doch nach deinen eigenen Aussagen feststeht, daß du keinerlei Anrecht auf diese Kreatur hast?«

»Aber ... aber ...« Jim fand keine Worte. Er war mit Worten, mit glatten, schlüpfrigen Worten hereingelegt worden; er wußte nichts zu erwidern. »Das ... das können Sie nicht tun!« stotterte er. »Auch Ihnen gehört er nicht! Sie können ihn nicht eingesperrt festhalten.«

Howe legte seine Fingerspitzen behutsam aufeinander. »Das ist eine Angelegenheit, die erst noch entschieden werden muß. Obwohl du alle Anrechte auf ihn aufgegeben hast, lassen sich vielleicht doch irgendwelche Eigentumsansprüche geltend machen – die Sache ist nämlich die, daß er auf dem Universitätsgelände gefunden wurde und deshalb zugunsten der Akademie beschlagnahmt werden kann, und zwar als wissenschaftliches Objekt.«

»Aber ... aber das können Sie nicht tun, das ist ungerecht! Wenn er überhaupt jemandem gehört, dann mir! Sie haben keinerlei Recht ...«

»Ruhe!«

Jim schwieg, und Howe fuhr leiser fort: »Was ich zu tun oder zu lassen habe, brauchst du mir nicht zu sagen. Du vergißt, daß ich dir in *loco parentis* gegenüberstehe. Ich vertrete Vaterrechte an dir. Was mit dieser Kreatur geschehen soll, werden wir noch sehen; ich hoffe, heute nachmittag mit dem Generaldirektor der Gesellschaft zu einer Unterredung zusammenzutreffen. Das Ergebnis dieser Unterredung wird dir rechtzeitig mitgeteilt.«

Die lateinische Redewendung verwirrte Jim, wie beabsichtigt, vollends; aber die Erklärungen Howes hatten einen schwachen Punkt, und Jim stürzte sich sofort darauf.

»Ich werde meinen Vater von diesen Vorfällen unterrichten. Damit werden Sie nicht so ohne weiteres durchkommen!«

»Drohungen, was?« Howe lächelte säuerlich. »Mach dir gar nicht erst die Mühe, um den Schlüssel für die Telefonzelle zu bitten; Schluß damit jetzt, daß jedesmal gleich die Eltern angerufen werden, wenn ich jemandem sage, er soll sich die Nase wischen.

Schreib deinem Vater einen Brief – aber zeige ihn mir, bevor du ihn abschickst.« Er erhob sich. »Das wäre alles. Du kannst jetzt gehen.«

Frank wartete draußen auf Jim.

»Ich sehe kein Blut«, sagte er, als er Jim erblickte. »Wie ist es denn gelaufen?«

»Oh, dieser ... dieser ...«

»Schlimm, was?«

»Frank, er rückt Willis nicht heraus.«

»Er will, daß du ihn heimschicken sollst? Aber das hast du doch erwartet.«

»Nein, das nicht. Er will ihn behalten. Er redete und redete und drehte die Dinge herum, aber es lief alles darauf hinaus, daß er Willis behalten will.« Jim war nahe daran, wieder in Tränen auszubrechen. »Der arme Willis. Du weißt, wie empfindsam er ist. Was soll ich denn nur tun, Frank?«

»Ich verstehe das nicht«, erwiderte Frank langsam. »Er kann Willis nicht für immer behalten. Willis gehört dir.«

»Ich habe dir doch schon gesagt, daß er alles verdreht hat – aber darauf läuft es hinaus. Wie kann ich Willis nur zurückbekommen? Ich muß ihn wiederhaben, Frank!«

Frank erwiderte nichts; Jim blickte sich untröstlich um und bemerkte erst jetzt die Veränderungen in der Stube.

»Was ist denn hier vor sich gegangen?« fragte er. »Es sieht aus, als hättest du alles demolieren wollen.«

»Ach, das. Ich wollte es dir gerade erzählen. Während du weg warst, haben ein paar von Howes Helfershelfern hier Haussuchung gemacht.«

»Was?«

»Wegen der Pistolen. Ich habe mich dumm gestellt.«

»Das hat man gewagt!« Jim schien einen Entschluß zu fassen. »Ich muß sofort mit Smythe sprechen.« Er stürzte zur Tür.

»He, Moment mal – was willst du denn von Smythe?«

Jim blickte sich um, und sein Gesicht sah plötzlich alt aus. »Ich will meine Pistole haben, und dann gehe ich und hole mir Willis.«

»Jim, du bist verrückt!«

Jim gab keine Antwort, sondern ging wieder auf die Tür zu.

Frank stellte ihm ein Bein, und als Jim stolperte, stürzte er sich auf ihn, verdrehte ihm den Arm und hielt ihn fest.

»Jetzt bleibst du so lange hier liegen, bis du dich beruhigt hast.«

»Laß mich los!«

»Erst wenn du deinen Verstand wiedergefunden hast.«

Keine Antwort.

»Okay«, fuhr Frank fort. »Ich habe Zeit. Sag mir Bescheid, wenn der Anfall vorüber ist.«

Jim versuchte, sich zur Wehr zu setzen, doch Frank verdrehte ihm den Arm, daß er aufschrie und den Widerstand einstellte.

»So ist es schon besser«, sagte Frank. »Und jetzt hör mal zu: Du bist ein netter Kerl, Jim, aber im Augenblick bist du nicht ganz klar im Kopf. Angenommen, du bekämst deine Pistole und es würde dir gelingen, den Alten dazu zu bewegen, Willis herauszurücken. Wie lange würdest du ihn behalten können? Weißt du, wie lange? Gerade nur so lange, bis die Polizei hier ist.

Dann wanderst du in den Knast, und man nimmt dir Willis wieder weg. Und dann siehst du ihn bestimmt nicht wieder ... von den Unannehmlichkeiten, die es deiner Familie bereiten würde, ganz zu schweigen.«

Eine Pause setzte ein. Schließlich sagte Jim: »Okay. Laß mich los.«

»Du hast also die Idee mit der Pistole aufgegeben?«

»Sicher.«

»Ehrenwort? Großes Ehrenwort?«

»Ja, ich verspreche es.«

Frank ließ ihn aufstehen und stäubte ihn ab. Jim rieb sich den Arm und sagte: »Du hättest nicht so grob zupacken müssen.«

»Du hast gerade Grund, dich zu beklagen! Du solltest mir dankbar sein. Los, nimm dein Heft, sonst kommen wir zu spät in Chemie.«

»Ich gehe nicht.«

»Sei nicht albern, Jim. Mach dir nicht noch mehr Schwierigkeiten und renn nicht mit dem Kopf durch die Wand.«

»Darum geht es doch gar nicht. Ich mache Schluß hier, Frank. Ich bleibe auf keinen Fall an dieser verdammten Uni.«

»Was? Mach keine überstürzten Sachen, Jim. Ich weiß, wie dir zumute ist, aber deine Familie kann es sich nicht leisten, dich zurück auf die Erde und an eine Uni zu schicken.«

»Dann eben nirgendwohin. Hier bleibe ich auf gar keinen Fall. Nur noch so lange, bis ich Willis wiederhabe, und dann ab nach Hause.«

»Hm ...« Frank kratzte sich am Kopf. »Das ist deine Sache. Aber deswegen kannst du jetzt ruhig mit ins Labor kommen. Es wird dir nichts schaden, und du willst ja nicht gleich in dieser Minute abhauen.«

»Nein. Ich bleibe hier.«

Frank machte ein besorgtes Gesicht. »Wirst du mir versprechen, hier auf der Stube zu bleiben und keinen Unfug zu machen, bis ich zurückkomme?«

»Warum? Was geht dich das an?«

»Versprich es mir, Jim, oder ich gehe auch nicht ins Chemielabor.«

»Also schön. Ich bleibe hier. Hau schon ab.«

»In Ordnung.« Frank stürzte hinaus.

Als er zurückkehrte, lag Jim ausgestreckt auf dem Bett.

»Schläfst du?«

»Nein.«

»Schon zu einem Entschluß gekommen?«

»Nein.«

»Kann ich dir irgendwie helfen?«

»Nein.«

»Deine Redseligkeit geht mir auf die Nerven«, bemerkte Frank und setzte sich an den Schreibtisch.

»Entschuldige. Tut mir leid.«

Von Howe hörten sie für den Rest des Tages nichts mehr. Bis zum nächsten Tag war es Frank gelungen, den Freund zur Teilnahme am Unterricht zu bewegen, indem er ihm klarmachte, daß er sich sonst sämtliche Chancen verderben würde, Willis zu befreien, verderben würde.

Auch der Dienstag verstrich, ohne daß Howe etwas von sich hören ließ.

Dienstag abend, etwa zwei Stunden nach dem Zubettgehen, erwachte Frank plötzlich. Irgend etwas bewegte sich im Zimmer.

»Jim!« rief er leise.

Totenstille. Frank streckte die Hand vorsichtig aus und drehte das Licht an. Jim stand an der Tür.

»Jim«, sagte Frank vorwurfsvoll, »warum hast du nicht geantwortet? Willst du mich zu Tode erschrecken?«

»Tut mir leid.«

»Was ist denn los? Warum bist du aufgestanden?«

»Egal. Schlaf du nur weiter.«

Frank stieg aus dem Bett. »Kommt nicht in Frage, wenigstens nicht, solange du so wild entschlossen dreinschaust. Sag schon, was du vorhast.«

Jim winkte ab. »Ich will dich nicht mit in diese Sache hineinzerren. Los, leg dich wieder hin.«

»Hältst du dich für stark genug, mich dazu zu zwingen? Und jetzt Schluß mit dem Quatsch und raus mit der Sprache. Was hast du vor?«

Widerstrebend erklärte Jim sein Vorhaben. Er glaubte, daß Direktor Howe Willis irgendwo in seinem Büro eingesperrt habe. Jim wollte dort einbrechen und einen Befreiungsversuch unternehmen. »Und jetzt leg dich wieder hin«, schloß er. »Wenn man dich vernehmen sollte, weißt du von nichts und hast die ganze Nacht fest geschlafen.«

»Meinst du, ich würde dich dieses Ding allein drehen lassen? So siehst du aus! Du brauchst Unterstützung.« Frank trat an den Spind und wühlte darin herum.

»Ich will aber keine Hilfe. Was suchst du denn?«

»Gummihandschuhe«, erwiderte Frank. »Ich mache mit, ob du willst oder nicht, du Idiot. Sonst erwischt man dich noch.«

»Wozu brauchst du denn die Handschuhe?«

»Schon mal was von Fingerabdrücken gehört?«

»Sicher, aber der Verdacht wird sowieso auf mich fallen. Es ist mir auch ganz egal. Ich gehe jetzt.«

»Natürlich wird Howe wissen, wer es war, aber er

muß es erst beweisen können. Hier, zieh sie an.« Jim nahm die Handschuhe und damit auch stillschweigend Franks Hilfe an.

Auf dem Mars sind Einbrüche etwas höchst Ungewöhnliches, und Schlösser kennt man kaum. Auch bringt man Menschen nicht zu dem Zweck von weit her, damit sie Nachtwächter an einer Uni spielen. Jim und Frank mußten im Grunde nur darauf aufpassen, daß sie nicht von einem anderen Studenten gesehen wurden, der von der Toilette kam oder dorthin ging.

Sie bewegten sich so geräuschlos wie möglich und vergewisserten sich auf jedem Korridor, ob die Luft rein war. In wenigen Minuten hatten sie die Außentür des Büro erreicht, ohne – wie sie hofften – gesehen worden zu sein. Jim drückte auf die Klinke; die Tür war verschlossen.

»Warum man sich die Mühe macht, hier abzuschließen? Verstehe ich nicht«, flüsterte er.

»Weil es Kerle wie dich und mich gibt«, klärte Frank ihn auf. »Stell dich an die Ecke und paß gut auf.« Er rückte dem Schloß mit seinem Messer zu Leibe.

»Okay.« Jim nahm an der Gangkreuzung Aufstellung und hielt Wache. Fünf Minuten später gab Frank ihm durch Zischlaute zu verstehen, daß er zurückkommen sollte.

»Was ist denn los?«

»Die Tür ist los. Komm.« Die Außentür bildete kein Hindernis mehr.

Auf Zehenspitzen schlichen sie durch das Vorzimmer an den Aktenregalen vorbei auf eine Innentür zu, auf der angeschlagen stand:

Marquis Howe – *Direktor* – Privat.

Der Anschlag war neu, ebenso das Schloß. Man

konnte es nicht einfach mit einem Messer aufbrechen; es war ein Kombinationsschloß aus Titanium-Stahl, das einem Tresor alle Ehre gemacht hätte.

»Meinst du, daß du's aufkriegen kannst?« fragte Jim erregt.

Frank stieß einen leisen Pfiff aus. »Sei nicht albern. Schluß, Feierabend, Jim. Wir können von Glück sagen, wenn wir ungesehen wieder auf die Stube kommen.«

»Vielleicht läßt die Tür sich aus den Angeln heben.«

»Ausgeschlossen. Eher könnte man versuchen, ein Loch durch die Scheidewand zu bohren.« Er trat beiseite, kniete sich hin und tastete die Wand mit der Spitze des Messers ab.

Jim sah sich inzwischen näher um. Vom Korridor aus verlief ein Ventilationsschacht durch das Zimmer und führte durch die Wand in das Büro des Direktors. Das Loch war fast so breit wie Jims Schultern. Wenn es ihm gelänge, die Einfassungen abzuschrauben und das Rohr herauszunehmen ...

Aber er konnte nicht einmal hinaufreichen, und es gab nichts, was sich als Leiter hätte benutzen lassen. Die Aktenschränke waren, wie er feststellte, am Fußboden festgeschraubt. Unten an der Tür befand sich ein kleines vergittertes Loch, durch das die verbrauchte Luft aus dem Büro entweichen konnte. Das Gitter ließ sich nicht herausnehmen, auch war die Öffnung viel zu klein. Trotzdem legte Jim sich auf den Bauch und versuchte hindurchzuschauen, konnte jedoch nichts erkennen, da das dahinterliegende Zimmer dunkel war.

Er legte die Hände an den Mund und rief: »Willis! Willis! Willis! Junge ...«

Frank trat an ihn heran und sagte nachdrücklich: »Hör auf damit. Sonst erwischt man uns hier noch.«

»Pssst!« Jim legte das Ohr an die Vergitterung.

Beide vernahmen einen gedämpften Laut. »Jim Junge! Jim!«

Jim erwiderte: »Willis! Komm her, Willis!« und lauschte dann wieder.

»Willis ist da drin«, sagte er zu Frank. »Eingesperrt.«

»Offensichtlich«, sagte Frank. »Willst du jetzt endlich das Maul halten, bevor jemand kommt!«

»Wir müssen ihn rausholen. Wie steht es mit der Mauer?«

»Nichts zu machen. Ist innen mit Drahtgeflecht durchzogen.«

»Wir müssen Willis da rausholen. Was machen wir?«

»Gar nichts«, sagte Frarik. »Wir sind angeschmiert. Wir legen uns wieder hin.«

»Du kannst dich hinlegen, wenn du willst. Ich jedenfalls bleibe hier und hole Willis da raus.«

»Dein größter Fehler ist, daß du nie einsiehst, wenn du geschlagen bist, Jim. Komm endlich!«

»Nein. Pssst. Hörst du nichts?«

Frank lauschte. »Doch, ich höre auch was. Was ist das?«

Es war ein kratzendes Geräusch von drinnen.

»Es ist Willis, der rauszukommen versucht«, stellte Jim fest.

»Das schafft er nie. Gehen wir.«

»Nein.« Wieder legte Jim das Ohr an die Vergitterung. Frank wartete ungeduldig – seine Abenteuerlust war inzwischen mehr als befriedigt. Er schwankte, ob er Jim im Stich lassen oder bleiben sollte. Das kratzende Geräusch hielt an.

Nach einer Weile hörte es auf.

Dann hörte man etwas herunterplumpsen und dann leise die Worte:

»Jim? Jim Junge?«

»Willis!« rief Jim. Willis' Stimme kam von unmittelbar hinter dem Gitter.

»Jim Junge, nimm Willis mit nach Hause.«

»Ja, ja! Bleib, wo du bist, Willis! Jim muß nur noch mal überlegen, wie er Willis rauskriegt.«

»Willis kommt raus.« Es klang so zuversichtlich, als wäre jeder Zweifel ausgeschlossen.

»Frank«, sagte Jim beschwörend, »wenn wir nur so etwas wie ein Brecheisen auftreiben könnten, dann würde ich dieses Gitter einfach herausstemmen, und Willis könnte sich vielleicht hindurchzwängen.«

»So was haben wir aber nicht. Wir haben nur unsere Messer.«

»Denk doch mal scharf nach. Auf unserer Stube vielleicht, irgend etwas.«

»Nicht, daß ich wüßte.« Das kratzende Geräusch setzte wieder ein.

»Was macht denn Willis jetzt?« fragte Frank.

»Ich vermute, er versucht die Tür aufzubekommen. Wir müssen ihm dabei helfen. Steig du auf meine Schultern und versuche, ob du die Röhre vom Ventilationsschacht herausziehen kannst.«

Frank warf einen Blick hinauf. »Das nützt nichts. Selbst wenn wir die Röhre herausziehen könnten, ist die andere Seite des Loches bestimmt vergittert.«

»Woher willst du das wissen?«

»Weil es immer so ist.«

Jim schwieg. Er wußte, daß Frank recht hatte. Das kratzende Geräusch hielt stetig an. Frank ließ sich auf ein Knie nieder, preßte den Kopf gegen die Vergitterung und lauschte.

»Nur ruhig Blut«, sagte er nach einer Weile zu Jim. »Ich glaube, Willis kommt ganz von selber raus.«

»Was meinst du damit?«

»Wenn das kein Schneidegeräusch ist, habe ich noch keines gehört.«

»Was? Willis kann keine Tür zerschneiden. Ich habe ihn oft genug zu Hause eingeschlossen.«

»Das mag schon sein. Aber damals *wollte* er vielleicht nicht ausbrechen.« Das kratzende Geräusch wurde immer deutlicher.

Ein paar Minuten später begann sich eine kreisförmige Linie um das Gitter abzuzeichnen, und dann fiel plötzlich das durch diese Linie umrissene Stück Tür heraus. Für einen Augenblick konnte man Willis durch das Loch sehen. Aus seinem Körper ragte ein klauenartiges Glied von zwanzig Zentimetern Länge und drei Zentimetern Breite hervor.

»Was hat er denn da?« forschte Frank.

»Keine Ahnung. Etwas Derartiges habe ich noch nie an ihm bemerkt.«

Das seltsame Glied verschwand im Inneren seines Körpers, das Fell schloß sich darüber, und es blieb kein Anzeichen zurück, daß es je existiert hatte.

Jim hob ihn auf. »Willis! Willis, alter Bursche!«

Willis schmiegte sich in seinen Arm. »Jim Junge weg«, sagte er vorwurfsvoll. »Jim fortgegangen.«

»Ja, aber das werde ich nie wieder tun. Willis bleibt jetzt bei Jim.«

»Willis bleiben. Gut.«

Jim rieb seine Wange am Fell des kleinen Kerls. Frank räusperte sich. »Wollen wir nicht lieber machen, daß wir hier fortkommen?«

»Klar.«

Nach kurzer Zeit befanden sie sich wieder auf ihrer

Stube, ohne – soweit sie feststellen konnten – jemandes Aufmerksamkeit erregt zu haben. Jim ließ Willis auf sein Bett fallen und blickte sich um. »Wenn ich nur wüßte, was ich alles mitnehmen soll? Vor allem muß ich Smitty aufstöbern und mir die Pistole geben lassen.«

»Moment«, sagte Frank. »Du bist dir selber schon wieder ein Stück voraus. Du brauchst eigentlich gar nicht abzuhauen, weißt du.«

»Was?«

»Das äußere Schloß ist unversehrt geblieben, und Howes Privatschloß haben wir überhaupt nicht angerührt. Das einzige, was zurückgeblieben ist, ist ein Loch, durch das wir uns nie und nimmer hätten zwängen können, und wahrscheinlich ein zweites Loch von derselben Größe in Howes Schreibtisch. Er kann uns nichts nachweisen. Du kannst Willis nach Hause schicken und ruhig hierbleiben.«

Jim schüttelte den Kopf. »Ich gehe. Nicht nur Willis' wegen. Du könntest mir noch Geld dazugeben, und ich würde nicht auf einer Akademie bleiben, die von einem Howe geleitet wird.«

»Warum so übereilt, Jim?«

»Es ist nicht übereilt. Ich mache dir keinen Vorwurf, daß du bleiben willst. In einem Jahr kannst du dein Examen als Pilotenanwärter gemacht haben und von hier verschwinden. Aber wenn du durchfällst, hältst du es hier bestimmt auch nicht bis zum Schluß aus.«

»Wahrscheinlich nicht. Aber hast du dir schon mal überlegt, wie du wegkommen willst, ohne daß Howe dich zurückhält? Vor Tagesanbruch kannst du nicht fort, weil es zu kalt ist.«

»Ich warte, bis es Tag wird, und gehe einfach.«

»Es handelt sich darum, auch wirklich wegzukommen«, sagte Frank trocken. »Du mußt unauffällig verschwinden und dich solange verborgen halten. Die beste Gelegenheit ist wahrscheinlich kurz nach dem Essen.«

Jim wollte sich gerade bei Frank erkundigen, warum ›nach dem Essen‹ die beste Gelegenheit sein sollte, als Willis die letzten drei Worte wiederholte. Zuerst wiederholte er sie in Franks Stimme und danach in der volltönenden Stimme eines älteren Mannes. »Guten Abend!« hob er an.

»Ruhig, Willis.«

Willis sagte noch einmal: »Guten Abend, Mark. Nimm Platz, mein Junge. Ich freue mich immer, dich zu sehen.«

»Diese Stimme kenne ich doch!« sagte Frank nachdenklich.

»Danke. Wie ist das Befinden, Herr Generaldirektor?« Willis imitierte jetzt unverkennbar Howes Stimme.

»Jetzt weiß ich's«, sagte Frank. »Vom Rundfunk! Es ist Beecher, der Generaldirektor der Gesellschaft.«

»Pssst ...«, machte Jim. »Das muß ich hören.«

Willis fuhr bereits wieder fort, diesmal wieder mit der volltönenden Stimme: »Nicht schlecht, ganz leidlich für einen alten Mann.«

»Aber, aber, Herr Generaldirektor, Sie sind doch noch keineswegs alt.«

»Danke für das Kompliment, mein Junge«, fuhr Willis fort. »Was hast du denn in dem Beutel da? Schmuggelware?«

Willis imitierte Howes sykophantisches Lachen. »Kaum. Nur eine wissenschaftliche Kuriosität, die ich einem meiner Studenten weggenommen habe.«

Nach einer kurzen Pause sagte die volltönende Stimme: »Donnerwetter, Mark, wo hast du dieses Geschöpf bloß aufgegabelt?«

»Ich habe es Ihnen ja eben gesagt, Herr Generaldirektor«, erklang Howes Stimme. »Ich mußte es einem meiner Studenten wegnehmen.«

»Ja, ja ... aber weißt du auch, was du da hast?«

»Gewiß, Herr Generaldirektor. Ich habe nachgeschlagen. *Areocephalopsittacus Bron* ...«

»Verschone mich mit dem wissenschaftlichen Namen, Mark. Es ist ein Rundkopf, ein Marsrundkopf. Aber das ist nicht das Ausschlaggebende. Du sagst, du hättest ihn einem Studenten abgenommen. Glaubst du, daß er ihn verkaufen würde?« fragte die volltönende Stimme.

Howes Antwort kam sehr zögernd. »Ich glaube nicht, Herr Generaldirektor. Nein, ganz gewiß nicht.« Er machte eine kleine Pause und fuhr dann fort: »Ist es denn von Bedeutung?«

»Bedeutung? Kommt ganz darauf an, was man unter ›Bedeutung‹ versteht«, erwiderte die Stimme des Generalbevollmächtigten. »Sind sechzigtausend Kredite von Bedeutung? Oder siebzigtausend? Denn so viel bezahlt der Londoner Zoo bestimmt dafür, und obendrein noch die Transportkosten.«

»Wirklich?«

»Bestimmt. Ich habe einen festen Auftrag von einem dortigen Makler für fünfzigtausend Kredite; aber es ist mir nie gelungen, einen solchen Rundkopf aufzutreiben. Es ist ganz klar, daß wir den Preis noch höherschrauben können.«

»In der Tat?« fragte Howe vorsichtig. »Das wäre eine glänzende Sache für die Gesellschaft, nicht wahr?«

Eine kurze Pause trat ein, gefolgt von einem herzlichen Gelächter.

»Mark, alter Junge, du machst mir Spaß! Aber schau her – du bist doch als Leiter der Akademie angestellt, nicht wahr?«

»Ja.«

»Und ich bin hier, um die Interessen der Gesellschaft wahrzunehmen, stimmt's? Wir müssen beide hart arbeiten, um unser Geld zu verdienen. Es bleiben uns aber immer noch achtzehn Stunden täglich, die uns persönlich gehören. Bist du etwa auch dazu angestellt, allerlei merkwürdiges Getier ausfindig zu machen?«

»Nein.«

»Ich auch nicht. Verstehst du mich?«

»Ich glaube, ja.«

»Hoffentlich. Schließlich ist dein Onkel ein guter Bekannter von mir. Ich kann mir nicht denken, daß er seinen Neffen hierhergeschickt haben würde, ohne ihm zuvor die Tatsachen des Lebens zu erklären. Er weiß allerhand darüber, das kann ich dir versichern. Und eine dieser Tatsachen, mein Junge, ist die, daß sich für einen klugen Mann, der Augen und Ohren offen hält, an einem Ort wie diesem praktisch unbegrenzte Möglichkeiten bieten. Keine Korruption, verstehst du.«

Willis machte eine Pause.

Jim wollte etwas sagen, doch Frank unterbrach ihn: »Halt den Mund! Davon dürfen wir uns kein Wort entgehen lassen.«

Die Stimme des Generaldirektors fuhr fort: »Keinerlei Korruption, sondern durchaus gesetzliche Geschäftsmöglichkeiten – etwas ganz Normales für Männer in unserer Stellung. Und jetzt zu diesem Studenten ... wie können wir ihn am besten davon überzeugen, daß es zu seinem Vorteil ist, in den Verkauf einzuwilligen? Ich würde ihm nicht zuviel bieten, sonst schöpft er Verdacht. Und das muß vermieden werden.«

Howe ließ sich mit der Antwort Zeit. »Ich bin fest davon überzeugt, daß er jedes Angebot ablehnt, aber es gibt vielleicht einen anderen Weg.«

»Ich begreife nicht ganz.«

Die Jungen vernahmen, wie Howe seine eigenartige Besitztheorie im Hinblick auf Willis erläuterte. Sie konnten zwar nicht sehen, wie Beecher ihm in die Rippen stieß, aber sie konnten sein unterdrücktes Lachen hören.

»Das ist ja großartig, Mark, einfach großartig! Mit deinen Fähigkeiten müßtest du einen ganz anderen Posten bekleiden!«

»Nun ja«, erwiderte Howes Stimme, »ich rechne auch nicht damit, mein Leben als Leiter einer Akademie zu beschließen.«

»Das wirst du auch nicht, bestimmt nicht. Wir werden schon etwas für dich finden. Diese Universität wird ohnehin sehr viel kleiner und an Bedeutung verlieren, sobald erst die Nicht-Umsiedlungspolitik in Kraft tritt.«

»Worüber redet er denn?« flüsterte Frank.

»Ruhe!« sagte Jim.

»Ist schon etwas Neues darüber bekannt?« erkundigte sich Howe.

»Ich erwarte jeden Augenblick Nachricht von deinem Onkel. Vielleicht kommst du zu etwas späterer Stunde noch einmal vorbei, mein Junge; dann weiß ich vielleicht schon ein bißchen mehr darüber.«

Der Rest der Unterhaltung war weniger interessant,

aber Willis haspelte ihn trotzdem herunter. Die Jungen hörten zu, bis Howe sich verabschiedet hatte, wonach Willis verstummte.

Jim schäumte.

»Willis in einen Zoo sperren! Stell dir das mal vor! Ich hoffe, der Mistkerl erwischt mich, wenn ich abhaue. Mir wäre jeder Anlaß willkommen, ihn einmal richtig aufs Korn zu nehmen!«

»Sachte, Junge, sachte! Was ich mich frage ...«, fuhr Frank fort, »was hat er mit der ›Nicht-Umsiedlungspolitik‹ gemeint?«

»Ich dachte, er hätte ›Siedlungspolitik‹ gesagt.«

»Ich habe genau hingehört. Er sagte ›*Nicht-Umsiedlung*‹. Wie spät ist es?«

»Gegen drei.«

»Dann haben wir noch ungefähr drei Stunden Zeit. Wir müssen versuchen, noch mehr aus Willis herauszubekommen. Ich habe so das Gefühl, als könnte es von enormer Wichtigkeit sein.«

»Okay.« Jim nahm Willis auf den Schoß und sagte: »Willis, alter Bursche, was weißt du noch? Erzähl Jim alles, was du gehört hast – alles!«

Willis ließ sich das nicht zweimal sagen. Für die ganze nächste Stunde haspelte er einen Dialog herunter, der sich hauptsächlich mit unwichtigen technischen Einzelheiten des Hochschulbetriebs befaßte. Doch die Geduld der Freunde wurde schließlich belohnt, denn plötzlich erklang die Stimme Gaines Beechers wieder:

»Mark, mein Junge ...«

»Oh ... kommen Sie nur herein, Herr Generaldirektor, und nehmen Sie Platz. Es ist mir eine große Freude.«

»Ich bin nur schnell einmal vorbeigekommen, um

dir zu sagen, daß ich Nachricht von deinem Onkel habe. Er läßt dich grüßen.«

»Danke. Sehr nett von ihm, danke.«

»Keine Ursache. Mach die Tür zu, ja?« Willis ahmte das Geräusch einer ins Schloß fallenden Tür nach. »Jetzt können wir reden. Die Nachricht bezog sich natürlich auf die Nicht-Umsiedlungspolitik.«

»Ja?«

»Es freut mich, daß die maßgeblichen Stellen sich jetzt endlich zur Ansicht deines Onkels bekannt haben. Süd-Kolonie bleibt, wo sie ist; die mit dem nächsten und dem übernächsten Schiff eintreffenden Einwanderer kommen nach Nord-Kolonie, wo sie fast zwölf Sommermonate haben, um sich auf den nördlichen Winter vorzubereiten ... Was kicherst du denn so?«

»Ach, nichts weiter, Herr Generaldirektor. Einer meiner Studenten, ein großer Lauselümmel namens Kelly, hat mir heute erst angedroht, was mir passieren würde, wenn sein Vater während der Umsiedlung hier auftaucht. Und jetzt bin ich auf das Gesicht gespannt, das Kelly machen wird, wenn er erfährt, daß sein Vater überhaupt nicht kommt.«

»Unterstehe dich ja nicht, ihm etwas Derartiges auch nur anzudeuten«, sagte der Generalbevollmächtigte scharf.

»Wie?«

»Ich wünsche, daß die ganze Angelegenheit mit der größten Reibungslosigkeit vonstatten geht. Bis zum allerletzten Augenblick darf kein Mensch etwas davon erfahren. Es gibt Hitzköpfe unter den Kolonisten, die gegen diese Politik Front machen werden, obwohl es längst erwiesen ist, daß man bei ausreichender Vorsorge mit den Gefahren eines Marswinters durchaus fertigwerden kann. Mein Plan geht dahin, die Umsiedlungsaktion unter irgendeinem Vorwand zuerst einmal um zwei Wochen zu verschieben ... und sie dann immer wieder zu verschieben. Wenn ich dann den wirklichen Sachverhalt bekanntgebe, wird den Leuten nichts anderes mehr übrigbleiben, als sich zu fügen.«

»Genial!«

»Danke. Nur so kann man mit diesem Kolonistengesindel umgehen. Du bist noch nicht lange genug hier und kennst diese Leute nicht so gut wie ich. Es ist ein verrücktes Pack; die meisten von ihnen haben unten auf der Erde Schiffbruch erlitten, und wenn man sie nicht hart anpackt, treiben sie einen zur Verzweiflung mit ihren Forderungen. Sie wollen nicht einsehen, daß sie alles, was sie sind, und alles, was sie besitzen, einzig und allein der Gesellschaft zu verdanken haben. Nehmen wir nur einmal diese neue Politik. Wenn man den Kolonisten den eigenen Willen ließe, würden sie immer weiter mit der Sonne mitziehen, rein zu ihrem Vergnügen – und auf Kosten der Gesellschaft.«

Willis schaltete Howes Stimme ein.

»Dem kann ich nur zustimmen. Nach ihren Kindern zu urteilen, ist es eine aufsässige und widerspenstige Bande.«

»Ein faules Pack«, verkündete die andere Stimme. »Man darf die Zügel keinen Augenblick lockerlassen. Aber jetzt muß ich gehen. Was unseren kuriosen Freund betrifft, so hast du ihn doch hoffentlich an einem sicheren Ort untergebracht?«

»Keine Sorge. Er ist im Schrank eingeschlossen.«

»Hm ... du solltest ihn vielleicht doch lieber zu mir herüberbringen.«

»Das dürfte kaum nötig sein«, sagte Howes Stimme. »Werfen Sie nur einmal einen Blick auf das Schloß an der Tür. Wir können völlig sicher sein.«

Man hörte noch zweimal auf Wiedersehen sagen, dann verstummte Willis.

Frank fluchte wild und murmelte irgend etwas vor sich hin.

6

FLUCHT

Jim rüttelte den Freund an der Schulter. »Komm zu dir, Mann, und hilf mir ein bißchen, sonst verpaß ich die Zeit.«

Frank sagte leise: »Ich möchte nur mal sehen, wie es ihm gefallen würde, einen Winter in Charax zu verbringen. Elf oder zwölf Monate hintereinander den Fuß nicht aus dem Haus setzen, weil draußen hundert Grad Kälte sind.«

»Ja, ja«, sagte Jim. »Aber hilf mir lieber.«

Frank drehte sich plötzlich um und nahm Jims Freiluftanzug herunter. Er warf Jim den Anzug zu, nahm seinen eigenen herunter und kletterte hinein. Jim starrte ihn an. »He – was soll denn das?«

»Ich gehe mit dir.«

»Mann!«

»Denkst du etwa, ich bliebe hier auf den Büchern sitzen und würde ruhig zusehen, wie jemand meine Mutter dazu zwingen will, den Winter dort oben in diesen Breiten zu verbringen? Meine eigene Mutter? Sie hat ein Herzleiden; es würde sie umbringen.« Er drehte sich um und begann den Spind aufzuräumen. »Los, beweg dich.«

Jim zögerte und sagte dann: »Was soll denn aber aus deinen Plänen werden? Wenn du die Schule jetzt an den Nagel hängst, wirst du es nie zum Raumpiloten bringen.«

»Und wenn schon. Das andere ist wichtiger.«

»Warnen kann ich sie ebensogut allein.«

»Mein Entschluß steht fest, sag ich dir.«

»Okay. Wollte nur mal sehen, ob du weißt, was du redest. Los jetzt!«

Jim stieg in seinen Anzug, machte den Verschluß zu, zog die Gurte straff und machte sich daran, seine Sachen zusammenzusuchen. Er konnte längst nicht alles mitnehmen, da auch Willis in dem Beutel noch Platz finden mußte.

Er nahm Willis auf den Arm. »Hör mal, Kerlchen«, sagte er. »Wir gehen jetzt nach Hause. Und du bleibst solange hier drin, wo es warm und gemütlich ist.«

»Willis geht spazieren?«

»Willis geht spazieren. Aber Willis muß drin bleiben und darf kein Wort sagen, bis ich ihn herausnehme. Verstanden?«

»Willis nicht sprechen?«

»Willis nicht sprechen, kein Wort, erst wenn Jim ihn herausnimmt.«

»Okay, Jim Junge.« Willis überlegte eine Weile und fügte dann hinzu: »Willis Musik machen?«

»Nein! Keinen Ton, kein Wort. Keine Musik. Zusammenrollen und so bleiben. Verstanden?«

»Okay, Jim Junge«, erwiderte Willis leicht gekränkt und rollte sich augenblicklich in einen glatten Ball zusammen. Jim steckte ihn in den Beutel und zog den Reißverschluß zu.

»Komm«, sagte Frank. »Wir müssen Smitty aufstöbern, uns unsere Pistolen geben lassen und uns dann auf den Weg machen.«

»Die Sonne geht vor einer Stunde nicht auf.«

»Das müssen wir riskieren. Sag mal, wieviel Geld hast du eigentlich noch?«

»Viel ist es nicht mehr. Warum?«

»Unser Fahrgeld nach Hause, Dummkopf.«

»Oh ...« Jim war so sehr mit anderen Dingen

beschäftigt gewesen, daß er an das Fahrgeld überhaupt nicht mehr gedacht hatte. Die Herfahrt war umsonst gewesen, aber diesmal hatten sie keinen Reiseausweis und würden bar bezahlen müssen.

Sie legten zusammen, was sie hatten – es reichte noch nicht einmal für eine Fahrkarte, geschweige denn für zwei.

»Was nun?« fragte Jim.

»Wir werden Smitty anpumpen.«

»Und wie?«

»Das kriegen wir schon hin. Gehen wir.«

»Vergiß deine Schlittschuhe nicht.«

Smythe wohnte allein auf einer Stube, wie es sich für eine so gewichtige Persönlichkeit gehörte. Als sie ihn rüttelten, war er sofort hellwach und sagte: »Schon gut, Herr Kommissar, ich gehe freiwillig mit.«

»Smitty«, sagte Jim. »Wir möchten unsere – wir möchten die Päckchen haben.«

»Jetzt hab' ich geschlossen, kommt morgen früh wieder.«

»Wir müssen sie jetzt haben. Sofort.«

Smythe stand auf. »Das ist Nachtdienst und wird selbstverständlich extra berechnet.« Er stieg auf sein Bett, nahm das Gitter vor dem Luftschacht ab, griff hinein und holte die beiden eingewickelten Pistolen heraus.

Jim und Frank rissen die Verpackung ab und schnallten die Waffen um. Smythe beobachtete sie mit hochgezogenen Augenbrauen. Frank fügte hinzu: »Wir brauchen auch noch etwas Geld.« Er nannte den Betrag.

»Warum kommt ihr damit zu mir?«

»Weil ich weiß, daß du das Geld hast.«

»So? Und was kriege ich dafür? Ein freundliches Lächeln, wie?«

»Nein.« Frank nahm seinen Rechenschieber heraus, ein Prachtstück seiner Art. »Was bietest du dafür?«

»Hm – sechs Kredite.«

»Sei nicht albern! Er hat meinen Vater fünfundzwanzig gekostet.«

»Schön, sagen wir acht. Mehr als zehn bekomme ich sowieso nicht dafür.«

»Behalte es als Pfand für fünfzehn.«

»Zehn bar auf den Tisch. Ich bin schließlich keine Pfandleihe.«

Jim gab den Rechenschieber für einen noch geringeren Betrag her; außerdem versetzten sie ihre beiden Uhren und noch ein paar andere Kleinigkeiten.

Zuletzt behielten sie nur noch ihre Schlittschuhe, die sie aber nicht hergeben mochten, obwohl ihnen noch zwölf Kredite an der benötigten Summe fehlten. »Den Rest mußt du uns auf Treu und Glauben borgen, Smitty«, sagte Frank.

Smythe blickte zur Decke empor. »Da ihr gute Kunden seid, kann ich euch ja verraten, daß ich auch Autogramme sammle.«

»Was?«

»Setzt eure Unterschriften auf einen Schuldschein zu sechs Prozent – monatlich.«

»Nimm hin«, sagte Jim.

Als sie fertig waren und gehen wollten, sagte Smythe: »Eine innere Stimme raunt mir zu, daß ihr beiden stillschweigend verduften wollt. Hab' ich recht?«

»Wir gehen einfach«, erklärte Jim.

»Hm ... es ist euch wohl noch gar nicht in den Sinn gekommen, daß das Tor jetzt nachts verschlossen ist.

Unser Freund und Kupferstecher Mr. Howe schließt höchstpersönlich auf, wenn er morgens kommt.«

»Mach keine Witze!«

»Ihr werdet ja sehen.«

Frank zupfte Jim am Ärmel. »Komm. Wenn es sein muß, brechen wir das verdammte Tor auf.«

»Warum mit Gewalt?« erkundigte sich Smythe. »Warum geht ihr nicht einfach durch die Küche?«

»Du meinst, die Hintertür wäre nicht abgeschlossen?«

»Natürlich ist sie abgeschlossen.«

»Dann behalte deine dummen Bemerkungen für dich.«

»Ich müßte jetzt eigentlich gekränkt sein«, erwiderte Smythe, »aber von einträglichen Kunden läßt man sich schon einiges gefallen. Die Hintertür ist natürlich verschlossen, aber eines hat Freund Howe vergessen: ein Schloß vor den Abfallschacht zu legen.«

»Den Abfallschacht!« explodierte Jim.

»Wenn es euch nicht paßt, laßt es sein. Es ist die einzige Möglichkeit, herauszukommen.«

»Es bleibt uns nichts anderes übrig«, entschied Frank. »Komm, Jim.«

»Moment«, warf Smythe ein. »Einer von euch kann zwar den Mechanismus für den anderen in Bewegung setzen, aber wer bedient ihn für den zweiten Mann? Er sitzt fest.«

»Verstehe.« Frank blickte ihn an. »Das wirst du machen.«

»Und was bietet man mir dafür?«

»Verdammt noch mal, Smitty, jetzt reicht es mir aber! Du hast uns sowieso schon bis aufs Hemd ausgeplündert.«

Smythe zuckte die Achseln. »Hab' ich denn nein gesagt? Schließlich habe ich euch überhaupt erst auf den Gedanken gebracht. Schön, ich werde es umsonst tun und es unter Geschäftsunkosten verbuchen. Außerdem liegt mir nichts daran, daß meine Kunden mit dem Gesetz in Konflikt geraten.«

Sie begaben sich auf schnellstem Weg in die große Küche der Akademie. Smythes vorsichtiges Verhalten ließ auf eine lange Erfahrung in gelegentlicher Nichtbeachtung von Vorschriften schließen. Nachdem sie an Ort und Stelle waren, sagte Smythe: »Also, wer macht den Anfang?«

Jim musterte die Vorrichtung voller Ekel. Es war ein etwa tonnengroßer Metallzylinder, der durch die Mauer führte. Man konnte ihn durch einen Hebel an der Wand in rotierende Bewegung versetzen; durch eine große Öffnung konnte man im Inneren des Gebäudes Abfälle hineinkippen und sie draußen herausnehmen, ohne daß der Luftdruck im Hause selbst eine Beeinträchtigung erfuhr – die einfachste Art einer Luftschleuse. Das Innere des Zylinders war schmutzig und verriet nur allzu deutlich, wozu er gewöhnlich benutzt wurde.

»Ich werde den Anfang machen«, erklärte Jim und streifte sich die Maske über das Gesicht.

»Augenblick noch«, sagte Frank. Er hatte sich schon die ganze Zeit umgeschaut und die in der Küche aufgestapelten Büchsenvorräte gemustert. Jetzt riß er überflüssige Kleidungsstücke aus einem Beutel und stopfte statt dessen ein paar Büchsen hinein.

»Beeil dich«, drängte Smythe. »Ich möchte wieder im Bett sein, wenn es zum Wecken klingelt.«

»Wozu denn das Zeug mitschleppen?« protestierte Jim. »Ein paar Stunden, und wir sind zu Hause.«

»Man kann nie wissen. Okay, ich bin soweit.«

Jim kletterte in den Zylinder, zog die Knie an und drückte den Beutel gegen seine Brust. Der Zylinder drehte sich plötzlich um ihn herum; er spürte ein Nachlassen des Luftdrucks und einen bitterkalten Luftzug. Dann lag er mit einemmal draußen auf dem Pflaster und raffte sich auf.

Wenige Augenblicke danach landete auch Frank an seiner Seite. Jim war ihm beim Aufstehen behilflich. »Junge, wenn du wüßtest, wie du aussiehst!« sagte er und klopfte Kartoffelschalen vom Anzug seines Freundes.

»Und du erst. Aber für solche Dinge haben wir jetzt keine Zeit. Und kalt ist es!«

»Es wird bald wärmer. Gehen wir.«

Schon färbte das rosige Glühen der aufgehenden Sonne den östlichen Horizont, die Luft war jedoch noch immer mitternachtskalt. Sie liefen auf die Straße hinaus, die hinter der Akademie entlang führte, und hielten sich nach rechts. Dieser Stadtteil unterschied sich durch nichts von ebensolchen Stadtteilen auf der Erde, und man hätte meinen können, in Alaska oder Norwegen zu sein. Dahinter jedoch, gegen den heller werdenden Himmel, hoben sich die antiken Türme von Syrtis Minor ab und erinnerten daran, wo man sich befand.

Sie gelangten zu einem Nebenkanal und setzten sich hin, um ihre Schlittschuhe anzuschnallen, deren Kufen messerscharf geschliffen und auf höchste Geschwindigkeiten berechnet waren. Jim war als erster damit fertig und ließ sich auf das Eis herab.

»Mach schon«. sagte er. »Sonst friere ich noch an.«

»Wem sagst du das!«

»Das Eis ist fast zu hart, um darauf Fuß zu fassen.«

Frank schloß sich ihm an; sie nahmen ihre Beutel auf und fuhren los. Nach ein paar hundert Metern mündete der kleine Wasserlauf in den großen Stadtkanal; sie bogen darauf ein und beeilten sich, zur Eisschlittenstation zu gelangen. Obwohl sie dauernd in Bewegung gewesen waren, zitterten sie vor Kälte, als sie dort anlangten.

Sie gingen durch eine Luftschleuse ins Innere. Nur ein einziger Beamter machte Dienst. Er hob den Kopf, und Frank trat an ihn heran.

»Fährt heute ein Schlitten nach Süd-Kolonie?« fragte er.

»In etwa zwanzig Minuten«, sagte der Beamte. »Wollt ihr diesen Beutel aufgeben?«

»Nein, wir möchten Fahrkarten haben.« Frank reichte ihm das Geld.

Schweigend stellte der Beamte die Karten aus. Jim seufzte erleichtert auf; nicht jeden Tag ging ein Schlitten nach Süd-Kolonie. Der Gedanke, daß sie sich unter Umständen einen ganzen Tag lang verborgen halten müßten, ohne Howe in die Hände zu fallen, hatte ihn schon die ganze Zeit gequält.

Sie nahmen im Warteraum Platz. Plötzlich sagte Jim: »Frank, ist Deimos eigentlich schon aufgegangen?«

»Ich habe nicht darauf geachtet. Warum?«

»Sonst könnten wir zu Hause anrufen.«

»Kein Geld.«

»Vielleicht geht es per Nachnahme.« Er begab sich in die dem Schalter gegenüberliegende Zelle; der Beamte blickte auf, sagte aber nichts. Jim rief das Amt an. Schon lange – seit Willis das Geheimnis der sogenannten Nicht-Umsiedlungspolitik ausgeplaudert hatte – war er im Unterbewußtsein entschlossen gewesen, sich mit seinem Vater in Verbindung zu setzen.

Auf der Leuchtscheibe erschien das Gesicht einer gut aussehenden jungen Frau, die das Haar nach der neuesten Mode gestreift gefärbt hatte.

»Verbinden Sie mich bitte mit Süd-Kolonie«, sagte er.

»Die Verbindung dorthin ist erst zu späterer Morgenstunde möglich«, informierte sie ihn. »Ich kann aber das Gespräch aufnehmen und es dann weiterleiten.«

Ihm fiel rechtzeitig ein, daß man die Gebühren für derartige Gespräche sofort bezahlen mußte. »Nein, danke, ich werde es später noch einmal versuchen«, sagte er und schaltete ab.

Der Beamte klopfte gegen die Zellentür. »Der Fahrer wartet bereits«, sagte er. Jim stülpte sich in aller Eile die Maske über und folgte Frank durch die Luftschleuse. Der Fahrer verriegelte gerade das Gepäckabteil. Er nahm ihre Fahrkarten, und die beiden Jungen stiegen ein. Auch diesmal wieder waren sie die einzigen Passagiere und nahmen auf den Aussichtssitzen Platz.

Zehn Minuten später – die aufgehende Sonne schien ihnen ins Gesicht – verkündete Jim: »Ich bin hundemüde und gehe nach unten.«

»Ich bleibe noch und werde den Fahrer bitten, das Radio einzuschalten«, sagte Frank.

»Ach, laß doch. Wir haben beide eine anstrengende Nacht hinter uns. Komm mit!«

»Na schön.«

Sie gingen nach unten, legten sich hin und schnarchten bereits ein paar Minuten später.

Der Schlitten, der Syrtis Minor bei Sonnenaufgang

verließ, war schneller als das täglich einsetzende Tauwetter, so daß der Aufenthalt in Hesperidum übersprungen werden konnte. Der Fahrer hielt sich südlich und kam gegen Mittag in Cynia an. Die Jahreszeit war bereits so weit fortgeschritten, so daß die Strecke von Cynia nach Charax ohne Gefahr zu befahren war; der Strymon-Kanal würde erst im nächsten Frühjahr wieder auftauen.

Der Fahrer war froh, daß er seinen Fahrplan eingehalten hatte.

Als Deimos im Laufe des Vormittags aufging, gönnte er sich ein wenig Entspannung und schaltete das Radio ein. Was er hörte, veranlaßte ihn, sich rasch zu vergewissern, ob seine Passagiere noch da waren. Sie schliefen noch immer, und er beschloß, die nötigen Schritte erst in Cynia zu tun.

Dort angekommen, begab er sich auf schnellstem Weg ins Innere des Stationsgebäudes. Jim und Frank erwachten, als der Schlitten anhielt, stiegen aber nicht aus. Bald kam der Fahrer zurück und sagte: »Essenspause. Alles aussteigen.«

Frank erwiderte: »Wir haben keinen Hunger.«

Der Fahrer schien ein wenig außer Fassung. »Kommt trotzdem mit rein«, drängte er. »Es wird ziemlich kalt im Wagen, wenn er steht.«

»Das macht uns nichts aus.« Frank hatte die Absicht, eine Büchse hervorzuholen, sobald der Fahrer gegangen wäre; es war lange her, seit sie das letzte Mal gegessen hatten, und ihm knurrte der Magen.

»Woran fehlt's denn?« fuhr der Fahrer fort. »Pleite?« Er schaute die Jungen an und fügte hinzu: »Ich werde dir und deinem Freund ein Sandwich ausgeben.«

Frank lehnte ab, doch Jim schaltete sich ein und

sagte: »Sei nicht albern, Frank. Vielen Dank. Wir nehmen an.«

George, der Stationsvorsteher und Kellner, musterte sie nachdenklich und servierte ihnen die Brote, ohne ein Wort zu sagen. Der Fahrer schlang sein Essen hinunter und war in Windeseile fertig. Als er sich erhob, standen die Jungen ebenfalls auf.

»Ihr braucht euch nicht zu beeilen«, sagte der Fahrer. »Ich habe mindestens noch eine halbe Stunde mit dem Laden zu tun.«

»Können wir Ihnen helfen?« fragte Jim.

»Nein. Ihr würdet mir nur im Wege sein. Ich rufe euch, sobald ich fertig bin.«

»Schön. Und nochmals vielen Dank für das Sandwich.«

»Schon gut.« Er ging hinaus.

Ein paar Minuten darauf schlugen die unverkennbaren Geräusche eines sich in Bewegung setzenden Schlittens an ihr Ohr.

Frank sprang auf und trat an das Verkehrsüberwachungs-Fenster. Das Fahrzeug war schon fast im Süden verschwunden. Frank wandte sich an den Stationsvorsteher. »He, der Bursche hat nicht auf uns gewartet.«

»Nein.«

»Aber er hat doch gesagt, er würde uns rufen.«

»Ja.« Der Stationsvorsteher vertiefte sich wieder in seine Lektüre.

»Aber ... aber warum?« fragte Frank weiter. »Er hat uns gesagt, wir sollen warten.«

Der Stationsvorsteher ließ die Zeitung sinken.

»Die Sache ist die«, sagte er. »Clem ist ein friedfertiger Kerl und hat mir erklärt, er wäre keiner von der Polizei. Er sagte, er für seinen Teil wollte nichts damit zu tun haben, zwei kräftige junge Burschen festzunehmen, die noch dazu beide bewaffnet wären.«

»Was?«

»Genau das hat er gesagt. Und fangt jetzt bloß nicht an, mit euren Blitzewerfern herumzufummeln. Ihr seht ja, daß ich unbewaffnet bin. Von mir aus könnt ihr den ganzen Laden auf den Kopf stellen.«

Jim war neben Frank an die Theke getreten. »Was soll denn das alles heißen?«

»Das möchte ich auch gern wissen. Ich weiß nur, daß ein Spruch durchgekommen ist, euch festzunehmen. Die Anklage lautet auf Einbruch, Diebstahl, Tagedieberei und Beschädigung sowie Zerstörung von Eigentum der Mars-Gesellschaft. Ihr scheint mir die richtigen Banditen zu sein – obwohl ihr nicht so ausseht.«

»Jetzt geht mir ein Licht auf«, sagte Frank langsam. »Und was werden Sie jetzt tun?«

»Nichts. Gar nichts. Bis morgen früh dürfte ein Sonderkommando hier eintreffen, stark genug, nehme ich an, um ein paar Verbrecher zu überwältigen. In der Zwischenzeit könnt ihr tun und lassen, was ihr wollt. Geht ins Freie. Macht einen Spaziergang. Wenn euch kalt wird, kommt wieder rein.«

Er vertiefte sich erneut in seine Lektüre.

»Ich verstehe. Komm, Jim.«

Die Freunde zogen sich in die äußerste Ecke des Raumes zurück und hielten Kriegsrat. Die Haltung des Stationsvorstehers war leicht zu begreifen. Der Cynia-Haltepunkt lag fast tausend Meilen von der nächsten menschlichen Ansiedlung entfernt, und das Stationsgebäude selbst bot den einzigen Schutz gegen die tödliche Nachtkälte.

Jim war den Tränen nahe. »Es tut mir leid, Frank.

Wäre ich nicht so verdammt gefräßig gewesen, säßen wir jetzt nicht in dieser Klemme.«

»Nimm's nicht so tragisch«, erwiderte Frank. »Was hätten wir denn tun sollen? Zwei Leute über den Haufen schießen, die mit der ganzen Sache nichts zu tun haben, und mit dem Schlitten auf und davon brausen? So was kann ich mir nicht einmal vorstellen.«

»Ich auch nicht. Da hast du recht.«

»Natürlich habe ich recht. Wir müssen uns jetzt schnellstens darüber klar werden, was jetzt geschehen soll.«

»Eines weiß ich sicher – an die Akademie laß ich mich auf gar keinen Fall zurückschleifen.«

»Ich auch nicht. Wir müßten nur unsere Familien vor dem Unheil warnen, das sich über ihnen zusammenbraut. Das scheint mir am wichtigsten.«

»Vielleicht können wir von hier aus anrufen!«

»Meinst du, er läßt uns?« Frank deutete mit einer Kopfbewegung auf den Stationsvorsteher.

»Wer weiß. Aber wir besitzen ja schließlich unsere Pistolen, und einmal hört bei mir der Spaß auf.« Jim erhob sich und trat an den Stationsvorsteher heran. »Was dagegen, daß wir telefonieren?«

Der Mann hob nicht einmal den Kopf. »Nicht das geringste. Bitte, bedient euch.«

Jim ging in die Zelle. Es gab kein örtliches Amt; das Ganze war nur eine einfache Radioverbindung mit dem äußeren Mond.

Deimos stand über dem Horizont, wie man auf der Leuchtscheibe sehen konnte. Jim gab das Rufzeichen und verlangte, mit Süd-Kolonie verbunden zu werden.

Nach der üblichen Wartezeit meldete sich eine angenehme unpersönliche Stimme: »Besondere Umstände hindern uns daran, Gespräche von Cynia-Haltepunkt nach Süd-Kolonie anzunehmen.«

Jim wollte sich gerade erkundigen, ob Deimos in Süd-Kolonie zu sehen wäre – er wußte, daß auf dem Mars ohne direkte Sicht keine Radioübertragung möglich war, und kannte überhaupt keine andere Art der Übertragung – , aber da hatte die Relais-Station bereits abgeschaltet. Als Jim das Rufzeichen wiederholte, bekam er schon keine Antwort mehr. Er verließ die Zelle und berichtete Frank darüber.

»Auch dahinter scheint Howe zu stecken«, sagte Frank. »Ich glaube nicht, daß es sich nur um eine Störung handelt. Es sei denn ...«

»Was?«

»Daß noch ganz etwas anderes dahintersteckt. Vielleicht hat Beecher die ganze Sache inszeniert, um die Nachrichtenübermittlung so lange zu unterbinden, bis er seine Pläne durchgeführt hat.«

»Frank, wir müssen unseren Familien unbedingt ein paar Worte zukommen lassen. Hör mal, wie wär's, wenn wir unsere marsianischen Freunde drüben in Cynia aufsuchten. Schließlich haben sie uns mit Wasser bewirtet und ...«

»Angenommen, wir schaffen es bis dorthin. Was sollte dabei herauskommen?«

»Laß mich doch erst mal ausreden. Von dort könnten wir einen Brief aufgeben, unseren Familien reinen Wein einschenken und ihnen mitteilen, wo wir uns verborgen halten. Dann könnten wir warten, bis sie kommen und uns holen.«

Frank schüttelte den Kopf. »Wir können von hier keinen Brief aufgeben, ohne daß der Stationsvorsteher etwas davon merkt. Und sobald wir ihm den Rücken gekehrt haben und die Polizei kommt, spielt er ihnen den Brief in die Hände – und der geht dann an Howe und Beecher statt an die richtige Adresse.«

»Meinst du wirklich? Niemand hat das Recht, sich an privater Post zu vergreifen.«

»Sei kein Blödmann. Hatte Howe etwa ein Recht dazu, uns aufzufordern, unsere Waffen abzuliefern? Und trotzdem hat er's getan. Nein, Jim, es bleibt uns nichts anderes übrig, wir müssen die Nachricht selber übermitteln.«

An der gegenüberliegenden Wand hing eine Karte. Während ihres Gesprächs hatte Frank seine Blicke müßig darüber hinwegschweifen lassen. Plötzlich sagte er: »Was ist denn das für eine neue Station südlich Cynia, Jim?«

»Welche meinst du?«

»Die hier.« Frank deutete darauf.

Am Weststrymon war mit Tinte eine Station eingetragen.

»Die?« sagte Jim. »Das muß eine der Unterkünfte sei, die im Zusammenhang mit dem Projekt erbaut wurden.«

Es war geplant, den Mars wieder mit einer Sauerstoffhülle zu umgeben, und da man bereits im nächsten Frühjahr in großem Maßstab damit beginnen wollte, hatte man in der Wüste zwischen Cynia und Charax eine Reihe von Werkschuppen errichtet, damit man sofort die Arbeit aufnehmen konnte, falls sich erwies, daß die in Libya angestellten Versuche erfolgreich verliefen.

»Es können höchstens hundert Meilen bis dorthin sein.«

»Hundertzehn vielleicht«, sagte Jim, nachdem er einen Blick auf den Maßstab geworfen hatte.

»Wenn wir uns unsere Schlittschuhe anschnallen,

können wir bis zum Anbruch der Dunkelheit dort sein. Machst du mit?«

»Was? Bist du verrückt? Selbst wenn wir es schaffen, wären wir immer noch mindestens siebenhundert Meilen von zu Hause entfernt.«

»Wir schaffen mehr als zweihundert Meilen am Tag, wenn es sein muß«, erwiderte Frank. »Gibt es nicht noch andere Unterkünfte?«

»Auf der Karte sind weiter keine verzeichnet.« Jim überlegte. »Aber ich weiß, daß noch andere fertiggestellt worden sind; ich habe Dad davon sprechen hören.«

»Unter Umständen könnten wir auch die ganze Nacht unterwegs bleiben und tagsüber schlafen. Auf diese Art würden wir nicht erfrieren.«

»Hast du eine Ahnung! Ich habe mal einen Mann gesehen, der im Freien von der Nacht überrascht wurde. Er war steif wie ein Brett. – Also gut, wann brechen wir auf?«

»Sofort.«

Sie nahmen ihre Beutel und gingen zur Tür. Der Stationsvorsteher hob den Kopf und fragte: »Wollt ihr irgendwohin?«

»Wir gehen nur ein Stück spazieren.«

»Laßt eure Sachen ruhig hier. Ihr kommt ja doch wieder.«

Die Freunde gaben keine Antwort und gingen hinaus. Fünf Minuten später sausten sie auf ihren Schlittschuhen bereits in südlicher Richtung auf dem Weststrymon entlang.

»He, Jim!«

»Was?«

»Halt mal an. Mein Beutel sitzt nicht richtig.«

»Das sieht dir ähnlich.«

Ihre Beutel brachten sie aus dem Gleichgewicht und hinderten sie daran, die Arme auf die effektivste Art und Weise zu bewegen und richtig in Fahrt zu kommen. Schlittschuhlaufen war jedoch so allgemein üblich, daß die Beutel mit Gurten versehen waren und sich auf den Rücken schnallen ließen. Vor dem Umschnallen öffnete Jim den seinen; Willis streckte seine Augenstengel heraus und blickte ihn vorwurfsvoll an.

»Jim Junge lange weg.«

»Tut mir leid, alter Knabe.«

»Willis nicht sprechen.«

»Willis kann jetzt reden, soviel er will. Schau her, ich mache den Beutel nicht ganz zu, damit du ein bißchen was sehen kannst. Du darfst nur nicht rausfallen.«

»Willis will raus.«

»Das geht nicht. Paß mal auf, wie schön wir gleich lossausen! Aber du brauchst keine Angst zu haben.«

»Willis nicht rausfallen?«

»Willis nicht rausfallen.«

»Okay.«

Jim schnallte den Beutel um, und sie fuhren weiter, bedeutend schneller als zuvor. Ein Schlittschuhläufer auf dem Mars, der festes Eis unter sich hat und nur geringen Luftwiderstand und eine niedrige Schwerkraft zu überwinden braucht, vermag sich so schnell fortzubewegen, wie die Kraft seiner Beine es erlaubt. Beide Jungen waren durchtrainiert und sportlich. Willis jauchzte vor Vergnügen, als sie Meile um Meile hinter sich ließen. Das Wüstenplateau zwischen Cynia und Charax liegt höher als das Land zwischen Cynia und dem Äquator, das ursprünglich Meer war. Dieses Gefälle wird dazu benutzt, die Wasser vom Südpol quer durch die Wüste nach dem grünen Gürtel am Äquator zu leiten. Im Winter erstreckt sich die Vergletscherung bis nach Charax, und der dort beginnende Strymon-Kanal dient hauptsächlich dazu, die Wasser der Frühjahrsschmelze aufzunehmen.

Die Jungen begannen ihre Fahrt am unteren Ende des Kanalgefälles; die Mauern des Kanals ragten hoch über ihre Köpfe. Außerdem lag der Wasserspiegel – oder besser Eisspiegel – niedrig, da es bereits Spätherbst war. Man sah nichts als die Kanalböschungen und dahinter einen blauen und direkt über sich einen violettschwarzen Himmel. Die Sonne stand in ihrem Rücken und hatte ihren höchsten Punkt bereits überschritten; sie bewegte sich nach Norden der nördlichen Sommersonnenwende zu. Auf dem Mars sind die Jahreszeiten von kürzerer Dauer als auf der Erde; es gibt keine Meere, um die Wärme festzuhalten, und das einzige »Schwungrad« des Klimas ist das Einfrieren und Auftauen der polaren Eismassen.

Da es nichts weiter zu sehen gab, konzentrierten sich die Jungen darauf, so schnell wie möglich von der Stelle zu kommen, und sausten mit gesenkten Köpfen, schwingenden Schultern und pendelnden Armen dahin.

Nach vielen Meilen monotonen Laufens ließ Jims Aufmerksamkeit nach; er übersah ein kleines Hindernis im Eis und stürzte. Seine Kleidung schützte ihn vor Kälteverbrennungen, und er nahm weiter keinen Schaden, nur Willis wurde mit einem gewaltigen Schwung aus seinem Beutel herausgeschleudert.

Instinktiv zog er sämtliche Auswüchse sofort ein, schlug wie ein Ball auf und rollte mehrere hundert Meter weit. Als er Jim stürzen sah, stoppte Frank so abrupt, daß das Eis unter ihm aufsprühte. Er lief zurück, um dem Freund zu helfen.

»Ist dir was passiert?«

»Nein. Wo ist Willis?«

Sie fuhren weiter und entdeckten Willis, der auf seinen dünnen Beinchen stand und auf ihr Näherkommen wartete.

»Das war 'n Ding!« jauchzte er, als er sie erblickte. »Mach das noch mal!«

»Freiwillig nicht«, versicherte Jim ihm und steckte ihn zurück in den Beutel. »Sag mal, Frank, wie lange sind wir eigentlich schon unterwegs?«

»Drei Stunden höchstens«, erwiderte Frank, nachdem er einen Blick auf die Sonne geworfen hatte.

»Wenn ich nur meine Uhr hätte«, sagte Jim. »Wir dürfen auf keinen Fall an der Unterkunft vorbeifahren.«

»Bis dahin muß es noch ein ganzes Stück sein.«

»Ja, aber welche Garantie haben wir, daß wir nicht daran vorüberfahren? Wir können nicht über die Böschungen gucken.«

»Willst du vielleicht umdrehen und zurückgehen?«

»Nein.«

»Dann hör auf zu unken.«

Jim schwieg, hatte aber noch immer seine Bedenken. Deshalb bemerkte er wahrscheinlich auch das einzige Merkmal, das auf die Nähe der Unterkunft hindeutete, während Frank daran vorüberfuhr. Es war bloß eine einfache Rampe, welche die Böschung hinunter führte. Derartige Rampen gab es zwar in kürzeren Abständen den ganzen Kanal entlang, und sie waren so alt wie die Kanäle selbst, aber auf dieser Rampe war ein Lademast angebracht, und Jim erkannte, daß der Mast irdischen Ursprungs war.

Er hielt an. Frank lief weiter, doch als er merkte, daß Jim zurückgeblieben war, blieb auch er stehen und kehrte dann um.

»Was ist denn los?« rief er.

»Ich glaube, wir sind da.«

»Hm . . . könnte sein.«

Die Freunde schnallten ihre Schlittschuhe ab und erkletterten die Rampe. Dahinter lag in einiger Entfernung eines jener blasenförmigen Gebäude, die auf dem Mars überall als Merkmale für die Fremdlinge von der Erde gelten. Ganz in der Nähe war auch bereits das Fundament für das künftige Sauerstoffproduktionswerk gelegt. Jim seufzte tief. Frank nickte und sagte: »Fast genau die Stelle, mit der wir gerechnet hatten.«

»Es war auch höchste Zeit«, fügte Jim hinzu. Die Sonne neigte sich bereits gegen den Horizont und sank sichtbar tiefer.

Die Unterkunft war selbstverständlich leer; bis zum nächsten Frühjahr ruhte jegliche Arbeit in diesen Breiten. Da das Gebäude nicht unter erhöhtem Luftdruck stand, konnten Jim und Frank ohne weiteres durch die beiden Türen hinein. Frank tastete nach dem Lichtschalter und drehte ihn – zum Glück funktionierte die an den Atomkraftspeicher des Gebäudes angeschlossene Leitung.

Die Einrichtung war äußerst primitiv. An den Wänden standen Bettgestelle. Eine Ecke war für die Küche freigelassen worden. Frank schaute sich beglückt um.

»Sieht so aus, als hätten wir fern von daheim ein Zuhause gefunden, Jim.«

»Ja.« Jim blickte sich um, entdeckte den selbsttätigen Wärmeregler und schaltete ihn ein. Bald darauf wurde es wärmer im Raum, und mit der steigenden Temperatur stieg auch der Luftdruck an; der Druckregler war mit dem Wärmeregler gekoppelt und löste den Überverdichter aus. Schon nach wenigen Minuten konnten die Jungen ihre Masken abnehmen und ihre Schutzkleidung ausziehen.

Jim durchstöberte die Küche, steckte die Nase in Schränke, zog Schubfächer auf und inspizierte jedes einzelne Brett.

»Was gefunden?« fragte Frank.

»Rein gar nichts. Nicht mal eine Büchse Bohnen.«

»Jetzt ist es dir vielleicht ganz recht, daß ich die Küche in der Akademie geplündert habe, ehe wir losgezogen sind, was? In fünf Minuten gibt's Abendbrot.«

»Okay, ich weiß ja, daß an dir ein Ganove verlorengegangen ist«, sagte Jim. »Meine Anerkennung.« Er probierte den Wasserhahn. »Noch genug im Tank«, stellte er fest.

»Gut«, erwiderte Frank. »Da brauche ich wenigstens nicht erst loszugehen und Eis zu hacken. Ich muß meine Maske nachfüllen. Sie war schon während der letzten Etappe trocken.«

Das eigenartige Aussehen der Marsmasken rührt daher, daß sie nicht nur einen kleinen Überverdichter samt Batterie enthalten, sondern außerdem einen kleinen Wasserbehälter. Eine Saugvorrichtung ermöglicht es dem Träger, auch im Freien einen Schluck zu trinken, aber das steht erst an zweiter Stelle. Das Wasser dient hauptsächlich dazu, einen Docht zu tränken, durch den die Luft gepreßt wird, ehe der Betreffende sie einatmet.

»Deine Maske war trocken? Hast du unterwegs denn soviel trinken müssen?«

»Ich habe vergessen, sie nachzufüllen, bevor wir aufgebrochen sind.«

»Tourist!«

»Du weißt doch, es ging alles ein bißchen Hals über Kopf.«

»Wie lange warst du denn trocken?«

»Ich weiß es nicht genau«, wich Frank aus.

»Was macht dein Hals?«

»In Ordnung. Nur ein bißchen ausgedörrt.«

»Laß mich mal sehen«, sagte Jim und trat näher.

Frank stieß ihn von sich. »Ich sag dir doch, es ist alles in Ordnung. Essen wir lieber einen Happen.«

»Na gut. Wie du willst.«

Ihre Mahlzeit bestand aus Büchsenfleisch. Gleich nachdem sie gegessen hatten, legten sie sich hin. Willis kuschelte sich eng an Jim und ahmte dessen Schnarchtöne nach.

Da die Büchse nicht ganz leer geworden war und Frank darauf bestand, daß sie sparsam mit den Vorräten umgingen, aßen sie zum Frühstück noch einmal von dem Fleisch. Willis, der erst vor zwei Wochen gegessen hatte, brauchte nichts; er trank nur eine große Menge Wasser. Beim Aufbruch fand Jim eine Taschenlampe und zeigte sie Frank.

»Laß sie liegen und komm.«

»Ich werde die Lampe doch lieber mitnehmen«, erwiderte Jim und stopfte sie in den Beutel. »Vielleicht haben wir mal Verwendung dafür.«

»Quatsch. Außerdem gehört sie dir nicht.«

»Ich will sie ja auch nicht klauen, ich will sie mir borgen. Nur für den Fall, daß wir sie brauchen.«

Frank zuckte die Achseln. »Okay. Dann los jetzt.«

Ein paar Minuten später standen sie bereits auf dem Eis und sausten in südlicher Richtung davon. Es war einer der üblichen schönen Marstage; als die Sonnenstrahlen in das Kanalbett fielen, war die Luft trotz der fortgeschrittenen Jahreszeit beinahe mild.

Gegen Mittag verriet ihnen ein Hebebalken, den Frank entdeckte, das Vorhandensein einer anderen Unterkunft; sie gingen hinein, verzehrten ihre Mahlzeit und ersparten sich auf diese Weise die umständliche und unappetitliche Arbeit, die Nahrung durch das Mundstück ihrer Masken zu sich zu nehmen. Die Unterkunft glich derjenigen, aus welcher sie kamen, bis aufs Haar, nur waren hier die Fundamente für das künftige Sauerstoffproduktionswerk noch nicht gelegt.

Als sie fertig waren und gehen wollten, sagte Jim: »Du siehst ganz rot im Gesicht aus, Frank. Hast du Fieber?«

»Keine Spur. Das ist nur meine blühende Gesundheit«, erwiderte Frank. Er mußte jedoch husten, als er die Maske aufsetzte.

Marshals, ging es Jim durch den Kopf, doch er sagte nichts weiter, da er dem Freund ja doch nicht helfen konnte.

Der ›Marshals‹ ist keine eigentliche Krankheit; es ist nur eine außerordentliche Trockenheit von Nase und Kehle, hervorgerufen durch die direkte Berührung mit der Marsluft. Ihr Feuchtigkeitsgehalt ist für gewöhnlich gleich Null, und ein von der Marsluft ausgetrockneter Schlund ist sämtlichen Krankheitserregern, die zu einem bestimmten Zeitpunkt in den menschlichen Atmungsorganen vorhanden sind, schutzlos ausgeliefert. Das Ergebnis ist zumeist eine schlimme Entzündung.

Der Nachmittag verging ohne weitere Zwischenfälle. Gegen Abend waren die Freunde vielleicht noch fünfhundert Meilen von zu Hause entfernt. Jim hatte Frank die ganze Zeit nicht aus dem Auge gelassen. Sein Freund schien nach wie vor bei Kräften zu sein, und vielleicht hatte der Husten doch weiter nichts zu bedeuten gehabt. Er fuhr dicht an ihn heran.

»Sehen wir zu, daß wir bald unter Dach und Fach kommen.«

»Mir recht.«

Bald darauf kamen sie wieder an einer jener Rampen vorbei, die von längst toten Marsbewohnern angelegt worden waren, aber diesmal ragte kein Lademast darüber hinaus, und auch sonst war kein Zeichen menschlicher Aktivität zu sehen. Die Böschungen, obwohl bereits etwas niedriger, waren immer noch zu hoch, um darüber hinwegzuschauen. Jim legte sich ein wenig kräftiger ins Zeug, und sie glitten weiter.

Wieder tauchte eine Rampe auf, und wieder deutete keinerlei Anzeichen darauf hin, daß eine Unterkunft dahinter lag. Jim machte halt. »Ich bin dafür, daß wir einen Blick über die Böschung werfen«, sagte er. »Die Unterkünfte werden stets neben den Rampen errichtet, und vielleicht hat man den Mast aus irgendeinem Grund umgelegt.«

»Nein, laß uns keine Zeit verschwenden«, wandte Frank ein. »Wenn wir uns beeilen, schaffen wir es bis zum Anbruch der Dunkelheit bestimmt noch bis zur nächsten Unterkunft.«

»Gut, wenn du meinst ...« Jim stieß sich ab und sauste los.

An der nächsten Rampe wiederholte sich dieselbe Geschichte; Jim hielt an und erklärte: »Wir sollten uns wenigstens vergewissern. Eine andere Unterkunft erreichen wir vor Sonnenuntergang sowieso nicht mehr.«

»Also gut.« Frank bückte sich und machte sich an seinen Schlittschuhen zu schaffen.

Sie kletterten die Böschung hinauf. Die schräg einfallenden Sonnenstrahlen enthüllten ihnen nichts als die übliche Vegetation entlang des Kanals.

Jim hätte am liebsten vor Müdigkeit, Zorn und Enttäuschung losgeschrien. »Und was machen wir jetzt?« sagte er.

»Wir klettern wieder hinunter und fahren weiter, bis wir eine Unterkunft finden«, erwiderte Frank.

»Die Masten werden im Dunkeln kaum zu sehen sein.«

»Dann fahren wir eben so lange geradeaus, bis unsere Knie nicht mehr mitmachen«, entgegnete Frank grimmig.

»Wahrscheinlicher ist, daß wir dabei erfrieren.«

»Ich glaube, wir sitzen ohnehin fest«, sagte Frank. »Ich jedenfalls kann nicht die ganze Nacht durchhalten, auch wenn wir nicht erfrieren.«

»Ist dir nicht gut?«

»Das ist gar kein Ausdruck. Komm, weiter.«

»Wie du meinst.«

Willis war aus dem Beutel auf Jims Schulter gekrochen, um besser sehen zu können. Plötzlich ließ er sich zu Boden fallen und rollte davon. Jim versuchte, ihn zu greifen, verfehlte ihn aber.

»He! Willis! Komm sofort hierher!«

Willis gab keine Antwort. Jim verfolgte ihn. Er kam nur nur mit Schwierigkeiten voran. Unter normalem Umständen wäre er unter den Kanalpflanzen entlang gekrochen, aber da es bereits spät am Tage war, waren die meisten Pflanzen kniehoch zusammengeschrumpft und bereiteten sich darauf vor, über Nacht völlig ins Erdreich zu versinken. Einige der weniger widerstandsfähigen Pflanzen waren bereits verschwunden, und der Boden schloß sich über ihnen zusammen.

Das alles schien Willis nicht weiter zu stören, aber Jim fand es lästig; er konnte den kleinen Herumtreiber einfach nicht einholen. Frank rief: »Achtung! Wassersucher! Paß auf, wo du hintrittst!« Nach dieser Warnung drang Jim noch vorsichtiger vor – und noch langsamer. Er blieb stehen.

»Willis! Willis, hierher! Verdammt noch mal, wir lassen dich hier, wenn du nicht sofort kommst!« Doch die Drohung verhallte unbeachtet.

Frank bahnte sich einen Weg durch das Gestrüpp, bis er neben Jim stand. »Wir können uns nicht länger hier aufhalten, Jim.«

»Ich weiß. Daß der Dummkopf uns auch gerade jetzt ausreißen muß!«

»Ja, es ist eine Plage mit ihm. Komm jetzt.«

Aus der Ferne klang plötzlich Willis' Stimme – oder vielmehr Jims Stimme aus Willis' Mund – an ihre Ohren.

»Jim Junge! Jim! Komm her!«

Jim und Frank zwängten sich durch die immer weiter zusammenschrumpfende Vegetation vorwärts. Endlich fanden sie Willis; er hockte neben einer riesigen Pflanze, einem Wüstenkohlkopf, der fast vierzig Meter im Durchmesser besaß. Man begegnete dieser Pflanze nur selten in der Nähe der Kanäle; sie gilt als Unkraut und wird in den kultivierten Gegenden nicht geduldet, obwohl man sie meilenweit von jeder Wasserstelle entfernt in der Wüste antreffen kann.

Die westliche Hälfte dieses Exemplars war noch immer halbkreisförmig am Boden ausgebreitet, während die östliche Hälfte steil, fast senkrecht aufragte und mit ihren flachen Blättern gierig nach den letzten Sonnenstrahlen haschte. Es war eine starke, widerstandsfähige Pflanze, die sich erst schließen würde, wenn die Sonne ganz verschwunden war, und auch dann würde sie sich nicht in das Erdreich zurückziehen, sondern sich nur zu einer festen Kugel zusammenziehen und auf diese Art und Weise der Kälte trotzen. Dabei glich sie in vergrößertem Maßstab jener Erdenpflanze, nach welcher sie benannt wurde.

Willis saß am Rand der Hälfte, die flach auf dem Boden lag. Jim griff nach ihm.

Willis sprang mit einem Satz auf die ausgebreiteten Blätter und kugelte sich bis in die Mitte der Pflanze.

»Verdammt, Willis, so komm doch endlich her. Bitte.«

»Verfolge ihn nicht noch weiter«, warnte Frank. »Das Ding schließt sich womöglich über dir zusammen. Die Sonne ist fast verschwunden.«

»Keine Bange. Willis! Hierher!«

Willis antwortete: »Komm hierher, Jim Junge.«

»Du sollst herkommen!«

»Jim Junge, komm her. Frank, komm her. Kalt dort. Warm hier.«

»Was soll ich denn bloß machen, Frank?«

Wieder rief Willis: »Komm, Jim Junge. Warm! Ganze Nacht warm.«

»Weißt du was, Frank?« sagte Jim. »Ich glaube, er will sich von den Blättern einschließen lassen, und wir sollen es ihm nachmachen.«

»Hört sich so an.«

»Komm, Jim! Komm, Frank!« wiederholte Willis. »Schnell!«

»Vielleicht weiß er, was er tut«, sagte Frank. »Er hat den richtigen Marsinstinkt, der uns fehlt, wie Doc immer sagt.«

»Mann, wir werden zu Brei gequetscht, wenn wir uns dort reinsetzen!«

»Wer weiß.«

»Auf alle Fälle würden wir ersticken.«

»Wahrscheinlich.« Plötzlich fügte Frank hinzu: »Mach, was du willst, Jim. Ich kann nicht mehr weiter.«

Er setzte den Fuß auf eines der breiten Blätter, das sich unter der Berührung zurückzog, und schritt auf Willis zu. Jim verharrte für einen Augenblick auf der Stelle und folgte dann Frank. Willis war außer sich vor Freude, als er die Gefährten kommen sah.

»Guter Junge, Frank! Guter Junge, Jim! Bleiben schön warm die ganze Nacht.«

Die Sonne verschwand hinter einer fernen Düne; der Wind peitschte kalt um ihre Glieder. Die Pflanze begann sich von außen her zusammenzuschließen.

»Noch könnten wir raus, wenn wir einen Sprung machten«, sagte Jim nervös.

»Ich bleibe.« Trotz dieser Versicherung musterte Frank die näher kommenden Blätter furchtsam.

»Wir werden ersticken.«

»Vielleicht. Aber das ist immer noch besser als erfrieren.«

Die inneren Blätter zogen sich rascher zusammen als die äußeren. Ein solches Blatt, zwei Meter breit und mindestens vier Meter lang, richtete sich hinter Jims Rücken auf und krümmte sich, bis es seine Schulter berührte. Jim schlug mit der Hand danach. Das

Blatt wich zurück und bog sich dann von neuem stetig und langsam auf ihn zu.

»Frank«, rief Jim mit schriller Stimme, »wir werden erdrückt!«

Die breiten Blätter schlossen sich jetzt von allen Seiten zusammen, und Frank blickte sich ängstlich um. »Jim«, sagte er, »setz dich hin, die Beine gespreizt. Dann fassen wir uns an den Händen und bilden eine Wölbung.«

»Wozu?«

»Damit wir soviel Raum wie möglich einnehmen. Schnell!«

Jim beeilte sich. Sie machten sich so breit wie möglich.

Die Blätter schlossen sich um sie zusammen, betasteten sie gleichsam und schmiegten sich mit sanftem Druck eng an sie an. Bald hatte die Pflanze die Jungen vollständig umschlossen, und es herrschte völlige Finsternis.

»Frank?« fragte Jim. »Jetzt können wir uns doch bewegen, oder nicht?«

»Nein. Warte, bis die äußeren Blätter zur Ruhe gekommen sind.«

Jim verhielt sich eine Zeitlang still. Er wußte, daß eine beträchtliche Zeit verstrichen sein mußte, denn er hatte inzwischen bis tausend gezählt. Als er gerade mit dem zweiten Tausend beginnen wollte, bewegte sich Willis, der zwischen seinen Beinen saß.

»Jim Junge, Frank Junge – schön warm, hm?«

»Ja, Willis«, erwiderte Jim. »Was meinst du, Frank?«

»Ich glaube, wir können jetzt ruhig eine etwas bequemere Lage einnehmen.« Frank senkte die Arme. Sogleich senkte sich auch das innere Blatt, das die Decke bildete, und streifte ihn in der Dunkelheit.

Instinktiv schlug Frank mit der Hand danach, worauf es sich zurückzog.

Jim sagte: »Ist ziemlich schlechte Luft hier drin.«

»Denk nicht weiter daran. Ruhig atmen. Nicht sprechen und nicht bewegen, desto weniger Sauerstoff verbrauchen wir.«

»Es ist doch egal, wo wir in zehn Minuten oder erst in einer Stunde ersticken. Ich glaube, wir haben eine große Dummheit gemacht, Frank, wie man es auch betrachtet. Bis morgen früh halten wir bestimmt nicht durch.«

»Warum denn nicht? Ich habe mal gelesen, daß es in Indien Leute gab, die sich tagelang, ja wochenlang lebendig begraben ließen und immer noch lebten, als man sie aus der Erde holte. Man nannte sie Fakire.«

»Faxenmacher müßte es heißen. Ich glaube dir kein Wort.«

»Aber ich habe es wirklich gelesen.«

»Du glaubst doch nicht etwa, daß alles, was in Büchern steht, auch wahr sein muß?«

Frank zögerte einen Augenblick mit der Antwort. »Wir können nur hoffen, daß es wahr ist, sonst haben wir kaum eine Chance. Und jetzt halt gefälligst die Klappe, sonst verbrauchst du das bißchen Luft noch und bringst uns beide um.«

Jim schwieg. Alles, was er hören konnte, waren Franks Atemzüge. Er streckte die Hand aus und berührte Willis; dieser hatte sämtliche Stengel eingezogen. Er war jetzt ein glatter Ball und schlief offenbar. Nach einer Weile ging Franks Atem in ein lautes Schnarchen über.

Jim versuchte einzuschlafen, doch es gelang ihm nicht. Die völlige Finsternis und die abgestandene Luft drückten wie tote Gewichte auf ihn. Er sehnte sich nach seiner Uhr, die er an den geschäftstüchtigen Smythe verloren hatte. Wenn er doch nur gewußt hätte, wie spät es war, wie lange es noch dauern würde, bis die Sonne aufging! Dann wäre alles leichter zu ertragen gewesen.

Er bildete sich ein, die Nacht müßte längst vergangen sein, und wartete jeden Augenblick darauf, daß die Pflanze sich öffnen würde. Als auch ›nach einer Weile‹, die Jim auf zwei Stunden schätzte, nichts geschah, befiel ihn panische Angst. Er war sich im klaren darüber, wie weit fortgeschritten die Jahreszeit war, und er wußte, daß die riesigen Kohlpflanzen überwinterten, indem sie einfach geschlossen blieben. Offenbar hatten Frank und er das Pech gehabt, in eine solche Pflanze zu geraten, sich für den ganzen Winter schloß.

Erst in zwölf Monaten würde die Pflanze sich unter den Strahlen der Frühlingssonne wieder öffnen und sie freigeben – tot.

Davon war er fest überzeugt.

Er erinnerte sich an die Taschenlampe, die er in der ersten Unterkunft an sich genommen hatte. Der Gedanke belebte ihn und lenkte ihn ab. Er lehnte sich vornüber und versuchte an den umgeschnallten Beutel heranzugelangen. Sofort senkten sich die Blätter über ihm; er schlug danach, und sie zogen sich zurück. Es gelang ihm, die Taschenlampe herauszuziehen und einzuschalten. Ihre Strahlen erhellten den engen Raum.

Frank hörte auf zu schnarchen, blinzelte und sagte: »Was ist denn los?«

»Mir ist nur eben die Lampe eingefallen. Gut, daß ich sie mitgenommen habe, was?«

»Mach lieber das Licht aus und schlaf.«

»Die Lampe verbraucht keinen Sauerstoff, und mir ist wohler, solange sie brennt.«

»Das mag ja sein, aber solange *du* wach bist, verbrauchst *du* mehr Sauerstoff.«

»Und wenn schon.« Die Hoffnungslosigkeit ihrer Lage kam ihm erneut zu Bewußtsein. »Es ist doch alles egal«, sagte er, »wir sind wahrscheinlich für immer hier eingesperrt.«

»Unsinn!« sagte Frank.

»*Du* redest Unsinn! Warum hat sich die Pflanze dann bei Sonnenaufgang nicht geöffnet?«

»Weil wir noch keine Stunde hier drin sitzen, du Narr.«

»Was?«

»Kaum eine Stunde, sage ich dir. Und jetzt halt's Maul und schlaf. Und mach endlich das Licht aus.« Frank legte den Kopf wieder auf die Knie.

Jim schwieg zwar, ließ die Lampe jedoch brennen. Es beruhigte ihn. Außerdem hatte das Licht noch eine andere sichtbare Wirkung. Die inneren Blätter, die sich zuvor beängstigend nahe herangeschoben hatten, zogen sich zurück und schmiegten sich eng an die undurchdringliche Wand der äußeren Blätterschicht. Die Pflanze reagierte auf das Licht und bot den Strahlen ein Maximum an Fläche dar.

Jim analysierte die Sache nicht weiter; seine Kenntnisse in Photosynthese und Heliotropismus waren äußerst mangelhaft. Ihm fiel nur auf, daß es plötzlich geräumiger geworden zu sein schien und daß die Blätter ihn nicht mehr belästigten, seit das Licht brannte. Er lehnte die Taschenlampe gegen Willis, der sich nicht gerührt hatte, und versuchte, sich zu entspannen.

Auch die Qualität der Luft schien sich verbessert zu

haben, und Jim hatte den Eindruck, als ob der Druck etwas gestiegen sei. Er überlegte, ob er die Maske abnehmen sollte, ließ es dann aber, und bald übermannte ihn der Schlaf.

Er träumte, und dann träumte er, daß er träume. Das Verstecken in dem Wüstenkohlkopf stellte sich ihm als ein fantastischer, unmöglicher Traum dar; die Akademie und Direktor Howe waren genauso unwirklich; er war zu Hause und lag mit Willis im selben Bett. Morgen würde er mit Frank nach Syrtis Minor fahren und in die Akademie eintreten.

Er hatte alles nur geträumt, weil er sich geärgert hatte, daß man ihn und Willis trennen wollte. Man wollte ihm Willis abspenstig machen! Aber das würde er nicht dulden.

Dann kehrte Jim im Traum an die Akademie zurück, lehnte sich gegen Howe auf, befreite Willis und ergriff die Flucht – und wieder waren sie in der Wüstenpflanze eingeschlossen.

Immer sah das das Ende gleich aus: Sie waren in einer für den ganzen Winter geschlossenen Riesenpflanze eingesperrt und damit zum Tode verurteilt.

Jim rang nach Luft, versuchte aufzuwachen und versank wieder in Schlaf, ohne erneut von so schrecklichen Träumen heimgesucht zu werden.

7
VERFOLGT

Phobos, der kleinere Marsmond, trat aus seiner Verfinsterung und raste mit höchster Geschwindigkeit von Westen nach Osten der aufgehenden Sonne entgegen, deren Strahlen bald auf den Oststrymon und von dort quer über den Wüstenstrich zwischen den Zwillingskanälen auf die Böschungen des Weststrymon fielen.

Unter dem Einfluß der Wärme öffnete sich auch die Pflanze, in der die beiden Jungen kauerten. Die der Sonne zugekehrten Blätter entfalteten sich zuerst und breiteten sich flach auf dem Boden aus; die anderen spreizten sich wie ein Pfauenschweif, um die fast horizontalen Strahlen aufzufangen. Weder Jim noch Frank merkten etwas von alledem; steif und zusammengekrümmt, wie betäubt lagen sie da, und erst, als Willis an ihnen herumschnüffelte und ein leises Klagegeheul anstimmte, aus dem eine grenzenlose Verlassenheit klang, schlug Jim die blutunterlaufenen Augen auf.

»Mach nicht so einen verteufelten Lärm«, sagte er grob.

Willis kreischte förmlich auf vor Freude. »Jim Junge!« Zur Begrüßung sprang er auf Jims Bauch und hopste wie wild darauf herum.

Jim nahm Willis auf den Arm. »So beruhige dich doch! Sei hübsch artig. Au!«

»Was ist denn, Jim Junge?«

»Mein Arm ist steif. Ooh – au!«

Auch seine Beine schmerzten, sobald er sie zu

bewegen versuchte. Ebenso sein Rücken und sein Genick.

»Was hast du denn?« fragte Frank.

»Ich bin steif wie ein Brett. Ich werde heute wohl auf den Händen schlittschuhlaufen müssen. Sag mal . . .«

»Was denn?«

»Vielleicht brauchen wir die Schlittschuhe gar nicht. Möglicherweise hat die Frühjahrsschmelze schon eingesetzt.«

»Was faselst du denn da?« Frank richtete sich umständlich und langsam auf.

»Ich meine das Tauwetter. Irgendwie haben wir den Winter überstanden. Ich weiß zwar nicht wie, aber jetzt . . .«

»Red nicht so dummes Zeug. Schau dir lieber an, wo die Sonne aufgeht.«

Marskolonisten haben ein intensiveres Gefühl für alles, was mit dem Lauf der Sonne zusammenhängt, als Erdenmenschen, Eskimos ausgenommen. Alles, was Jim sagte, war: »Oh . . . dann war es wohl nur ein Traum.«

»Entweder das, oder du bist noch verrückter als sonst. Machen wir, daß wir weiterkommen.«

Frank richtete sich mit lautem Stöhnen auf.

»Wie fühlst du dich denn?«

»Wie mein eigener Großvater.«

»Ich meine, was macht dein Hals?«

»Nicht der Rede wert.«

Ein unmittelbar danach einsetzender Hustenanfall strafte seine Worte Lügen. Mit äußerster Kraftanstrengung unterdrückte er ihn. Unter einer Maske ist ein Husten kein Vergnügen. Niesen ist noch schlimmer.

»Willst du etwas zum Frühstück?«

»Ich habe jetzt keinen Hunger«, erwiderte Frank. »Sobald wir eine Unterkunft finden, essen wir in aller Ruhe.«

»Okay.« Jim stopfte Willis wieder in den Beutel und stellte zu seinem Erstaunen fest, daß er stehen und laufen konnte. Dann bemerkte er die Taschenlampe, schob sie ebenfalls zu Willis in den Beutel und folgte Frank, der bereits vorausgegangen war.

Die Pflanzen längs des Kanals kamen langsam zum Vorschein, wurden sichtbar größer und erschwerten das Gehen.

Sie erreichten die Böschung. »Die Rampe muß etwa hundert Meter rechts ab liegen«, sagte Frank.

»Stimmt. Ich kann sie bereits sehen. Komm.« Jim packte ihn am Arm und zerrte ihn zurück.

»Was ist denn?« fragte Frank.

»Schau mal den Kanal entlang, nach Norden.«

»Was? Oh!«

Ein Schlitten bewegte sich auf die Freunde zu. Statt der vierhundert Stundenkilometer, die ein solches Fahrzeug für gewöhnlich machte, war die Geschwindigkeit des herankommenden Schlittens auf ein Minimum gedrosselt. Zwei Männer saßen im Freien auf dem Verdeck.

Frank zog sich hastig zurück. »Gut gemacht, Jim«, sagte er anerkennend. »Ich wäre direkt in die Burschen hineingelaufen. Wir werden sie ein ordentliches Stück vorausfahren lassen.«

»Willis auch gut«, warf Willis einschmeichelnd dazwischen.

»Vorausfahren lassen! Schön wär's! Siehst du nicht, was sie machen?«

»Was denn?«

»Sie folgen unseren Spuren.«

Frank bekam einen Schreck, sagte aber nichts und schob den Kopf vorsichtig über die Böschung.

»Paß auf, Mann!« rief Jim hastig. »Die haben Ferngläser.«

Frank duckte sich. Aber er hatte genug gesehen; der Schlitten hatte ungefähr dort angehalten, wo sie am Abend zuvor ihre Fahrt unterbrochen hatten. Einer der beiden Männer auf dem Verdeck gab dem Fahrer ein Zeichen und deutete auf die Rampe. Schlittschuhspuren auf dem Kanal wurden natürlich nie beseitigt; wenn es mittags mitunter kurz taute, erneuerte sich die Oberfläche von selbst, bis dann die tödlichen Winterfröste einsetzten. Die Männer konnten also mit Sicherheit davon ausgehen, daß die Spuren von den beiden Jungen stammten; sonst wagte sich kaum jemand so weit hinaus. Das Eis wies überdies Schlittenspuren auf, aber wie alle Schlittschuhläufer, hatten Jim und Frank diese Rillen zugunsten unberührter Flächen vermieden, so daß ein geübtes Auge ihren Weg vom Cynia-Haltepunkt bis zu der Rampe, in deren Nähe sie lagen, verfolgen konnte.

»Wenn wir zurück ins Gebüsch kriechen«, flüsterte Jim, »können wir uns dort so lange versteckt halten, bis sie fort sind. Dort finden sie uns im Leben nicht.«

»Und wenn die Kerle sich nicht davonmachen? Möchtest du noch eine zweite Nacht in dem Kohlkopf verbringen?«

»Irgendwann müssen sie doch verschwinden.«

»Sicher, nur nicht schnell genug. Sie wissen genau, daß wir über die Rampe hinaufgeklettert sind, und sie werden erst einmal dableiben und alles gründlich durchsuchen – länger, als wir es aushalten können. Die Kerle können sich das erlauben, weil sie eine Operationsbasis haben.«

»Mist. Was tun wir denn jetzt?«

»Wir versuchen die nächste Rampe zu erreichen und gehen zu Fuß im Schutz der Böschung entlang, immer nach Süden.«

»Dann los. Sie müssen jeden Augenblick über die Rampe heraufkommen.«

Frank übernahm die Führung. Im Hundetrab ging es nach Süden. Die Pflanzen längs der Böschung waren inzwischen so weit aus dem Boden hervorgekommen, daß sie den Freunden Deckung gewährten. Frank hielt sich etwa dreißig Fuß von der Böschung entfernt. Unter den sich ausbreitenden Blättern der Pflanzen und ihren Stengeln waren sie vor spähenden Augen ziemlich sicher.

Jim hielt nach Schneckenwürmern und Wassersuchern Ausschau und schärfte auch Willis äußerste Wachsamkeit ein. Sie kamen ziemlich rasch voran. Nach einigen Minuten blieb Frank stehen und gebot Ruhe. Sie lauschten angestrengt. Jim vernahm jedoch nur Franks heftiges Atmen; falls ihre Häscher überhaupt die Verfolgung aufgenommen hatten, mußten sie noch ein gutes Stück entfernt sein.

Als sie sich etwa zwei Meilen südwärts der Rampe befanden, blieb Frank erneut ganz plötzlich stehen. Jim rannte gegen ihn, und die beiden wären fast in den Kanal gerollt, der Frank zu dem abrupten Halt gezwungen hatte. Dieser Kanal verlief von Osten nach Westen und bildete einen Nebenarm des Hauptkanals. Zwischen Cynia und Charax gab es verschiedene solcher Kanäle.

Einige mündeten in den Ost-, andere in den Weststrymon, und wieder andere dienten nur zur Bewässerung von Wüstenniederungen.

Jim starrte in den engen und tiefen Einschnitt hinunter. »Viel hätte nicht gefehlt, und wir wären mit einem Kopfsprung dort unten gelandet.«

Frank gab keine Antwort. Er sank in die Knie, setzte sich dann und hielt sich den Kopf. Plötzlich übermannte ihn ein heftiger Hustenanfall. Als er vorüber war, zitterten seine Schultern noch immer, als würde er von einem trockenen Schluchzen geschüttelt.

Jim legte eine Hand auf seinen Arm. »Dir geht es gar nicht gut, was?«

Frank erwiderte nichts. Willis sagte: »Armer Frank Junge«, und gab zärtlich schnalzende Laute von sich.

Mit gerunzelter Stirn starrte Jim von neuem auf den Kanal. Bald hob Frank den Kopf und sagte: »Es ist schon wieder vorbei ... mir war nur für einen Augenblick verdammt mies ... der Kanal und das alles ... und daß wir jetzt nicht weiter können.«

Jim sagte: »Hör mal, Frank, ich habe einen neuen Plan. Ich gehe so lange an diesem Graben in östlicher Richtung entlang, bis ich eine Stelle finde, an der ich hinuntersteigen kann. Du gehst zurück und stellst dich ...«

»Nein!«

»Laß mich doch ausreden! Es ist nicht so unsinnig, wie du glaubst. Du bist zu krank und kannst nicht weiter. Wenn du hier draußen bleibst, ist es dein sicheres Ende, das weißt du so gut wie ich. Ich werde versuchen, unsere Leute zu benachrichtigen. Du gehst zurück, stellst dich ihnen und erzählst ihnen irgendein Märchen ... daß ich dir davongelaufen wäre oder so was. Dann gibst du ihnen eine falsche Richtung an. Wenn du deine Sache geschickt machst, kannst du sie mindestens einen Tag aufhalten und mir einen gewaltigen Vorsprung verschaffen. Inzwischen ruhst du dich in dem Schlitten aus. Dort ist es warm, und du bist sicher. Und heute abend liegst du vielleicht schon im Lazarett der Akademie. Was meinst du dazu?«

»*Nein!*«

»Warum denn nicht? Jetzt bist du dickköpfig.«

»Nein«, wiederholte Frank. »Dein Vorschlag taugt nichts. Erstens stelle ich mich ihnen nicht freiwillig. Lieber würde ich hier draußen umkommen ...«

»Quatsch!«

»Du redest Quatsch. Und zweitens nutzt dir ein Vorsprung von einem Tag gar nichts. Sobald sie dahinterkommen, daß ich sie an der Nase herumgeführt habe, werden sie den Kanal weiterhin systematisch abkämmen – und dich bereits morgen am Wickel haben.«

»Weißt du denn etwas Besseres?«

»Nein – das jedenfalls nicht.« Wieder wurde er von Husten geschüttelt.

Für ein paar Minuten schwiegen sie. Schließlich fragte Jim: »Was für ein Fahrzeug hatten sie eigentlich?«

»Einen der üblichen Lastenschlitten, einen Hudson Sechshundert, glaube ich. Warum?«

»Könnten sie da unten auf dem Eis damit wenden?«

Frank warf einen Blick auf den schmalen Kanal. Der Wasserspiegel lag so niedrig, daß die Eisfläche zwischen beiden Ufern nur etwa zwanzig Fuß betrug. »Ausgeschlossen«, erwiderte er.

»Dann werden sie auch diesen Arm nicht abkämmen – jedenfalls nicht mit dem Fahrzeug.«

»Ich denke weiter als du«, entgegnete Frank. »Du rechnest damit, daß wir uns bis zum Oststrymon durchschlagen und auf diesem Weg nach Hause gelangen können. Aber woher willst du wissen, daß dies hier ein durchgehender Arm ist? Hast du die Karte etwa so gut im Gedächtnis?«

»Nein. Aber es ist immerhin möglich, daß der Kanal durchgeht. Und wenn nicht, laufen wir das letzte Stück einfach zu Fuß. Weit kann es dann nicht mehr sein.«

»Selbst wenn wir den Oststrymon erreichen sollten, sind es noch immer um die fünfhundert Meilen bis nach Charax. Und wer weiß, ob es dort irgendwelche Unterkünfte gibt.«

»Wir müssen es darauf ankommen lassen«, erwiderte Jim. »Das Projekt soll im nächsten Frühjahr an beiden Kanälen gleichzeitig in Angriff genommen werden. Ich weiß es, denn mein Vater hat oft genug darüber gesprochen. Hier kommen wir nicht weiter. Man ist hinter uns her – warum sollten wir erst großen Wirbel darum machen? Die eigentliche Frage lautet: kannst du weiter schlittschuhlaufen? Wenn nicht, bin ich nach wie vor dafür, daß du dich stellst.«

Frank erhob sich. »Ich werde dir schon zeigen, ob ich noch schlittschuhlaufen kann oder nicht«, sagte er grimmig. »Komm!«

Sie gingen an der steinernen Ufereinfassung entlang, überzeugt, daß ihre Verfolger noch immer die nähere Umgebung der Rampe nach ihnen absuchten. Als sie drei oder vier Meilen in östlicher Richtung gegangen waren, gelangten sie zu einer Rampe, die hinunter auf das Eis führte.

»Wollen wir es wagen?« fragte Jim.

»Klar. Wir haben keine Spuren zurückgelassen, und selbst wenn sie einen Mann auf Schlittschuhen hinterherschicken und diesen Arm absuchen lassen – ohne eine Spur von uns dreht er bestimmt wieder um. Außerdem habe ich es satt, zu Fuß zu gehen.«

Sie stiegen hinunter, schnallten ihre Schlittschuhe an und fuhren los. Durch das Laufen waren ihre Glieder wieder geschmeidig geworden, und sie empfanden es als Wohltat, nun wieder auf dem Eis zu sein. Jim ließ Frank das Tempo angeben; trotz seines Unwohlseins legte er sich kräftig ins Zeug, und sie brachten Meile um Meile hinter sich.

Nach etwa vierzig Meilen wurden die Böschungen merklich niedriger. Bei dieser Feststellung krampfte sich Jim der Magen zusammen, weil es ganz danach aussah, als wäre der kleine Kanal doch keine direkte Querverbindung zwischen dem West- und Oststrymon, sondern würde nur zur Bewässerung einer Wüstenniederung dienen. Nach einer weiteren Stunde hatte es keinen Sinn mehr, seine Befürchtungen vor Frank zu verheimlichen; beide sahen, was los war. Die Böschungen waren so niedrig, daß sie darüber hinwegschauen konnten, und die Eisfläche vor ihnen erstreckte sich nicht mehr bis an den blauen Horizont, sondern verbreiterte sich und lief in einen zugefrorenen Sumpf aus. Die Böschungen waren völlig verschwunden. Aufgerauhtes Eis breitete sich nach allen Seiten aus; weiter hinten war es von grünen Pflanzen umsäumt. Hier und da ragten die Spitzen erfrorenen Kanalgrases durch das Eis.

Das Gelände wurde uneben, das Vorankommen schwieriger. Nach einer Weile sagte Frank: »Alles aussteigen. Endstation«, und setzte sich, um seine Schlittschuhe abzuschnallen.

»Es tut mir leid, Frank.«

»Wieso? Das restliche Stück machen wir zu Fuß. Es kann so weit nicht mehr sein.«

Sie marschierten durch den hohen Pflanzenwuchs – gerade so schnell, daß die einzelnen Gewächse vor ihnen zurückweichen konnten. Rings um das Sumpfland schoß die Vegetation nicht so üppig empor wie längs des Kanals; die einzelnen Pflanzen waren niedriger, kaum schulterhoch und besaßen kleinere Blätter. Nach einer kurzen Wanderung gelangten die Gefährten hinaus auf die Sanddünen.

Die wandernden, roten Sandmassen, die hauptsächlich aus Eisenoxyd bestanden, erschwerten das Gehen, und die Dünen, die erklettert oder umrundet werden mußten, machten das Vorwärtskommen noch schwieriger. Jim kletterte für gewöhnlich über die Dünen hinweg, auch wenn Frank einen Bogen darum schlug; er suchte den Horizont nach den ersten Anzeichen dafür ab, daß sie sich dem Oststrymon näherten. Aber so weit sein Auge reichte, zeigte sich weder Pflanze noch Strauch.

Willis verlangte, heruntergelassen zu werden, und Jim erfüllte ihm diesen Wunsch. Zuerst wälzte er sich einmal kräftig in dem sauberen Sand; dann lief er vor Jim her und trieb allerlei Unfug mit kleinerem Getier, das seinen Weg kreuzte. Jim hatte gerade die Höhe einer Düne erklommen und wollte auf der anderen Seite hinuntersteigen, als Willis einen jammernden Laut von sich gab. Jim blickte sich um.

Frank und Willis waren am Fuß der Düne entlang gegangen. Willis war Frank ein Stück voraus und verharrte totenstill im Sand. Frank trottete mit hängendem Kopf dahin, gleichgültig gegenüber seiner Umgebung. Offenbar hatte er noch gar nicht bemerkt, daß ein Wassersucher ihnen in direktem Angriff entgegenstürmte.

Selbst für einen geübten Schützen bot er kein leichtes Ziel. Die ganze Szenerie hatte für Jim etwas Unwirkliches; es kam ihm so vor, als ob Frank immer langsamer ginge und als würde der Wassersucher gemächlich auf sein Opfer zusteuern.

Jim ließ sich unendlich viel Zeit. Er zog, zielte genau und drückte ab.

Der tödliche Strahl aus seiner Pistole versengte das Ungeheuer, doch es näherte sich trotzdem weiter.

Jim nahm es noch einmal aufs Korn und hielt diesmal tiefer. Der Atomstrahl zerriß das Biest in zwei Hälften, als wäre es in eine Kreissäge gerannt. Es bewegte sich dabei so lange vorwärts, bis die beiden Hälften zuckend auseinanderfielen; die linke, säbelartige Klaue war nur noch ein paar Zentimeter von Willis entfernt.

Jim rannte den Dünenabhang hinunter. Frank war stehengeblieben und starrte auf das verendete Ungeheuer, das noch vor einem kurzen Augenblick Tod und Verderben verkörpert hatte. Als Jim näher kam, drehte er sich um.

»Danke«, sagte er.

Jim gab keine Antwort, sondern trat mit dem Fuß nach einem zuckenden Bein des Ungeheuers. »Diese Mistviecher!« stieß er gepreßt hervor. »Verdammt, wie ich sie hasse! Ich wünschte, ich könnte sie alle auf einmal ausrotten!« Er trat an den Kadaver heran, machte den Eierstock ausfindig und feuerte so lange darauf, bis nichts mehr davon übrig war.

Willis hatte sich nicht gerührt. Er hockte noch immer wie erstarrt auf derselben Stelle und schluchzte leise in sich hinein. Jim hob ihn auf und steckte ihn in den Beutel.

»Von jetzt an bleiben wir zusammen«, sagte er zu Frank. »Wenn dir das Klettern zu schwer fällt, gehen wir unten herum.«

»Okay.«

»Frank!«

»Ja, was gibt's denn, Jim?« Franks Stimme klang gleichgültig.

»Siehst du nichts? Direkt vor uns.«

»Vor uns?« Frank blickte in die angegebene Richtung und versuchte, durch den Schleier, der ihm vor Augen lag, etwas zu erkennen. »Scheint der Kanal zu sein. Der grüne Gürtel, meine ich. Ich glaube, wir haben's geschafft.«

»Und was noch? Siehst du den Turm nicht?«

»Wo? Ach dort – ja, du hast recht. Es ist wirklich ein Turm.«

»Und das läßt dich völlig kalt? Weißt du denn nicht, was das bedeutet? Marsmenschen!«

»Kann schon sein.«

»Freut dich das gar nicht?«

»Warum sollte es mich freuen?«

»Weil sie uns aufnehmen werden! Marsmenschen sind hilfsbereit. Du wirst es warm haben und dich erst einmal richtig ausruhen können, ehe wir weiterziehen.«

Frank nickte beipflichtend, sagte aber nichts.

»Vielleicht ist ihnen sogar Gekko bekannt«, fuhr Jim fort. »Dann kann uns überhaupt nichts mehr passieren.«

»Abwarten.«

Doch es verging noch eine weitere Stunde, ehe sie das Städtchen erreichten. Es war so klein, daß es nur einen einzigen Turm aufwies, aber für Jim war es der herrlichste Turm auf der Welt. Die Gefährten gingen an der Mauer entlang und kamen bald zu einem Tor.

Nach einigen Schritten durch das Stadtinnere sah Jim sich in allen seinen Erwartungen betrogen. Noch ehe er den unkrautüberwucherten Marktplatz erblickte, verrieten ihm die leeren Straßen und stillen Höfe, daß die Stadt verlassen war.

Der Mars muß früher einmal eine beträchtlich höhere Eingeborenenbevölkerung gehabt haben als heute. Überall stößt man auf Ruinenstädte, die diese Annahme bestätigen, und selbst in größeren Ortschaften wie Charax, Syrtis Major und Minor und Hesperidum gibt es ganze Viertel, die unbewohnt sind und die man den Vergnügungsreisenden von der Erde als Sehenswürdigkeit präsentiert. Dieses Städtchen, das anscheinend nie eine besondere Bedeutung gehabt hatte, war vielleicht schon verlassen worden, noch ehe Noah den Kiel zu seiner Arche legte.

Ohne ein Wort zu sagen, blieb Jim auf dem Marktplatz stehen. Frank ließ sich auf einer Metallplatte nieder. Diese Platte war über und über mit Schriftzeichen bedeckt, für deren Entzifferung jeder Gelehrte von der Erde sonst etwas gegeben hätte.

»Ruhe dich einen Augenblick aus«, sagte Jim. »Aber dann müssen wir weiter und zusehen, daß wir den Weg zum Kanal finden.«

»Ohne mich«, erwiderte Frank müde. »Ich kann keinen Schritt mehr gehen.«

»Sag das nicht so einfach daher.«

»Es hat keinen Zweck mehr, Jim. Ich bin fix und fertig.«

Jim überlegte eine Zeitlang. »Okay, du bleibst vorläufig hier sitzen, und ich schaue mich mal ein bißchen um. Alle diese Städte haben unterirdische Viertel. Vielleicht finde ich ein Plätzchen, wo wir übernachten können.«

»Mach, was du willst.«

»Gut. Du wartest hier auf mich.« Als er gerade gehen wollte, merkte er plötzlich, daß Willis verschwunden war. Er erinnerte sich, daß Willis aus dem Beutel gesprungen war, als sie das Städtchen betraten.

»Willis – wo ist Willis?«

»Woher soll ich das wissen?«

»Ich muß ihn finden. Willis! He, Willis! Komm her, Junge!«

Der ausgestorbene Platz warf das Echo seiner Worte zurück.

»He, Jim!«

Willis' Stimme war deutlich zu vernehmen und kam irgendwo aus der Ferne. Bald kam er in Sicht; aber er war nicht allein. Er wurde von einem Eingeborenen getragen.

Der Eingeborene kam näher, ließ sein drittes Bein herunter, beugte sich vornüber und krächzte ein paar freundliche Worte in seiner kehligen Sprache. »Was sagt er, Frank?«

»Ich weiß nicht. Von mir aus soll er machen, daß er wegkommt.«

Der Eingeborene wiederholte seine Worte. Jim gab den Versuch auf, Frank zum Übersetzen zu bewegen, und konzentrierte sich darauf, den Sinn der Worte zu verstehen. Er merkte, daß es sich um eine Frage handelte, und erkannte außerdem, daß der Sprecher ihnen einen Vorschlag unterbreiten und sie zum Mitkommen bewegen wollte.

Er antwortete mit einer Gegenfrage und hoffte, der Eingeborene würde den Satz noch einmal wiederholen. Statt dessen antwortete Willis: »Komm mit, Jim Junge – feine Sache.«

Warum nicht? sagte er sich und erwiderte: »Okay, Willis.« Dem Eingeborenen gab er sein Einverständnis zu erkennen und zerbrach sich fast die Zunge dabei, die erforderlichen Gutturallaute hervorzubringen. Der Eingeborene wiederholte die Geräusche, drehte sich um, zog das eine Bein ein und lief, ohne sich noch einmal umzuschauen, mit raschen Schritten davon. Erst als er schon ein ganzes Stück zurückgelegt hatte, schien er zu merken, daß niemand ihm folgte. Er kam zurück und sagte etwas, das ungefähr heißen mußte: »Worauf wartet ihr denn noch?«

»Willis«, sagte Jim eindringlich. »Ich möchte, daß er Frank trägt.«

»Frank tragen?«

»Ja, so wie Gekko ihn damals getragen hat.«

»Gekko nicht hier. Das ist K'boomch.«

»Heißt er so – K'boomch?«

»Klar – K'boomch«, sagte Willis und verbesserte Jims Aussprache.

»Schön, dann soll K'boomch Frank tragen, wie Gekko ihn getragen hat.«

Willis und der Eingeborene wechselten ein paar Worte in ihrer Sprache; dann sagte Willis: »K'boomch möchte wissen, ob Jim Junge Gekko kennt.«

»Sag ihm, wir sind Freunde. Wasserfreunde.«

»Willis schon gesagt ihm.«

»Und wie ist es mit Frank?«

Auch diese Bitte hatte Willis anscheinend bereits an seinen neuen Bekannten gerichtet, denn K'boomch nahm Frank in seine großen, lappenartigen Hände und hob ihn hoch. Frank öffnete die Augen, schloß sie aber sofort wieder. Es schien ihm völlig gleichgültig zu sein, was mit ihm geschah.

Jim folgte dem Eingeborenen und nahm nur rasch noch Franks Schlittschuhe an sich. Der Eingeborene führte ihn in ein großes Gebäude, von dessen Wänden helle Lichter strahlten, so daß es von innen noch bedeutend größer wirkte. Ohne Aufenthalt ging es weiter durch einen Bogengang in der hinteren Mauer, der in einen Tunnel hinab führte.

Die Marsmenschen scheinen Treppenstufen nie erfunden oder vielmehr niemals welche benötigt zu haben. Die geringe Schwerkraft gestattete die Verwendung von Steilrampen, die auf der Erde schlichtweg halsbrecherisch gewesen wären. Der Eingeborene führte Jim eine lange Reihe derartiger Steilrampen hinunter.

Wie damals im unterirdischen Teil von Cynia spürte Jim auch hier bald, daß der Luftdruck gestiegen war. Mit einem Gefühl der Erleichterung nahm er seine Maske ab, die er seit vierundzwanzig Stunden ununterbrochen getragen hatte. Der Unterschied im Luftdruck hatte sich ganz unvermittelt bemerkbar gemacht, und Jim schloß daraus, daß er nicht durch den Abstieg allein verursacht wurde; überdies waren sie noch nicht so tief hinabgestiegen, daß dies zur Erklärung des Phänomens ausgereicht hätte.

Jim fragte sich, wie man das Kunststück bewerkstelligen mochte, und gelangte zu dem Schluß, daß es besonders konstruierte Luftschleusen geben müsse.

Nach einer Weile betrat sein Führer ein großes, gewölbtes Gemach, das von der Decke her erleuchtet wurde. Die Wände bildeten eine Folge von Bogengängen. K'boomch blieb stehen und redete Jim an, wobei der Name Gekko fiel.

Jim gab sich alle Mühe, klar und verständlich zu antworten. »Gekko und ich haben uns das Wasser geteilt. Wir sind Freunde.«

Der Eingeborene schien zufrieden mit dieser Antwort; er ging voran und trat in einen Nebenraum, wo er Frank behutsam zu Boden setzte. Die Tür schloß sich selbsttätig und geräuschlos hinter ihnen. Das Zimmer war für Eingeborenenverhältnisse ziemlich klein und enthielt einige Rastgestelle. K'boomch ließ seine unbeholfene Gestalt auf einem der Gestelle nieder.

Plötzlich fühlte sich Jim schwerer werden und setzte sich unvermittelt zu Boden. Das Gefühl hielt an. Ihm war leicht schwindlig, und er blieb sitzen.

»Hast du auch Beschwerden, Frank?« fragte er.

Frank murmelte etwas vor sich hin. Sein Atem ging stoßweise und heftig. Jim nahm ihm die Maske ab und fühlte, daß er glühendheiß im Gesicht war.

Im Augenblick konnte er jedoch nicht das geringste für Frank tun. Das Schweregefühl in den Gliedern dauerte an. Der Eingeborene schien nicht zum Reden aufgelegt, und Jim fühlte sich nicht sprachgewandt genug, um eine Unterhaltung anzufangen. Willis hatte sich zu einem Ball zusammengerollt. Jim legte sich neben Frank, schloß die Augen und versuchte, alle Gedanken auszuschalten.

Plötzlich war er für einen Augenblick ganz leicht; dann kehrte das Schweregefühl zurück, und er hatte das Empfinden, als würde sich irgend etwas auf ihn niedersenken. Für ein paar Minuten blieb er regungslos liegen, bis sich plötzlich der Eingeborene über ihn beugte und etwas zu ihm sagte. Er richtete sich auf und merkte, daß er sich wieder völlig wohl fühlte. K'boomch nahm Frank auf den Arm, und sie verließen das Zimmer.

Die große gewölbte Halle draußen sah noch genauso aus wie vorher, nur daß jetzt etwa dreißig Eingeborene darin versammelt waren. Als K'boomch eintrat, gefolgt von Jim, löste sich einer der Eingeborenen aus der Gruppe und trat ein paar Schritte vor. Für einen Marsbewohner war er von ziemlich kleiner Statur.

»Jim Marlowe«, sagte er laut und deutlich.

»Gekko!« rief Jim, und Willis machte es ihm nach.

Gekko beugte sich zu ihm nieder. »Mein Freund«, sagte er beinahe zärtlich in seiner eigenen Sprache. »Mein kleiner, verkrüppelter Freund!« Er hob Jim empor und ging mit ihm hinaus, während die anderen Eingeborenen vor ihm zurückwichen.

Gekko lief außerordentlich schnell, und sie durchquerten eine Reihe von Gängen. Als Jim einen Blick zurückwarf, konnte er sehen, daß K'boomch und die übrigen ihnen dichtauf folgten, und so war er nicht weiter beunruhigt. Kurze Zeit später betrat Gekko ein mittelgroßes Gemach und setzte Jim zu Boden. Auch Frank wurde hereingebracht und neben ihm abgesetzt.

Frank blinzelte und erkundigte sich: »Wo sind wir hier eigentlich?«

Jim schaute sich um. Das Zimmer enthielt einige im Kreis aufgestellte Rastgestelle. Die Decke war gewölbt und dem Himmel nachgebildet. An der einen Wand sah man einen Miniaturkanal, der kaum von einem echten Kanal zu unterscheiden war. An einer anderen Stelle der Rundwand erschien die Silhouette einer Eingeborenenstadt mit den charakteristischen, in der Luft schwebenden gefiederten Türmen. Jim kannte diese Türme und wußte, zu welcher Stadt sie gehörten; Jim kannte dieses Zimmer.

Es war derselbe Raum, in welchem er mit Gekko und seinen Freunden »zusammengewachsen« war.

»Mein Gott, Frank – wir sind zurück in Cynia!«

»Was?« Frank richtete sich plötzlich auf, blickte sich

um sich – streckte sich dann wieder lang aus und machte die Augen zu.

Jim wußte nicht, ob er weinen oder lachen sollte. All diese Mühen! Ihre verzweifelte Flucht, Franks tapferes Durchhalten trotz Krankheit und Erschöpfung, die Nacht in dem Wüstenkohlkopf – und jetzt waren sie plötzlich hier, kaum drei Meilen von Cynia-Station entfernt!

8

DIE ANDERE WELT

Jim richtete sich in dem kleinsten Zimmer ein, das Gekko ausfindig machen konnte. Kurz nach ihrer Ankunft hatte ein »Zusammenwachsen« stattgefunden, und am Schluß dieser Zeremonie hatte Jim gemerkt – genau wie schon damals –, daß sich seine Sprachkenntnisse verbessert hatten. Er hatte Gekko begreiflich machen können, daß Frank krank sei und Ruhe brauche.

Gekko erbot sich, für Franks Wohlergehen zu sorgen, doch Jim lehnte dieses Angebot ab. Die Therapie der Eingeborenen, auf einen Erdenmenschen angewandt, konnte zu den wunderlichsten Resultaten führen und mit dem Tod des Patienten enden. Statt dessen bat er Gekko um einen reichlichen Trinkwasservorrat – als »Wasserfreund« und nahezu Stammesbruder war das sein Recht – sowie um einen Haufen jener farbigen Seidenstoffe, die ihnen bei ihrem ersten Besuch als Sitzgelegenheit gedient hatten. Aus diesen Stoffen machte Jim für Frank ein Lager zurecht und bettete sich selbst und Willis dicht daneben. Nachdem er Frank hingelegt hatte, gab er ihm zu trinken und hoffte inständig, daß es ihm bald besser gehen möge.

Der Raum war angenehm durchwärmt. Jim legte seinen Schutzanzug ab, streckte sich aus und kratzte sich. Nach einer Weile besann er sich, zog auch Frank aus und deckte ihn sorgfältig mit Tüchern zu. Danach suchte er in Franks Beutel nach etwas Eßbarem. Bis jetzt hatte Jim keine Zeit gehabt, an seinen Magen zu denken, doch als er nun die Aufschriften auf den

Büchsen las, wurde ihm förmlich übel. Er wählte eine Büchse synthetischen Apfelsinensaft mit Vitaminzusatz sowie eine zweite mit künstlichem Hühnerfleisch. Letztere stammte aus einem Hefewerk in Nord-Kolonie, aber Jim war an Hefeprotein gewöhnt, das im Geschmack durch nichts von einem weißen Hühnerbruststück zu unterscheiden war. Vor sich hin pfeifend, nahm er sein Messer heraus und machte sich ans Werk. Willis war irgendwohin verschwunden, im Augenblick jedoch vermißte Jim ihn nicht. Seit sie sich in der Eingeborenenstadt aufhielten, war er völlig unbesorgt, was Willis betraf; alles hier atmete eine Atmosphäre von Frieden und Sicherheit. Erst als er mit Essen fertig war und sich den Mund abgewischt hatte, dachte Jim wieder an seinen Patienten. Frank schlief noch immer, sein Atem ging jedoch unregelmäßig, und sein Gesicht war stark gerötet. Die Luft im Raum, wenngleich warm und mit ausreichendem Druck versehen, war trocken, wie überall auf dem Mars. Jim nahm ein Taschentuch aus seinem Beutel, feuchtete es an und breitete es über Franks Gesicht. Das wiederholte er in gewissen Abständen. Später nahm er noch ein anderes Taschentuch, machte es naß und band es sich vor das eigene Gesicht.

Gekko trat herein, Willis im Schlepptau.

»Jim Marlowe«, sagte er und setzte sich.

»Gekko«, erwiderte Jim und fuhr fort, Franks Gesichtstuch anzufeuchten. Der Eingeborene blieb so lange völlig still, daß Jim annahm, er müsse sich in seine »andere Welt« zurückgezogen haben, doch als Jim aufblickte, sah er, daß Gekko sein Tun aufmerksam verfolgte.

Nach einer Weile erkundigte er sich, was Jim machte und weshalb.

Jim versuchte ihm zu erklären, daß er und seinesgleichen sowohl Wasser wie Luft einatmen müßten, aber trotz des ›Zusammenwachsens‹ reichte sein Wortschatz dazu nicht aus. Er gab es auf, und wieder trat eine lange Stille ein. Endlich stand Gekko auf und ging, Willis mit ihm.

Bald merkte Jim, daß die Tücher, sowohl seines als auch Franks, nicht mehr ganz so schnell trocken wurden. Und ein Weilchen darauf brauchte er sie überhaupt nicht mehr naß zu machen. Er nahm seines vom Gesicht, da es ihm lästig wurde, und befreite auch Frank von dem Tuch.

Gekko kehrte zurück. Nach einer Pause von nur zehn Minuten ergriff er das Wort und redete so hastig, wie es seiner Art sonst gar nicht entsprach. Er wollte wissen, ob die Luft jetzt genügend Feuchtigkeit enthalte. Jim bestätigte es ihm und bedankte sich. Nachdem Gekko etwa zwanzig Minuten geschwiegen hatte, verließ er wiederum den Raum. Jim beschloß, sich hinzulegen. Er hatte einen langen, schweren Tag hinter sich, und auch in der vorangegangenen Nacht war er kaum richtig zur Ruhe gekommen. Er hielt nach einem Schalter Ausschau, um das Licht auszudrehen, konnte aber keinen entdecken, bis er die Suche schließlich aufgab. Er streckte sich aus, zog sich eine Decke bis ans Kinn und schlief bald darauf ein.

»He, Jim – aufwachen!«

Jim schlug die schlafverklebten Augen auf, schloß sie aber sofort wieder. »Laß mich in Frieden.«

»Komm schon. Ich liege schon seit zwei Stunden wach und höre mir dein Geschnarche an. Ich möchte ein paar Dinge wissen.«

»Was denn? Wie geht es dir eigentlich?«

»Mir?« sagte Frank. »Ausgezeichnet. Warum auch nicht? Wo sind wir überhaupt?«

Jim stellte fest, daß die Röte aus Franks Gesicht gewichen war und daß seine Stimme den heiseren Beiklang verloren hatte; sie hörte sich wieder ganz normal an. »Gestern hatte es dich ziemlich erwischt«, ließ Jim ihn wissen. »Ich glaube, du warst nicht ganz bei dir.«

Frank runzelte die Stirn. »Scheint mir auch so. Jedenfalls habe ich das verrückteste Zeug geträumt, unter anderem von einem Wüstenkohl ...«

»Das war kein Traum.«

»Was?«

»Ich sagte, das war kein Traum – das mit dem Wüstenkohl – und alles andere auch nicht. Weißt du, wo wir sind?«

»Das frage ich *dich* ja dauernd.«

»In Cynia, wenn du's genau wissen willst. Wir ...«

»In *Cynia?*«

Jim versuchte, einen zusammenhängenden Bericht über die beiden letzten Tage zu geben. Das war nicht ganz leicht, weil er sich ihre plötzliche Zurückversetzung nach Cynia nicht zu erklären wußte. »Ich nehme an, daß es sich um eine Art Untergrundbahn handeln muß, die längs des Kanals verläuft. Du weißt schon – du hast bestimmt auch schon von derartigen Bahnen gelesen.«

»Marsmenschen bauen keine solchen Bahnen.«

»Sie haben die Kanäle angelegt.«

»Ja, aber das ist schon unendlich lange her.«

»Vielleicht haben sie auch die Untergrundbahn schon vor langer Zeit gebaut. Was weißt du darüber?«

»Nichts, oder jedenfalls nichts Genaues, da hast du

recht. Aber egal. Ich habe Hunger. Ist noch was zu essen da?«

»Klar.« Jim stand auf und schaute sich um. Willis war noch immer verschwunden.

»Ich möchte Gekko mal fragen, wo Willis steckt«, sagte er unwirsch.

»Quatsch«, sagte Frank. »Erst wollen wir frühstücken.«

»Also schön.«

Nachdem sie fertig waren, schnitt Frank das Kernproblem an.

»Okay, wir befinden uns also in Cynia. Die Frage ist, wie kommen wir von hier aus nach Hause, und zwar so schnell wie möglich. Wenn uns die Eingeborenen in so kurzer Zeit herzubringen vermochten, können sie uns auch ebenso schnell dort wieder absetzen, wo sie uns gefunden haben, und wir können den Oststrymon hinauf und nach Hause fahren. Was meinst du dazu?«

»Klingt nicht übel«, sagte Jim. »Aber ...«

»Dann müssen wir zuerst einmal Gekko aufstöbern und die Sache mit ihm regeln.«

»Zuerst einmal«, widersprach Jim, »müssen wir Willis finden.«

»Warum? Ich dachte, er hätte uns schon genug Scherereien gemacht. Laß ihn doch einfach hier, wo er sich wohl fühlt.«

»Du bist ungerecht gegenüber Willis, Frank. Hat er uns nicht aus der Patsche geholfen? Ohne ihn würdest du dich jetzt draußen in der Wüste zu Tode husten.«

»Ohne Willis wären wir überhaupt nicht in den ganzen Schlamassel geraten!«

»Das ist nicht wahr. In Wirklichkeit ...«

»Laß nur, laß. Okay, geh und such Willis.«

Jim machte sich auf den Weg und überließ es Frank, die Frühstücksreste zu beseitigen. Obwohl er später nicht mehr imstande war, einen deutlichen und zusammenhängenden Bericht von den Vorfällen zu geben, die ihm auf seinem Gang zustießen, so sind doch einige Tatsachen klar. Es begann damit, daß er den ersten Eingeborenen, den er traf, nach Gekko fragte. Trotz seiner schlechten Aussprache und der mangelhaften Ausdrucksweise war sein Versuch von Erfolg gekrönt. Der Eingeborene führte ihn zu einem anderen, ungefähr so, wie man auf Erden einen Fremden an den nächsten Schutzmann verweist. Und dieser wiederum führte ihn zu Gekko.

Jim konnte Gekko ohne große Mühe begreiflich machen, daß er Willis wiederhaben wollte. Gekko hörte ihn an und erklärte ihm dann ruhig, daß sein Wunsch nicht zu erfüllen sei.

Jim brachte sein Anliegen noch einmal vor. Er war überzeugt, das Mißverständnis wäre einzig und allein auf seine mangelhaften Sprachkenntnisse zurückzuführen. Gekko ließ ihn ausreden, brachte dann aber ganz klar zum Ausdruck, daß er genau verstanden habe, was Jim meine, doch Jim könne Willis nicht wiederhaben. Nein. So leid es ihm auch tue, seinem Wasserfreund diesen abschlägigen Bescheid geben zu müssen, es ginge nun mal nicht anders.

Unter dem direkten Einfluß von Gekkos mächtiger Persönlichkeit verstand Jim fast alles, was gesagt wurde, und erriet den Rest.

Gekkos Ablehnung war völlig unmißverständlich, und trotzdem haßte Jim ihn deswegen nicht, so wie er Howe gehaßt hatte. Er spürte Gekkos freundliches Mitgefühl, was allerdings nicht ausschloß, daß Jim empört war und den Urteilsspruch ganz und gar nicht fassen konnte. Er blickte zu dem Eingeborenen hinauf. Dann wandte er sich ab, ging in irgendeiner Richtung davon und rief fortwährend nach Willis.

»Willis! Komm, Willis Junge – komm zu Jim.«

Der Eingeborene folgte ihm. Jeder seiner Schritte war dreimal so lang wie Jims. Jim rannte und rief ununterbrochen nach Willis. Als er um eine Ecke bog, sah er sich plötzlich drei Eingeborenen gegenüber und huschte zwischen ihren Beinen hindurch. Gekko wurde für ein paar Sekunden aufgehalten, und Jim gewann einen beträchtlichen Vorsprung.

Er steckte den Kopf in jeden Bogengang, an den er gelangte, und rief. Einer dieser Gänge führte in ein Gemach, in dem einige Eingeborene in jenem tranceähnlichen Zustand verharrten, den sie als Besuch der »anderen Welt« bezeichnen. Unter gewöhnlichen Umständen hätte Jim einen Eingeborenen in diesem Zustand der Entrückung nie und nimmer gestört – genausowenig, wie ein im westlichen Grenzgebiet Amerikas aufgewachsenes Kind einen Grisly geweckt haben würde –, aber jetzt kannte er keine Rücksichten mehr und brüllte die in Trance versunkenen Marsianer an – etwas Unerhörtes und noch nie Dagewesenes. Die Versammelten begannen allesamt heftig zu zittern; eines der armen Geschöpfe bekam sogar einen solchen Schreck, daß es seine drei Beine abrupt einzog und zu Boden stürzte.

Jim merkte nichts davon; er war bereits weitergelaufen und rief in den nächsten Raum.

Gekko holte ihn ein, hob ihn mit seinen beiden großen löffelartigen Händen vom Erdboden auf und sagte: »Jim Marlowe – Jim Marlowe, mein Freund ...«

Jim schluchzte und hämmerte mit beiden Fäusten gegen die harte Brust des Eingeborenen. Gekko ließ ihn eine Weile gewähren, schlug dann einen dritten Handlappen um seine Arme und hielt sie fest. Jim starrte mit wildem Blick zu ihm hinauf. »Willis«, sagte er in seiner eigenen Sprache. »Ich will Willis haben. Du hast kein Recht ...!«

Gekko wiegte ihn hin und her und erwiderte leise: »Ich habe keine Macht darüber. Es übersteigt meine Kräfte. Wir müssen uns in die andere Welt begeben.«

Damit ging er weiter. Jim, ein wenig beschämt, daß er sich derart hatte gehen lassen, gab keine Antwort. Über verschiedene Rampen stieg Gekko immer tiefer hinunter – tiefer als Jim oder überhaupt irgendein Erdenmensch je gewesen war. Auf den höhergelegenen Sohlen trafen sie dann und wann noch andere Eingeborene; weiter unten waren keine mehr zu sehen.

Endlich machte Gekko in einem kleinen Zimmer tief unter dem Boden halt. Das Außergewöhnliche an diesem Zimmer war, daß es keinerlei Verzierungen aufwies; die einfachen, perlgrauen Wände muteten beinahe unmarsianisch an. Hier legte Gekko Jim auf den Fußboden nieder und sagte: »Dies ist die Pforte zur anderen Welt.«

Jim stand auf. »Was?« sagte er. »Was soll das heißen?«

Er wiederholte seine Frage in der Eingeborenensprache und achtete sorgfältig darauf, jedes Wort richtig zu betonen. Doch Jim hätte sich die Mühe jedoch sparen können; Gekko hörte ihn gar nicht.

Jim legte den Kopf weit zurück und starrte an Gekko empor. Der stand völlig regungslos da, alle drei Beine fest auf dem Boden. Seine Augen standen offen, waren aber leblos. Gekko hatte den Schritt in die ›andere Welt‹ bereits getan.

»Da hört sich doch alles auf!« sagte Jim ärgerlich zu sich selbst. »Ausgerechnet jetzt muß er in Trance fallen!«

Was sollte er tun? Auf eigene Faust losziehen und den Weg nach oben zu finden versuchen, oder auf Gekko warten? Es hieß, daß die Eingeborenen mitunter mehrere Wochen hintereinander in diesem Zustand ausharrten, aber Dr. MacRae hatte derartige Geschichten in die Welt der Märchen und Fabeln verwiesen.

Er beschloß, wenigstens eine Weile zu warten, setzte sich und legte die Hände um die Knie. Er fühlte sich bedeutend ruhiger und hatte es gar nicht mehr so eilig, als hätte sich ihm etwas von Gekkos abgründiger Ruhe mitgeteilt, während dieser ihn getragen hatte.

Nach einer Zeitspanne, die ihm wie eine Ewigkeit erschien, verdunkelte sich der Raum. Jim war nicht beunruhigt; ein Gefühl der Zufriedenheit durchströmte ihn, wie er es schon einmal während des »Zusammenwachsens« empfunden hatte.

Weit in der Ferne tauchte plötzlich ein kleines Licht in der Finsternis auf, das langsam größer wurde. Es erhellte jedoch den kleinen perlgrauen Raum nicht völlig, sondern schuf eine Art Szenenbild, als würde ein Farbfilm mit den modernsten technischen Mitteln auf eine Leinwand projiziert. Daß es sich bei dem Streifen nicht um einen Einfuhrartikel von der Erde handelte, erkannte Jim daran, daß der Film – wenngleich er völlig realistisch wirkte – weder eine Handlung hatte, noch sonst irgendwie an die irdische Filmindustrie erinnerte.

Er sah Kanalpflanzen, aus einem Blickwinkel etwa einen Fuß über dem Boden. Der Winkel wechselte und veränderte sich dauernd, als würde eine Kamera auf einem niedrigen Gestell zwischen den Gewächsen hin und her fahren. Mitunter schwang die Kamera in geschlossenem Kreis herum und fing ein Panorama von dreihundertsechzig Grad ein.

Während einer dieser Schwenkungen erhaschte Jim plötzlich den Anblick eines Wassersuchers.

Es wäre nicht weiter verwunderlich gewesen, hätte Jim das Wesen nicht sofort als solches erkannt, da es stark vergrößert war. Als der Wassersucher auftauchte, nahm er die ganze Bildfläche ein. Aber es war unmöglich, die gebogenen, säbelartigen Klauen zu übersehen, den scheußlichen, Entsetzen einflößenden, weit geöffneten Saugrüssel, die stampfenden Beine – ein derart ekelerregender Anblick, daß sich einem der Magen umdrehte. Jim konnte die Bestie förmlich riechen.

Der Winkel, aus dem Jim den Wassersucher sah, änderte sich nicht, und ihm war, als würde das Ungeheuer zum entscheidenden, todbringenden Sprung auf ihn ansetzen. Und erst im allerletzten Augenblick, als schon nichts mehr aufzuhalten zu sein schien, ereignete sich etwas. Das Gesicht – oder die Stelle, an der das Gesicht hätte sein sollen – verschwand; es zerfiel einfach in Stücke, und das Raubtier brach im Feuer zusammen.

Für einige Augenblicke war das Bild völlig ausgelöscht, und man sah nichts als ein Wirrwarr wild durcheinanderschießender bunter Farben. Dann sagte eine helle, angenehme Stimme: »Was bist du doch für ein kleiner niedlicher Kerl!« Das Bild gewann erneut Konturen, als hätte sich ein Vorhang geöffnet, und Jim starrte in ein anderes Gesicht, das ebenfalls etwas Groteskes und Raubtierartiges besaß.

Obwohl es die ganze Leinwand einnahm und gräßlich verzerrt war, erkannte Jim mühelos, was es darstellte: die Schutzmaske eines Kolonisten. Und mehr noch. Er konnte deutlich sehen, daß es sich nicht um irgendeine beliebige Maske handelte, sondern daß sie mit denselben Tigerstreifen versehen war wie seine eigene, ehe Smythe diese Streifen übermalt hatte.

Er hörte seine eigene Stimme sagen: »Du bist noch viel zu klein, um ganz allein herumzuwandern. Wie leicht könnte dich eines dieser Raubtiere holen. Ich werde dich lieber nach Hause bringen.«

Die Szene wechselte, und man sah, wie sich die Pflanzen längs des Kanals unter den Tritten des Jungen bogen und wieder aufrichteten. Dann tat sich ein freies Gelände auf, und in der Ferne erblickte man die sternförmigen Umrisse und die gewölbten Gebäude von Süd-Kolonie.

Nach und nach wurde Jim bewußt, daß er sich selber und alles andere aus Willis' Perspektive sah. Alles, was Willis von dem Tage an, da Jim ihn in seine Obhut genommen, gesehen und gehört hatte, lief in ununterbrochener Folge vor ihm ab. Willis' visuelle Erinnerungen stimmten jedoch nicht ganz; ihre Richtigkeit schien davon abzuhängen, wie weit er das, was er sah, verstand, und wie weit es in seinen Erfahrungskreis gehörte. Jim – der ›Jim‹ auf der Leinwand – schien zuerst dreibeinig zu sein, und es dauerte eine geraume Zeit, ehe der imaginäre Auswuchs verschwand. Andere auftretende Personen – Jims Mutter, der alte Dr. MacRae, Frank – waren zuerst formlose Gestalten, die zwar langsam an Ähnlichkeit gewannen, aber bis zu Schluß etwas Verschwommenes beibehielten.

Andererseits war jeder Laut klar und deutlich zu

vernehmen. Es kam Jim so vor, als hätte er einen solchen Lautreichtum noch nie gehört, und er genoß die Wiedergabe, besonders menschlicher Stimmen, mit einem ungekannten Entzücken.

Besonderes Vergnügen bereitete es ihm, sich selbst so zu sehen, wie Willis ihn sah. Nicht allzu ernst genommen, mit freundlichem Humor betrachtet und dennoch der herzlichsten Zuneigung und lebendigsten Anteilnahme gewiß; geliebt, aber nicht gefürchtet. Er selbst spielte die Rolle eines gutmütigen Tölpels, der zwar mitunter nützlich, jedoch ziemlich unzuverlässig war wie ein nicht besonders gut abgerichteter Hund. Was die anderen menschlichen Wesen anging, so waren es merkwürdige Geschöpfe, im ganzen harmlos, aber häufig unvorausgeahnte Verkehrshindernisse. Dieser Blick von unten auf die Menschen amüsierte Jim sehr.

Tag für Tag, Woche für Woche, selbst die Perioden der Dunkelheit und Stille, da Willis geschlafen hatte, waren in dem Bericht festgehalten. Dann wechselte der Schauplatz wiederum. Man war in Syrtis Minor, und Jim fehlte. Howe war nichts als eine abscheuliche Stimme und ein Paar Beine, und Beecher war eine gesichtslose Null.

Dann ging es weiter, Schritt für Schritt. Jim empfand weder Müdigkeit noch Langeweile. Er gehörte einfach in diesen kontinuierlichen Ablauf der Dinge hinein; er konnte ihm ebensowenig entgehen wie Willis. Er kam auch gar nicht erst auf den Gedanken, einen dahingehenden Versuch zu unternehmen. Nach einem Blick auf das Eingeborenenviertel von Cynia endete das Ganze in einer Atmosphäre von Dunkelheit und Stille.

Jim streckte die eingeschlafenen Beine; der Raum

wurde wieder hell. Gekko befand sich immer noch in jenem Zustand der Entrückung.

Plötzlich bemerkte Jim, daß sich eine Tür aufgetan hatte, deren Vorhandensein ihm bisher entgangen war. Er blickte hindurch in ein dahinterliegendes Zimmer, das mit Wandmalereien geschmückt war, die ländliche Szenen zeigten, wie man sie in Eingeborenenwohnungen häufig findet – fruchtbare Landschaften, die mehr an die ausgetrockneten Meeresgebiete südlich von Cynia erinnerten als an die Wüste.

In diesem Raum befand sich ein Eingeborener. Jim bekam auch später keinen Gesamteindruck von ihm, da sein Gesicht und besonders die Augen alle Aufmerksamkeit auf sich zogen. Ein Erdenmensch ist kaum dazu in der Lage, das Alter eines Marsmenschen zu schätzen, aber Jim hatte das untrügliche Gefühl, daß dieser Eingeborene sehr alt sein müsse – älter als sein Vater, ja, älter als Doc MacRae.

»Jim Marlowe«, sagte der Eingeborene mit deutlicher Stimme. »Willkommen, Jim Marlowe, Freund meines Volkes und Freund meiner selbst. Ich reiche dir Wasser.« Er sprach Englisch, und seine Aussprache erinnerte Jim an irgend jemanden.

Noch nie hatte Jim einen Eingeborenen eine irdische Sprache sprechen hören, aber er wußte, daß einige das überall gebräuchliche Englisch beherrschten. Es war eine Wohltat für ihn, in seiner eigenen Sprache antworten zu können.

»Ich trinke mit dir. Mögest du stets reines Wasser in reichlichen Mengen haben.«

»Ich danke dir, Jim Marlowe.« In Wirklichkeit wurde zwar kein Wasser gereicht, aber das war auch gar nicht nötig. Ein höfliches Schweigen folgte, und Jim zerbrach sich den Kopf darüber, an wen die Aussprache des Eingeborenen ihn erinnerte; mitunter hatte er geglaubt, seines Vaters Stimme zu hören, dann wieder hatte es wie Dr. MacRae geklungen.

»Sorgen erfüllen dich, Jim Marlowe. Dein Leid ist auch unseres. Wie kann ich dir helfen?«

»Ich will gar nichts weiter«, erwiderte Jim. »Ich will nur nach Hause und möchte Willis mitnehmen. Man hat mir Willis weggenommen. Das hätte man nicht tun dürfen.«

Wieder folgte ein längeres Schweigen. Endlich sagte der Eingeborene: »Wenn man auf dem Boden steht, kann man nicht über den Horizont hinaus schauen – dennoch überschaut Phobos sämtliche Horizonte.« Vor dem Wort ›Phobos‹ machte er eine kleine Pause und fügte dann wie entschuldigend hinzu: »Jim Marlowe, ich habe deine Sprache erst vor kurzem gelernt. Vergib mir, wenn ich manchmal noch stocke.«

»Oh, du sprichst ausgezeichnet Englisch«, sagte Jim und meinte es vollkommen ehrlich.

»Wohl sind mir die Worte geläufig, aber manchmal verbinde ich keine Vorstellung damit. Sag mir, Jim Marlowe, was ist eigentlich der Londoner Zoo?«

Jim mußte sich die Frage noch einmal wiederholen lassen, ehe ihm klar wurde, daß der Eingeborene tatsächlich nach dem Londoner Zoologischen Garten gefragt hatte. Jim versuchte es ihm zu erklären, hörte aber mitten in seinen Ausführungen auf. Der Eingeborene strahlte einen solch kalten, unversöhnlichen Zorn aus, daß Jim es mit der Angst bekam.

Nach einer Weile schlug die Stimmung des Eingeborenen plötzlich wieder um, und Jim fühlte sich erneut in eine Wolke von Wohlwollen und Freundlichkeit gehüllt.

»Jim Marlowe, schon zweimal hast du den Kleinen,

den du ›Willis‹ nennst, gerettet vor ...« Der Eingeborene gebrauchte zuerst einen Ausdruck, den Jim nicht kannte, und änderte ihn dann in ›Wassersucher‹ um. »Hast du schon viele davon getötet?«

»Eine ganze Menge, glaube ich«, erwiderte Jim. »Ich töte sie, wo ich sie treffe. Sie sind eine Plage für die Kolonie.«

Der Eingeborene schien darüber nachzudenken, doch als er antwortete, hatte er wiederum das Thema gewechselt. »Jim Marlowe, schon zwei- oder dreimal hast du den Kleinen gerettet. Ein- oder zweimal hat er dich gerettet. Und jedesmal seid ihr enger zusammengewachsen. Tag für Tag ist eure Verbundenheit größer geworden, und jetzt kann keiner mehr ohne den anderen sein. Geh nicht fort, Jim Marlowe. Bleibe. Du bist willkommen in meinem Hause, ein Sohn und ein Freund.«

Jim schüttelte den Kopf. »Ich muß heim, und zwar gleich. Es ist furchtbar nett, aber ...« Er berichtete so kurz wie möglich, daß das Wohl und Wehe der gesamten Kolonie davon abhing. »Bitte ... kann man uns ... meinen Freund und mich ... nicht wieder dort absetzen, wo K'boomch uns gefunden hat? Ehe wir aufbrechen, möchte ich nur Willis wiederhaben.«

»Ihr wollt in die Stadt zurück, wo man euch fand? Ihr wollt nicht nach Hause?«

Jim erklärte ihm, daß Frank und er von dort aus den Heimweg antreten würden. »Warum fragt man Willis nicht selbst, ob er mitkommen oder hierbleiben will.«

Der alte Eingeborene seufzte genauso auf, wie Jims Vater manchmal nach einer fruchtlosen Familiendiskussion aufgeseufzt hatte. »Es gibt ein Gesetz des Lebens und ein Gesetz des Todes, und beide zusammen bilden das Gesetz des Wandels. Selbst der härteste Fels wird durch den Wind ausgehöhlt. Verstehst du nicht, mein Sohn und Freund, daß für Willis, wie du ihn nennst, selbst wenn er jetzt mit dir geht, unweigerlich die Zeit kommt, da er sich von dir trennen muß?«

»Ja, ja, ich glaube schon. Heißt das, daß ich Willis mit nach Hause nehmen kann?«

»Wir werden mit ihm, den du Willis nennst, sprechen.«

Der Alte richtete ein paar Worte an Gekko, der sich daraufhin bewegte und im Schlaf etwas vor sich hin murmelte. Dann stiegen sie alle drei nach oben; Gekko trug Jim, und der Alte kam hinterher.

In einem Gemach, das etwa auf halbem Wege zur Oberfläche lag, machten sie halt. Es war dunkel darin, doch sobald sie eintraten, wurde es hell. Jim sah, daß das ganze Zimmer vom Fußboden bis an die Decke in kleine Nischen aufgeteilt war und daß in jeder Nische ein ebensolches Geschöpf wie Willis lag.

Die kleinen Kerle steckten ihre Augenstengel heraus und schauten sich interessiert um. Von irgendwoher ertönte der Ruf: »Hallo, Jim Junge!«

Jim konnte jedoch nicht feststellen, welches von den Geschöpfen den Ruf ausgestoßen hatte. Und ehe er noch wußte, was er tun sollte, tönte es ihm von allen Seiten in seiner eigenen, von Willis geborgten Stimme entgegen: »Hallo, Jim Junge! Hallo, Jim Junge! Hallo, Jim Junge!«

Verwirrt schaute Jim sich nach Gekko um. »Welcher ist denn eigentlich Willis?« In seiner Erregung vergaß er, in der Eingeborenensprache zu fragen.

Wieder ertönte es im Chor: »Welcher ist denn eigentlich Willis? Welcher ist denn eigentlich Willis?«

Jim trat in die Mitte des Zimmers. »Willis!« rief er befehlend. »Komm sofort her zu Jim!«

Er vernahm einen leichten Aufprall irgendwo zu seiner Rechten, wie wenn ein Ball den Boden berührt, und sah Willis auf sich zu gewatschelt kommen.

»Nimm Willis auf Arm.« Nur allzu gern kam Jim der Aufforderung nach.

»Wo Jim Junge gewesen?« wollte Willis wissen.

Jim kraulte ihn. »Das würdest du doch nicht verstehen, selbst wenn ich es dir sagte. Hör mal, Willis – Jim geht jetzt nach Hause. Will Willis mitkommen?«

»Jim gehen?« erkundigte Willis sich ungläubig, als könnte er es nicht begreifen, besonders, da jedes Wort vom gesamten Chor sofort wiederholt wurde.

»Jim geht nach Hause, gleich. Kommt Willis mit, oder bleibt er hier?«

»Jim gehen, Willis gehen«, erwiderte er, als würde er damit einem unumstößlichen Naturgesetz Ausdruck verleihen.

»Okay. Sag es Gekko.«

»Warum?« fragte Willis argwöhnisch.

»Sag es Gekko, sonst mußt du hierbleiben. Los, sag es ihm.«

»Okay.« Willis krächzte und gluckste Gekko etwas zu, doch weder der alte Eingeborene noch Gekko sagten ein Wort. Gekko nahm Willis und Jim auf den Arm, und sie setzten ihren Weg an die Oberfläche fort. Vor dem Raum, den Jim und Frank bewohnten, setzte er sie ab. Jim trug Willis ins Innere.

Frank lag auf seinen Tüchern, und neben ihm stand ein fertig zubereitetes Mahl unberührt auf dem Fußboden.

»Da hast du ihn ja endlich gefunden«, sagte Frank. »Lange genug hat's gedauert.«

Jim empfand so etwas wie Reue. Er war Gott weiß wie lange fort gewesen. Tage? Wochen? In alle Einzelheiten zerlegt, mußte allein der Film Monate gedauert haben.

»Tut mir leid, Frank«, entschuldigte er sich. »Hoffentlich hast du dir keine Sorgen um mich gemacht.«

»Wieso Sorgen gemacht? Ich wußte nur nicht, ob ich mit dem Essen warten sollte. Du bist mindestens drei Stunden weg gewesen.«

Drei Stunden? Jim wollte einwenden, daß es ihm so vorkäme, als müßten mindestens drei Wochen vergangen sein, aber dann überlegte er sich, daß er in der Zwischenzeit keinen Happen gegessen hatte und auch jetzt nicht besonders hungrig war.

»Hm, ja. Wird schon stimmen. Könntest du noch ein Weilchen mit dem Essen warten?«

»Warum? Mir hängt der Magen bis zum Boden.«

»Weil wir aufbrechen, deswegen. Gekko und noch jemand warten bereits und wollen uns dort absetzen, wo K'boomch uns gefunden hat.«

»Das ist doch ... Okay!« Frank stopfte sich den Mund voll und fuhr in seine Schutzkleider.

Jim tat es ihm gleich und kaute, während er sich anzog. »Wir können unsere Mahlzeit in der Untergrundbahn beenden«, sagte Jim mit vollem Munde. »Vergiß nicht, deine Maske aufzufüllen.«

»Keine Sorge, ein zweites Mal passiert mir das nicht.« Frank füllte die Behälter beider Masken, trank noch einen tüchtigen Schluck Wasser und reichte Jim den Rest. Wenige Augenblicke darauf hatten sie ihre Schlittschuhe umgehängt und waren startbereit. Über Rampen und durch Gänge ging es zur »U-Bahn-Station«. Vor einem Bogengang wurde haltgemacht.

Der alte Eingeborene verschwand darin, doch zu

Jims Überraschung verabschiedete Gekko sich. Man schied unter den üblichen förmlichen Höflichkeitsbezeugungen voneinander; dann stiegen Frank, Jim und Willis ein, und die Tür schloß sich hinter ihnen.

Der Wagen fuhr sofort los. Frank sagte: »Hoppla, was ist denn das?« und setzte sich plötzlich hin. Der alte, fest und sicher auf seinem Rastgestell ruhende Eingeborene sagte gar nichts.

Jim lachte.

»Erinnerst du dich nicht mehr, wie es das letzte Mal war?«

»Nicht sehr deutlich. Sag mal, sind wir wirklich schwerer geworden, oder kommt es mir nur so vor?«

»Das gehört dazu. Wie wär's jetzt mit einem Happen? Wer weiß, wann wir wieder zu einer ordentlichen Mahlzeit kommen.«

Frank packte die restlichen Vorräte aus. Als sie fertig waren mit Essen, fiel Frank ein, daß sie noch eine Büchse im Beutel hatten – kalte, gebackene Bohnen mit Ersatzschweinefleisch. Doch ehe sie dazu kamen, den Inhalt zu verzehren, streikte plötzlich Franks Magen.

»He!« rief er. »Was ist denn passiert?«

»Nichts. Das letzte Mal war es genauso.«

»Ich dachte schon, wir wären in etwas hineingerast.«

»Ach wo. Alles in Ordnung, sag ich dir. Reich mir doch mal ein paar von den Bohnen rüber.« Sie aßen die Bohnen und warteten; nach einer Weile verflüchtigte sich das Schweregefühl, und Jim wußte, daß sie am Ziel waren.

Die Abteiltür ging auf, und sie traten in eine Halle hinaus, die genauso aussah wie diejenige, aus der sie abgereist waren. Frank schaute sich enttäuscht um.

»Wir müssen im Kreise herumgefahren sein. Es muß irgendein Irrtum vorliegen.«

»Keine Angst.« Jim wandte sich um, doch die Tür hinter dem alten Eingeborenen, zu dem er sprechen wollte, hatte sich bereits geschlossen. »Schade, wirklich schade«, sagte er.

»Was soll schade sein? Man hat uns an der Nase herumgeführt.«

»Nicht doch. Hier unten gleichen alle Dinge einander. Wenn wir nach oben kommen, wirst du schon merken, daß wir ein gutes Stück weiter sind. ›Schade‹ habe ich nur deshalb gesagt, weil ich dem Alten gern auf Wiedersehen gesagt hätte.« Erst jetzt fiel Jim ein, daß er nicht einmal den Namen des Alten wußte.

»Wem?«

»Dem anderen, du weißt schon, dem, der mit uns gefahren ist.«

»Was redest du denn bloß? Welchem anderen? Ich habe außer Gekko niemanden gesehen. Es ist auch niemand mit uns gefahren. Wir beide waren allein.«

»Was? Du mußt blind sein.«

»Und du verrückt.«

»Jetzt hört sich doch alles auf! Willst du im Ernst behaupten, du hättest den Eingeborenen nicht gesehen, der mit uns gefahren ist?«

»Rede ich so undeutlich, daß du mich nicht verstehst?«

Jim holte tief Luft. »Wenn du deine Gedanken nicht immer bloß beim Essen hättest und dich auch mal umschauen würdest, würdest du mehr von der Welt sehen. Wie, zum Teufel ...«

»Laß nur«, unterbrach Frank ihn. »Hör auf damit, sonst werde ich noch wütend. Von mir aus können es sechs Eingeborene gewesen sein. Sehen wir lieber zu, daß wir ans Tageslicht kommen, damit wir wissen, was los ist. Wir vergeuden nur Zeit.«

»Also schön.«

Sie gingen über die Rampen nach oben. Jim war sehr schweigsam; der Zwischenfall beunruhigte ihn mehr als Frank.

Auf halbem Weg nach oben mußten die Freunde ihre Masken aufsetzen. Ungefähr zehn Minuten später gelangten sie in einen Raum, in den das Sonnenlicht hineinströmte; sie hielten sich nicht darin auf, sondern eilten ins Freie.

Einen Augenblick später war Frank derjenige, der nachdenklich wurde. »Jim, ich weiß zwar, daß ich damals leicht wirr im Kopf gewesen bin, aber hatte nicht die Stadt, aus der wir aufgebrochen sind, nur einen einzigen Turm?«

»Natürlich.«

»Diese hier aber nicht.«

»Nein, tatsächlich.«

»Wir müssen verkehrt sein.«

»Sieht so aus.«

9

MACHENSCHAFTEN

Sie befanden sich in einem großen, geschlossenen Hofraum, wie er charakteristisch ist für viele marsianische Gebäude. Zwar konnten sie die Spitzen der Stadttürme sehen, aber sonst war ihr Blickfeld begrenzt.

»Was meinst du, was wir machen sollen?« fragte Frank.

»Hm ... am besten, wir sehen uns nach einem Eingeborenen um und erkundigen uns, wo wir sind. Hätte ich doch nur gleich mit dem Alten geredet. Er hat unsere Sprache gesprochen.«

»Reitest du immer noch darauf herum?« sagte Frank. »Aber wo finden wir jemanden? Das Ganze macht einen verlassenen Eindruck. Ich glaube, man hat uns hier einfach ausgesetzt.«

»Ich glaube, man hat uns hier einfach ausgesetzt«, wiederholte Willis.

»Sei still. Das würden sie bestimmt nicht tun«, fuhr Jim, zu Frank gewandt, fort und ließ seine Blicke über das Dach des Hauses schweifen. »Sag mal, Frank ...«

»Ja?«

»Siehst du diese drei kleinen Türme, die einander so ähnlich sind? Man kann gerade mal ihre Spitzen erkennen.«

»Je länger ich hinschaue, um so bekannter kommen sie mir vor.«

»Mir auch – du!«

Sie rannten los. Fünf Minuten später standen sie bereits vor der Stadtmauer, und jetzt gab es keinen

Zweifel mehr; sie befanden sich in Charax, im unbewohnten Viertel der Stadt.

Zu ihren Füßen, etwa drei Meilen entfernt, lagen die Häuser von Süd-Kolonie.

Vierzig Minuten, teils im Schnellschritt, teils im Dauerlauf – und sie waren daheim.

Sie trennten sich und gingen auf direktem Weg nach Hause. »Wir sehen uns später!« rief Jim seinem Freund nach. Zu Hause angekommen, schien eine Ewigkeit zu vergehen, ehe die Luftschleuse ihn durchließ. Noch bevor der Druck ausgeglichen war, konnte Jim seine Mutter durch den Lautsprecher an der Tür fragen hören, wer da sei. Auch die Stimme seiner Schwester war zu vernehmen. Jim beschloß, keine Antwort zu geben und ihnen eine Überraschung zu bereiten.

Dann stand er Phyllis gegenüber, die bei seinem Anblick zuerst regelrecht erstarrte und sich dann an seinen Hals warf. »Mutter! Mutter! Mutter! Jim ist da! Es ist Jim!« rief sie immer wieder. Willis hopste auf dem Fußboden herum und schrie ebenfalls: »Jim ist da! Es ist Jim!« Und dann lag Jim plötzlich in den Armen seiner Mutter, spürte ihre Tränen auf seinem Gesicht und konnte eine aufsteigende Rührung nur mit Mühe niederkämpfen.

Er befreite sich aus der Umarmung der beiden Frauen. Seine Mutter trat einen Schritt zurück und sagte: »Laß dich mal ansehen, mein Junge. Ist dir auch nichts passiert?« Dabei lächelte sie ihn unter Tränen an.

»Was soll mir schon passiert sein?« erwiderte Jim. »Was ich fragen wollte ... ist Dad zu Hause?«

Besorgnis spiegelte sich plötzlich auf Mrs. Marlowes Gesicht. »Nein, Jim, er ist bei der Arbeit.«

»Ich muß ihn sofort sprechen. Was machst du denn für ein Gesicht, Mom?«

»Ich? Ach, nichts ... nichts. Ich werde Vater sofort anrufen.«

Sie trat an den Apparat und wählte die Nummer des Laboratoriums. Jim konnte ihre gedämpfte Stimme hören: »Mr. Marlowe? Hier ist Jane. Könntest du sofort nach Hause kommen?« Und die Antwort seines Vaters: »Das paßt jetzt schlecht. Was gibt es denn? Du bist so merkwürdig.«

Nachdem sie einen Blick über die Schulter auf Jim geworfen hatte, fuhr Mrs. Marlowe fort: »Bist du allein? Hört mich auch niemand anders?« Sein Vater erwiderte: »Was ist denn los? So sag doch schon.«

Die Stimme seiner Mutter sank zu einem Flüstern hinab: »Er ist zu Hause.«

Ein kurzes Schweigen trat ein, dann sagte sein Vater: »Ich komme sofort.«

Unterdessen versuchte Phyllis, von Neugierde gequält, ihren Bruder auszuhorchen. »Erzähl doch mal, Jimmy, was hast du denn so alles angestellt?«

Jim wollte zuerst sachlich antworten, besann sich dann aber eines Besseren. »Würde ich dir alles erzählen, du würdest es ja doch nicht glauben.«

»Das bezweifle ich nicht. Aber was hast du eigentlich getrieben? Alles ist in Aufregung über dich.«

»Und wenn schon. Sag mal, was für ein Tag ist heute?«

»Sonnabend.«

»Sonnabend der wievielte?«

»Sonnabend der vierzehnte Ceres selbstverständlich.«

Es war kaum zu fassen. Vier Tage? Nur vier Tage, seit er Syrtis Minor verlassen hatte? Jim ließ das Ganze noch einmal im Geiste an sich vorbeiziehen. Wenn er, wie Frank behauptete, wirklich nur etwa drei Stunden im unterirdischen Cynia verbracht hatte, so stimmte die Rechnung ungefähr. »Dann komme ich ja gerade noch rechtzeitig.«

»Was soll das heißen ... ›gerade noch rechtzeitig‹?«

»Ach, das verstehst du ja doch nicht. Warte noch ein paar Jahre.«

»Klugscheißer!«

Mrs. Marlowe kam vom Telefon und trat neben die Geschwister. »Dein Vater kommt sofort, Jim.«

»Hab' schon gehört. Gut.«

Sie blickte ihn an. »Hast du Hunger? Möchtest du irgend etwas haben?«

»Ich könnte ein Faß austrinken und ein ganzes Kalb verschlingen. Aber es ist kein richtiger Hunger, nur ... Appetit auf irgendwas. Wie wär's mit einer Tasse Kakao? Ich habe seit Tagen nur von Konserven gelebt.«

»Also gut, Kakao.«

»Iß dich jetzt lieber satt«, warf Phyllis ein. »Wer weiß, ob du kriegst, was du möchtest, wenn ...«

»Phyllis!«

»Aber Mutter, ich wollte doch nur sagen, daß ...«

»Phyllis! Sei still oder verlaß das Zimmer.«

Jims Schwester fügte sich, wenn auch murrend.

Kurz darauf war der Kakao fertig, und während Jim trank, kam sein Vater herein. Er schüttelte Jim nüchtern die Hand, als wäre er ein erwachsener Mann. »Ich freue mich, daß du wieder da bist, Junge.«

»Zu Hause ist es doch am schönsten, Dad.« Jim trank den Rest des Kakaos aus. »Aber weißt du, ich muß dir eine Menge erzählen, und die Zeit drängt.

Wo ist Willis?« Er schaute sich um. »Hat jemand gesehen, wo Willis hin ist?«

»Ist doch jetzt egal. Ich möchte wissen ...«

»Aber Willis ist Kronzeuge in dieser Angelegenheit. Willis, hierher!«

Willis kam aus dem Gang hervorgewatschelt, und Jim nahm ihn auf den Arm.

»Also schön, da hast du deinen Willis«, sagte Mr. Marlowe. »Und jetzt erzähle. Was sind das für Ungelegenheiten, in denen du steckst?«

Jim runzelte die Stirn.

»Es ist nicht ganz einfach, den richtigen Anfang zu finden.«

»Gegen Frank und dich ist Haftbefehl erlassen worden«, platzte Phyllis heraus.

Mr. Marlowe sagte: »Jane, würdest du bitte dafür sorgen, daß deine Tochter den Schnabel hält?«

»Phyllis, ich habe dir doch vorhin schon gesagt ...«

»Mutter, alle Leute wissen es!«

»Jim wußte es vielleicht noch nicht.«

Jim sagte: »Ich konnte es mir denken. Wir sind die ganze Strecke von der Polizei verfolgt worden.«

»Frank ist mit dir gekommen?« fragte sein Vater.

»Natürlich. Aber wir sind ihnen durch die Lappen gegangen. Viel ist mit diesen Beamten der Gesellschaft nicht los.«

Mr. Marlowe machte ein ernstes Gesicht. »Weißt du, Jim – ich werde den Residenten anrufen und ihm mitteilen, daß du hier bist. Aber du wirst dich nicht eher in seine Gewalt begeben, ehe man mir nicht genaue Unterlagen bringt, und bestimmt nicht, bevor wir deine Version der Geschichte gehört haben. Und wenn du dich dann stellst, wird Dad dich begleiten und zu dir halten.«

Jim richtete sich kerzengerade auf. »Ich mich *stellen?* Wovon redest du eigentlich, Dad?«

Sein Vater sah mit einem Mal sehr alt und sehr müde aus. »Marlowes laufen nicht davon, wenn sie sich vor Gericht verantworten sollen. Du weißt, daß ich zu dir halten werde, ganz gleich, was du ausgefressen hast. Aber Kneifen gibt's nicht.«

Jim blickte seinen Vater trotzig an. »Wenn du denkst, Dad, daß Frank und ich uns nur deshalb die ganze Strecke durchgeschlagen haben, um uns hier der Polizei zu stellen, dann irrst du dich gewaltig. Und demjenigen, der mich verhaften will, wünsche ich viel Glück dazu.«

Phyllis hörte ihm mit großen Augen zu; seine Mutter weinte still in sich hinein.

Sein Vater sagte: »Das ist keine Einstellung, Junge.«

Jim erwiderte: »So? Meinst du? Nun, das ist aber nun mal die Einstellung, die ich vertrete. Warum erkundigst du dich eigentlich nicht erst einmal genau, was los ist, ehe du davon redest, daß ich mich stellen soll?« Seine Stimme klang ein wenig schrill.

Sein Vater biß sich auf die Lippe, und seine Mutter sagte: »Bitte, James – warum willst du nicht warten und dir erst anhören, was der Junge vorzubringen hat?«

»Natürlich will ich das«, antwortete Mr. Marlowe gereizt. »Habe ich das nicht schon deutlich genug gesagt? Aber ich kann nicht zulassen, daß mein Sohn sich mir ins Gesicht hinein als vogelfrei erklärt.«

»Bitte, James!«

»Sag, was du zu sagen hast, Junge.«

Jim blickte sich um. »Mir ist beinahe schon die Lust dazu vergangen«, sagte er bitter. »Ich werde hier empfangen, als wäre ich ein Verbrecher oder sonst etwas.«

»Es tut mir leid, Jim«, sagte sein Vater langsam. »Gehen wir der Reihe nach vor. Erzähl uns, was sich zugetragen hat.«

»Na gut. Aber halt mal – Phyllis sagte, es bestünde Haftbefehl gegen mich. Weswegen?«

»Wegen unerlaubten Entfernens von der Akademie – aber das ist weiter nicht wichtig. Verstöße gegen die Ordnung und die Disziplin an der Uni, worunter ich mir selbst nichts vorstellen kann. Das bekümmert mich auch nicht weiter. Die eigentliche Anklage lautet auf Einbruchsdiebstahl – und noch einen Punkt, der einen Tag später hinzugefügt wurde: Ausbruch aus der Haft.«

»Ausbruch aus der Haft! Lächerlich! Wir waren überhaupt nicht eingesperrt.«

»So? Und die übrigen Punkte?«

»Ebenso lächerlich. Ich habe diesem Howe nichts gestohlen – ich meine, Direktor Howe. Er hat mir Willis weggenommen und mich dann ausgelacht, als ich ihn wiederhaben wollte. Ich werde es ihm schon zeigen, von wegen ›Diebstahl‹.«

»Weiter.«

»Mit dem Einbruch hat es in gewissem Sinne seine Richtigkeit. Ich bin in sein Büro eingedrungen, oder habe es wenigstens versucht. Aber er kann mir nichts nachweisen und soll erst einmal vormachen, daß jemand von meiner Größe durch ein Loch von zehn Zentimetern Durchmesser kriechen kann. Auch Fingerabdrücke haben wir nicht hinterlassen.« Nach einer Weile fügte er hinzu: »Ich möchte nur noch sagen, daß ich mich zu all diesen Dingen berechtigt fühlte. Er hatte Willis in seinem Büro eingesperrt. Sag mal, Dad, können wir nicht gegen Howe gerichtlich vorgehen? Schließlich hat er mir Willis gestohlen. Und ich sehe nicht ein, warum wir ihm alles durchgehen lassen sollen.«

»Augenblick mal. Du hast mich ganz durcheinandergebracht. Wenn du wirklich einen Grund hast, gegen Howe vorzugehen, stehe ich selbstverständlich hinter dir. Aber erst muß ich einmal einen klaren Überblick gewinnen. Was für ein Loch? Hast du ein Loch in die Tür des Direktors gesägt?«

»Nein, ich nicht, aber Willis.«

»Willis? Wie kann denn Willis . . .«

»Frag mich nicht. Plötzlich hatte er einen Arm mit einer Art Klaue daran. Ich rief ihn, und er bahnte sich seinen Weg heraus wie eine Fräsmaschine.«

Mr. Marlowe faßte sich an den Kopf. »Das wird ja immer verrückter. Und wie seid ihr Jungs hierher gekommen?«

»Mit der Untergrundbahn. Du mußt wissen . . .«

Die Zwischenfrage brachte Jim aus dem Konzept. Seine Mutter sagte: »Wäre es nicht besser, James, wir ließen ihn erst einmal im Zusammenhang berichten, ohne ihn dauernd zu unterbrechen?«

»Da magst du recht haben«, gab Mr. Marlowe zu. »Ich werde mir meine Fragen aufsparen. Phyllis, hol mir einen Schreibblock und einen Bleistift.«

Jim gab einen einigermaßen zusammenhängenden Bericht von seinen Erlebnissen, angefangen mit Howes anmaßendem Benehmen und diktatorischen Maßnahmen bis zu ihrer Heimfahrt mit der Eingeborenen-›Untergrundbahn‹.

Als Jim geendet hatte, rieb sein Vater sich das Kinn.

»Jim, wenn deine Aufrichtigkeit nicht schon fast sprichwörtlich wäre, könnte man meinen, du wolltest uns eine Räuberpistole aufbinden. Aber so muß ich dir glauben, wenn es auch die verrückteste Geschichte ist, die ich je gehört habe.«

»Bist du immer noch der Ansicht, daß ich mich ihnen stellen soll?«

»Was? Nein, nein ... das wirft ein ganz anderes Licht auf die ganze Sache. Überlaß das nur mir. Ich werde den Residenten anrufen und ...«

»Moment, Dad.«

»Ja?«

»Ich bin noch nicht fertig.«

»Was? Wenn ich mich ...«

»Ich wollte nur nicht alles durcheinanderbringen, deswegen habe ich bis jetzt noch nichts davon erwähnt. Du sollst gleich alles erfahren, doch vorher möchte ich noch etwas wissen. Müßte die Kolonie nicht eigentlich schon unterwegs sein?«

»Von Rechts wegen, ja«, bestätigte ihm sein Vater. »Gestern hätte die Umsiedlung beginnen müssen. Das ganze Unternehmen ist aber um zwei Wochen verschoben worden.«

»Das ist kein bloßer Aufschub, Dad. Das ist nur eine faule Ausrede. Die Gesellschaft will die Kolonie dieses Jahr überhaupt nicht umsiedeln lassen. Wir sollen den ganzen Winter hindurch hierbleiben.«

»Unsinn, Junge. Ein Polarwinter ist nichts für Erdenmenschen. Du irrst dich. Der Termin ist nur verschoben worden, weil die Gesellschaft den ungewöhnlich späten Winter ausnützen und die Atomkraftanlagen in Nord-Kolonie vor unserem Eintreffen überholen lassen will.«

»Glaub mir, Dad, das ist alles fauler Zauber. Man will die Kolonie nur so lange hinhalten, bis es zu spät ist und sie hier überwintern muß. Ich kann es beweisen.«

»Wie?«

»Wo ist Willis?«

Willis war schon wieder verschwunden und schaute nach, ob in seinem Bereich alles noch beim alten war.

»Laß doch Willis aus dem Spiel. Du hast da gerade eine unglaubliche Anschuldigung vorgebracht. Wie kommst du überhaupt auf so etwas? Jetzt mal raus mit der Sprache!«

»Aber ich brauche Willis, um es zu beweisen! Hierher, Junge! Komm zu Jim.«

Jim zählte in Kürze all die Punkte auf, die Willis' fonographisches Gehör aufgenommen hatte. Danach versuchte er Willis zur Wiedergabe des Gehörten zu bewegen.

Willis war froh, auch wieder einmal an der Reihe zu sein. Er wiederholte fast jedes Wort, das die Jungen in den vergangenen Tagen gewechselt hatten, redete eine Menge unverständliches Zeug in der Eingeborenensprache und sang *Quien es la Senorita?* Nur die Unterhaltung mit Beecher konnte oder wollte er nicht wiederholen.

Jim redete ihm immer noch gut zu, als das Telefon klingelte. Mr. Marlowe sagte: »Geh mal an den Apparat, Phyllis.«

Einen Augenblick später kam sie zurück. »Für dich, Daddy.«

Jim brachte Willis zum Schweigen; sie konnten beide Teilnehmer sprechen hören. »Marlowe? Hier ist der Resident. Ich habe gehört, daß Ihr Junge da ist.«

Jims Vater warf einen Blick über die Schulter und zögerte. »Ja. Er ist hier.«

»Sorgen Sie dafür, daß er nicht wieder ausreißt. Ich schicke jemanden und laß ihn abholen.«

Wieder zögerte Mr. Marlowe. »Das ist nicht nötig, Mr. Kruger. Ich habe mich noch nicht mit ihm ausgesprochen. Er bleibt bestimmt hier.«

»Was soll denn das, Marlowe? Sie können nicht in ein ordentliches Gerichtsverfahren eingreifen. Ich führe den Haftbefehl sofort aus.«

»Das glauben Sie aber auch nur.« Mr. Marlowe wollte seinen Worten noch etwas hinzufügen, überlegte es sich dann aber anders und legte auf. Unmittelbar darauf klingelte das Telefon erneut.

»Wenn es der Resident ist, ich bin nicht zu sprechen«, sagte Mr. Marlowe. »Ich möchte mich nicht vergessen und Worte gebrauchen, die ich später bereuen könnte.«

Es war jedoch nicht der Resident, sondern Franks Vater. »Marlowe? Jamie, hier ist Pat Sutton.« Aus der weiteren Unterhaltung ging hervor, daß beide Väter mit ihren Söhnen ungefähr zu demselben Ergebnis gekommen waren.

»Wir haben gerade versucht, aus Willis etwas herauszubekommen«, fügte Mr. Marlowe hinzu. »Wie es scheint, hat er eine ganz tolle Geschichte mit angehört.«

»Ja, ich weiß«, sagte Mr. Sutton. »Ich möchte das auch hören. Könnt ihr nicht warten, bis wir da sind?«

»Großartig. Noch etwas – Freund Kruger will unsere Jungs festnehmen lassen. Also Vorsicht.«

»Ich weiß schon, hat eben bei mir angerufen. Ich habe ihm einen Floh ins Ohr gesetzt. Bis nachher.«

Mr. Marlowe schaltete aus, ging an die Haustür und schloß ab. Auch die in den Tunnel führende Tür wurde verschlossen. Es war auch höchste Zeit; kurz darauf ertönte das Signal, daß jemand die Luftschleuse betreten hatte.

»Wer ist da?« rief Jims Vater hinaus.

»Ich komme in Angelegenheiten der Mars-Gesellschaft.«

»In was für Angelegenheiten? Und wer ist dort?«

»Der Vollzugsbeamte des Residenten. Ich komme, um James Marlowe junior abzuholen.«

»Da können Sie gleich wieder verschwinden. Der Junge bleibt hier.«

Man hörte Flüstern, und gleich darauf wurde an dem Schloß gerüttelt.

»Aufmachen!« rief eine andere Stimme. »Wir haben einen Haftbefehl.«

»Verschwindet. Ich schalte den Lautsprecher ab.«

Bald zeigte der Kontrollstreifen an, daß der Besuch gegangen war, meldete aber gleich darauf neue Ankömmlinge. Mr. Marlowe schaltete den Lautsprecher wieder ein.

»Wenn ihr schon wieder zurück seid, kann ich euch nur empfehlen, wieder zu gehen«, sagte er.

»Was ist denn das für ein Empfang, Jamie, mein Junge?« ertönte Mr. Suttons Stimme.

»Ach, du bist's, Pat! Bist du allein?«

»Nur Francis ist bei mir.«

Sie wurden eingelassen.

»Hast du etwas von den Beamten gesehen?« erkundigte sich Mr. Marlowe.

»Wir sind ihnen direkt in die Arme gelaufen.«

»Pat hat ihnen erklärt, wenn sie mich anrührten, würde es ihnen leid tun«, sagte Frank stolz. »Und sie hätten bestimmt ihr blaues Wunder erlebt.«

Jim schaute seinen Vater an. Mr. Marlowe wich dem Blick aus. Mr. Sutton fuhr fort: »Wie steht es denn nun mit den Beweisen, die Willis für uns haben soll? Bringt ihn doch mal zum Reden.«

»Wir haben es bereits versucht«, sagte Jim. »Ich kann es ja noch einmal versuchen. Komm, Willis ...« Jim nahm ihn auf den Schoß. »Erinnerst du dich noch an Direktor Howe, Willis?«

Willis rollte sich auf der Stelle zu einem glatten, runden Ball zusammen.

»So darfst du das nicht machen«, wandte Frank ein. »Weißt du denn nicht mehr, was ihn das letzte Mal in Schwung gebracht hat? He, Willis!« Willis streckte seine Augenstengel heraus. »Hör mal gut zu, Freundchen. ›Guten Abend. Guten Abend, Mark‹«, fuhr Frank fort, wobei er die sonore Stimme Beechers recht gut imitierte, »nimm Platz, mein Junge.«

»Es ist mir stets eine Freude, dich zu sehen«, nahm Willis den Faden auf und ahmte die Stimme des Generalbevollmächtigten völlig naturgetreu nach. Er gab die ganze Unterhaltung, die zwischen dem Direktor und dem Generalbevollmächtigten stattgefunden hatte, in allen Einzelheiten wieder und ließ kein Wort aus.

Als er fertig war und Neigung zeigte, auch alles später Gehörte noch einmal zu wiederholen, brachte Jim ihn zum Schweigen.

»Nun, was hältst du davon, Pat?« sagte Jims Vater.

»Es ist einfach schrecklich«, warf Jims Mutter dazwischen.

Mr. Sutton verzog das Gesicht. »Morgen fahre ich nach Syrtis Minor, und dann können sie was erleben!«

»Schön und gut«, sagte Mr. Marlowe, »aber schließlich geht es die ganze Kolonie etwas an. Ich glaube, wir sollten eine Einwohnerversammlung einberufen, damit alle erfahren, woran wir sind.«

»Hm! Du hast natürlich recht. Allerdings bringst du uns damit um den ganzen Spaß.«

Mr. Marlowe lächelte. »Du wirst schon noch auf deine Kosten kommen. Weder Kruger noch der ehrenwerte Mr. Gaines Beecher werden sehr erbaut davon sein.«

Mr. Sutton bestand darauf, daß Dr. MacRae Franks Hals untersuchen sollte, und Jims Vater meinte, es könne nichts schaden, wenn er sich Jim bei dieser Gelegenheit auch gleich einmal anschaue. Jim protestierte zwar, doch es half ihm nichts. Die beiden Männer geleiteten die Jungen zum Haus des Arztes.

»Bleibt hier, bis wir zurückkommen, Jungs«, schärfte Mr. Marlowe ihnen ein. »Ich möchte nicht, daß ihr Krugers Leuten in die Hände fallt.«

»Die sollen nur mal versuchen, uns anzurühren!« sagten beide Freunde wie aus einem Munde.

»Ich möchte nicht, daß sie es überhaupt erst versuchen. Zuerst will ich die Angelegenheit in Ordnung bringen. Wir gehen jetzt hinüber ins Büro des Residenten und erklären uns bereit, die Nahrungsmittel zu bezahlen, die ihr euch angeeignet habt. Auch für den Schaden, den Willis an der Tür angerichtet hat, bin ich bereit, aufzukommen. Dann ...«

»Aber Dad, dafür sollten wir wirklich keinen Schadenersatz leisten. Howe hätte Willis nie und nimmer einsperren dürfen.«

»Da bin ich ganz seiner Meinung«, sagte Mr. Sutton. »Für die Lebensmittel – schön, dafür bezahlen wir. Die Jungens haben sie genommen, und wir bezahlen.«

»Ihr habt beide recht«, sagte Mr. Marlowe. »Aber es lohnt sich schon allein deswegen, um diese lächerlichen Anklagen zu entkräften. Dann leite ich ein Verfahren gegen Howe ein ... wegen des Versuchs, Willis zu stehlen oder zu versklaven. Wie würdest du das nennen, Pat?«

»Nenn es ruhig ›stehlen‹. Damit vermeidest du unnötige Komplikationen.«

»Gut. Dann bestehe ich darauf, daß er ein Gutachten des Planetenamtes einfordert, ehe es zum Prozeß kommt. Das dürfte genügen, ihm vorläufig den Wind aus den Segeln zu nehmen.«

»Dad«, warf Jim dazwischen, »du wirst doch nicht etwa dem Residenten sagen, daß wir hinter ihre Schliche mit der Umsiedlung gekommen sind. Er würde das sofort an Beecher weitermelden.«

»Nein, noch nicht gleich. Auf der Versammlung erfährt er es ja doch. Aber dann kann er Beecher nicht mehr benachrichtigen, Deimos geht in zwei Stunden unter.« Mr. Marlowe warf einen Blick auf die Uhr. »Bis nachher, Jungs. Wir haben zu tun jetzt.«

Dr. MacRae hob den Kopf, als sie eintraten. »Maggie, schließ die Tür ab!« rief er. »Wir haben zwei gefährliche Banditen im Hause.«

»Tag, Doc.«

»Kommt rein und macht es euch bequem. Und erzählt mir alles.«

Es war eine volle Stunde später, als MacRae sagte: »Na, Frank, jetzt wollen wir mal sehen, was mit dir los ist. Und dann möchte ich auch deine Zunge mal sehen, Jim.«

»Mir fehlt nichts, Doc.«

»Setz noch etwas Kaffeewasser auf, während ich mit Frank beschäftigt bin.« Das Sprechzimmer war mit den modernsten diagnostischen Hilfsmitteln ausgestattet, doch MacRae benutzte keines davon. Er bog

Franks Kopf nach hinten, ließ ihn *aaaah* sagen, beklopfte die Brust des Jungen und hörte sein Herz ab. »Alles in bester Ordnung«, sagte er. »Jemand, der von Syrtis bis nach Charax tippeln kann, wird bestimmt uralt.«

»Tippeln?« fragte Frank.

»Sich durchschlagen. ›Tippeln‹ ist ein Ausdruck, der früher gebräuchlich war. Und jetzt du, Jim.« Mit Jim war er noch schneller fertig. Dann nahmen die drei Freunde ihre Privatunterhaltung wieder auf.

»Ich möchte noch mehr über die Nacht wissen, die ihr in dem Kohlkopf verbracht habt«, sagte der Doc. »Mit Willis, das ist mir verständlich, da jedes Marsgeschöpf den Schwanz einziehen und unendlich lange ohne Luft existieren kann. Aber *ihr* hättet normalerweise beide ersticken müssen. Die Pflanze hatte sich also völlig geschlossen?«

»Ganz und gar«, versicherte Jim und berichtete weitere Einzelheiten. Als er die Taschenlampe erwähnte, unterbrach MacRae ihn.

»Da haben wir's! Davon hast du vorhin nichts gesagt. Die Taschenlampe hat euch das Leben gerettet.«

»Was? Wie?«

»Photosynthese. Sobald Licht auf ein grünes Blatt fällt, nimmt es zwangsläufig Kohlensäure auf und gibt Sauerstoff ab, genau wie du atmest.« Der Arzt ließ den Blick über die Decke schweifen und bewegte die Lippen, während er nachrechnete. »Muß trotzdem ziemlich schlechte Luft gewesen sein; ihr hattet zu wenig Grünfläche. Was für eine Taschenlampe war es denn?«

»Eine General Electric, Modell ›Mitternachtssonne‹. Die Luft war wirklich ziemlich schlecht.«

»Eine ›Mitternachtssonne‹ entwickelt genug Leuchtkraft, um das Kunststück zu bewerkstelligen. Von jetzt an werde ich immer eine bei mir tragen, wenn ich mich weiter als zwanzig Schritt von meiner Haustür entferne. Es ist ein hervorragendes Schutzmittel.«

»Was mir immer noch nicht klar ist«, sagte Jim, »ist der Film, den ich gesehen habe und der sich über die ganze Zeit meines Zusammenseins mit Willis erstreckte. Er legte Rechenschaft über jede Minute ab und dauerte trotzdem nur drei oder vier Stunden.«

»Das«, sagte der Doktor bedächtig, »ist längst nicht so geheimnisvoll wie die andere Sache – *warum* man dir diesen Film eigentlich vorgeführt hat.«

»Was soll das heißen?«

»Ich habe mich auch schon darüber gewundert«, sagte Frank. »Willis ist doch schließlich ein ziemlich unbedeutendes Geschöpf – ruhig, Jim, reg dich nicht auf. Was bezweckt man damit, daß man seinen ganzen Lebenslauf vor Jim abrollen ließ? Was meinen Sie, Doc?«

»Meine Vermutung ist derart fantastisch, daß ich sie lieber für mich behalten will. Aber was die Zeitfrage betrifft – kannst du dir vorstellen, daß man die Erinnerungen eines Menschen fotografiert?«

»Nein.«

»Ich will noch weitergehen und rundheraus behaupten, daß so etwas unmöglich ist. Und dennoch hast du *gesehen,* an was Willis sich *erinnert* hat. Bringt dich das nicht auf etwas?«

»Nein«, gab Jim zu. »Ich tappe noch genauso im dunkeln wie vorher. Ich weiß nur, daß ich es wirklich gesehen habe.«

»Sicher hast du's gesehen, weil sich der Vorgang des Sehens nämlich im Gehirn abspielt und nicht im

Auge. Ich kann meine Augen schließen und die Große Pyramide in der Wüstenhitze flimmern ›sehen‹. Ich kann die Esel sehen und die Zurufe hören, mit denen sich die Träger den Touristen anbieten. Und ich kann sie nicht nur sehen und hören, ich kann sie sogar riechen; aber das ist nur Erinnerung. Und nun zurück zu dem, was ich sagen wollte, Jim. Wenn Tatsachen nur durch eine einzige Hypothese zu erklären sind, so muß man diese Hypothese gelten lassen. Du hast genau das gesehen, was der alte Eingeborene wollte, daß du es siehst. Nenne es meinethalben Hypnose.«

»Aber ... aber ...« Jim war empört. Es war, als würde er in seinem innersten Wesen angegriffen. »Aber ich habe es wirklich gesehen! Ich war leibhaftig da.«

»Ich schließe mich Docs Meinung an«, erklärte Frank. »Du hast sogar noch auf der Rückfahrt Dinge gesehen.«

»Der Alte ist tatsächlich mit uns zurückgefahren, Frank! Hättest du die Augen aufgemacht, hättest du ihn auch gesehen.«

»Nicht gleich so hitzig«, mahnte Doc. »Wenn ihr Bengels euch prügeln wollt, geht ins Freie. Ist euch noch nicht aufgegangen, daß ihr beide recht haben könntet?«

»Was? Wie könnten wir denn beide recht haben?« wandte Frank ein.

»Ich fasse es nicht gern in Worte, aber das eine kann ich euch sagen: Ich habe lange genug gelebt, um zu wissen, daß der Mensch nicht nur von Brot allein lebt und daß der Leichnam, an dem ich eine Autopsie vornehme, nicht der Mensch selbst ist. Der Materialismus ist die unmöglichste aller Philosophien. Und damit genug davon.«

Frank wollte gerade einen Einwand erheben, als die mechanische Läutevorrichtung Besucher meldete; die Väter der beiden Jungen waren zurück.

»Nur herein, meine Herren, nur herein«, rief der Doktor. »Ihr kommt gerade zur rechten Zeit. Wir sind mitten im tiefsten Solipsismus. Setzt euch und nehmt an der Diskussion teil. Kaffee?«

»Solipsismus?« sagte Mr. Sutton. »Francis, daß du mir nicht auf den alten Heiden hörst! Halte dich an das, was Vater Cleary dir sagt.«

»Er hört sowieso nicht auf mich«, erwiderte MacRae. »Das ist das Gesunde an der Jugend. Und was habt ihr in der Höhle des Löwen erreicht?«

Mr. Marlowe lachte kurz auf. »Kruger ist fast geplatzt vor Wut.«

Die einberufene Versammlung der Kolonisten fand am selben Abend in der Stadthalle statt. Mr. Marlowe und Mr. Sutton, von denen die Einladung ausgegangen war, trafen schon frühzeitig ein. Sie fanden die Saaltüren verschlossen und zwei Beamte davor postiert. Mr. Marlowe ignorierte die Tatsache, daß sie erst vor wenigen Stunden versucht hatten, Frank und Jim festzunehmen, und erbot ihnen ein freundliches ›guten Abend‹.

»Ich glaube, wir können ruhig schon mal aufmachen. Die Leute müssen jeden Augenblick kommen.«

Die Beamten rührten sich nicht. Der ältere, ein Mann namens Dumont, sagte: »Heute abend findet keine Versammlung statt.«

»Was? Warum nicht?«

»Auf Befehl von Mr. Kruger.«

»Hat er einen Grund genannt?«

»Nein.«

»Diese Versammlung«, erklärte Mr. Marlowe, »ist ordnungsgemäß einberufen worden und wird abgehalten. Tretet beiseite.«

»Seien Sie vernünftig, Marlowe, und handeln Sie sich keine Scherereien ein. Ich habe meine Anweisungen und ...«

Mr. Sutton drängte sich vor. »Überlaß das mir, Jamie.«

Er rückte demonstrativ an seinem Koppel. Frank, der hinter dem Rücken der Männer stand, warf Jim einen Blick zu und rückte ebenfalls an *seinem* Koppel. Alle vier waren bewaffnet, genau wie die Beamten; die beiden Väter hatten beschlossen, sich nicht auf Krugers Zurückhaltung zu verlassen, während dieser auf Instruktionen aus Syrtis Minor wartete.

Dumont schaute Sutton nervös an. Die Kolonie hatte keine eigentliche Polizeitruppe; die beiden waren Angestellte der Gesellschaft und übten ihren Dienst nur auf Krugers Geheiß aus. »Sie haben kein Recht, hier in der Stadt bis an die Zähne bewaffnet herumzulaufen«, klagte er.

»Ach, sieh mal einer an!« sagte Mr. Sutton betont freundlich. »Nun, wenn es euch stört – dem kann abgeholfen werden. Hier, Francis, halt mal meine Pistole, dazu brauche ich keine Waffe.« Mit leerer Pistolentasche ging er auf die Männer zu. »Sucht euch die Ecke aus, in die ihr fliegen wollt, aber ein bißchen plötzlich.«

Bevor er zum Mars gekommen war, hatte Mr. Sutton jahrelang widerspenstigen Bautrupps seinen Willen aufgezwungen – nicht mit seinem Ingenieursdiplom, sondern mit Härte, manchmal auch mit eisernen Fäusten. Er war zwar nicht viel größer als Dumont, aber weitaus zäher. Dumont wich vor ihm zurück und trat seinem Kameraden dabei auf die Zehen.

»Was soll denn das, Mr. Sutton! Sie haben kein ... He! Mr. Kruger!«

Alle blickten sich um. Der Resident kam auf die Gruppe zu. Er überschaute die Situation mit einem Blick und sagte: »Was ist denn hier los? Sutton, wollen Sie meine Leute etwa an der Ausübung ihres Dienstes hindern?«

»Nicht im geringsten«, sagte Sutton. »Im Gegenteil, sie haben mich gehindert. Sagen Sie ihnen, daß die Männer beiseite treten sollen.«

Kruger schüttelte den Kopf. »Die Versammlung ist abgesagt.«

Mr. Marlowe trat einen Schritt vor. »Von wem?«

»*Ich* habe sie abgesagt.«

»Mit welchem Recht? Ich habe die Zustimmung sämtlicher Stadtverordneten und werde Ihnen, wenn nötig, die Namen von zwanzig Kolonisten bringen.«

Nach den Gesetzen der Kolonie konnten zwanzig Kolonisten ohne besondere Genehmigung seitens der Verwaltung eine Versammlung einberufen.

»Das ist unwesentlich. In den Bestimmungen heißt es eindeutig, daß in Versammlungen nur Angelegenheiten von öffentlichem Interesse beraten werden sollen. Einem schwebenden Verfahren agitatorisch vorzugreifen, wie Sie es beabsichtigen, kann kaum mit den geltenden Bestimmungen in Einklang gebracht werden. Ich werde es nicht dulden. Schließlich habe *ich* das letzte Wort, und ich habe nicht die Absicht, mich dem Druck der Straße zu beugen.«

Inzwischen hatte sich bereits eine größere Menschenansammlung gebildet. Marlowe sagte: »Sind Sie endlich fertig?«

»Ja, ich möchte Sie und alle Anwesenden nur noch auffordern, sofort nach Hause zu gehen.«

»Das werden wir so machen, wie *wir* es wollen. Mr. Kruger, ich bin sehr erstaunt, aus Ihrem Munde zu hören, daß eine Zivilrechtsklage nicht von öffentlichem Interesse sei. Fast alle unsere Nachbarn hier haben Söhne, die unter der Bevormundung dieses Direktor Howe stehen. Es interessiert sie zu erfahren, wie ihre Jungs behandelt werden. Ich gebe Ihnen mein Wort, daß weder Mr. Sutton noch ich die Kolonie auffordern werden, in das Verfahren gegen unsere Söhne einzugreifen. Genügt Ihnen das, und werden Sie daraufhin Ihre Leute zurückziehen?«

»Welchen Zweck soll die Versammlung denn haben?«

»Angelegenheiten zur Sprache zu bringen, die von dringendstem Interesse für jedes einzelne Mitglied der Kolonie sind.«

»Hmmmph.«

Inzwischen waren auch einige Stadtverordnete eingetroffen. Einer von ihnen, Mr. Juan Montez, trat vor. »Augenblick, Mr. Marlowe. Als Sie mich um meine Einwilligung zu dieser Versammlung fragten, hatte ich keine Ahnung, daß der Resident dagegen ist.«

»Der Resident hat in dieser Angelegenheit nichts zu bestimmen.«

»Das ist ja etwas ganz Neues. Schließlich hat er das Vetorecht bei Versammlungen. Warum sagen Sie uns nicht klipp und klar, worum es sich handelt?«

»Nicht nachgeben, Jamie!« Die Worte kamen von Dr. MacRae, der sich seinen Weg nach vorn bahnte. »Was sind Sie denn für ein Waschlappen, Montez? Es tut mir leid, daß ich Ihnen meine Stimme gegeben habe. Wir versammeln uns, wann wir es wollen und nicht wenn, es Mr. Kruger gerade paßt. Was meint ihr, Leute?«

Beifallsgemurmel ertönte. Mr. Marlowe sagte: »Ich hätte es ihm sowieso nicht gesagt, Doc. Ich will möglichst viele Leute hier haben und werde erst reden, wenn die Türen hinter uns geschlossen sind.«

Montez beriet sich mit anderen Stadtverordneten. Nach einer Weile trat Hendrix, der Vorsteher, auf Mr. Marlowe zu. »Nur der Ordnung halber, Marlowe – wollen Sie uns nicht sagen, warum Sie darauf bestehen, daß diese Versammlung stattfinden soll?«

Jims Vater schüttelte den Kopf. »Ich habe eure Einwilligung. Sonst hätte ich längst zwanzig Unterschriften gesammelt und die Versammlung erzwungen. Zeigt doch Kruger gegenüber etwas mehr Rückgrat.«

»Wir brauchen sie gar nicht, Jamie«, versicherte ihm MacRae. Er wandte sich an die Menge, die rasch größer wurde. »Wer ist dafür, daß diese Versammlung abgehalten wird? Wer will hören, was Marlowe uns zu sagen hat?«

»Ich!« kam ein Zuruf.

»Wer war das? Oh ... Kelly. Schön, Kelly und ich, das sind schon mal zwei. Gibt es noch achtzehn andere hier, die Kruger nicht erst um Erlaubnis bitten, wenn sie niesen wollen?«

Weitere Zustimmungen erfolgten, und nach kurzer Zeit waren die zwanzig erforderlichen Stimmen beisammen. MacRae wandte sich an den Residenten. »Sagen Sie Ihren Leuten, daß sie den Eingang freigeben sollen, Kruger.«

Kruger spie Gift und Galle. Hendrix flüsterte ihm etwas ins Ohr und gab dann den beiden Beamten ein

Zeichen, zur Seite zu treten. Sie waren nur allzu froh darüber, dies als Befehl aufzufassen, und die Menge strömte in den Saal.

Kruger nahm im Hintergrund Platz; für gewöhnlich saß er auf dem Podium.

Jims Vater stellte fest, daß keinem der Stadtverordneten daran lag, den Vorsitz zu übernehmen; er trat auf das Podium. »Kommen wir zur Wahl des Versammlungsleiters«, verkündete er.

»Übernimm du den Vorsitz, Jamie.« Es war Dr. MacRae.

»Halten wir uns an die Geschäftsordnung. Ich bitte um Vorschläge.«

»Herr Vorsitzender ...«

»Ja, Mr. Konski?«

»Ich nominiere Sie.«

»Sehr schön. Und nun noch ein paar andere.« Da keine weiteren Vorschläge erfolgten, wurde seine Wahl einstimmig angenommen. Mr. Marlowe unterbreitete ihnen die Informationen, die er erhalten hatte und die den Lebensnerv der Kolonie berührten.

Sachlich und kurz berichtete er, wie Willis in Howes Hände gefallen war.

Kruger stand auf.

»Marlowe!«

»Keine Privatgespräche!«

»Herr Vorsitzender«, ergänzte Kruger mit säuerlicher Miene, »Sie haben erklärt, diese Versammlung sollte nicht dazu benützt werden, Mitgefühl für Ihren Sohn zu erwecken. Sie wollen ihn bloß seiner gerechten Bestrafung entziehen. Sie ...«

Mr. Marlowe schlug mit dem Hammer auf den Tisch.

»Zur Geschäftsordnung. Setzen Sie sich.«

»Ich werde mich nicht setzen. Sie hatten die Unverschämtheit ...«

»Mr. Kelly, ich ernenne Sie hiermit zum Leiter des Saalschutzes. Sorgen Sie für Ruhe und Ordnung. Wählen Sie sich Ihre eigenen Leute.«

Kruger setzte sich mit zornrotem Gesicht. Mr. Marlowe fuhr fort: »Diese Versammlung hat nichts mit den Anschuldigungen gegen meinen Sohn und Pat Suttons Jungen zu tun, aber die Nachrichten, die ich besitze, sind durch die beiden übermittelt worden. Ihr habt alle schon Marsrundköpfe gesehen – Angeber, wie die Jungs sie nennen –, und ihr kennt ihre erstaunliche Fähigkeit, Laute zu wiederholen. Die meisten von euch haben wahrscheinlich den Angeber meines Sohnes irgendwann schon einmal gehört. Nun ist es so, daß dieser betreffende Rundkopf in Hörweite war, als einige Dinge erörtert wurden, die uns alle angehen. Jim – bring Willis mal her.«

Unter den Blicken aller Anwesenden betrat Jim das Podium und stellte Willis auf den Tisch. Willis schaute sich um und rollte sich augenblicklich zu einem Ball zusammen.

»Jim«, flüsterte sein Vater beschwörend, »bring ihn um Himmels willen aus seiner Zurückhaltung heraus!«

»Ich will es versuchen«, sagte Jim. »Komm, Junge. Es tut dir niemand etwas. Komm raus. Jim will mit dir sprechen.«

Sein Vater sagte zu der Versammlung: »Diese Geschöpfe sind sehr scheu. Ich bitte um Ruhe.« Dann: »Wie steht's, Jim?«

»Ich geb' mir alle Mühe.«

»Verdammt, wir hätten eine Aufnahme machen sollen.«

In diesem Augenblick kam Willis aus seinem Versteck hervor. »Schau her, Willis Junge«, sagte Jim sofort. »Jim möchte, daß du uns etwas erzählst. Alle warten darauf, daß Willis spricht. Komm, los jetzt! ›Guten Abend. Guten Abend, Mark.‹«

Willis nahm den Faden auf.

»›Nimm Platz, mein Junge. Es ist mir stets eine Freude, dich zu sehen.‹« Er fuhr fort, die Worte Howes herunterzuhaspeln.

Jemand erkannte Beechers Stimme; als es sich herumsprach, entstand Unruhe im Saal. Mr. Marlowe versuchte die Leute durch Zeichen zu beschwichtigen.

Als Beecher seine Theorie von der »legitimen Korruption« erläuterte, stand Kruger auf. Kelly legte die Hände auf Krugers Schultern und drückte ihn auf seinen Stuhl zurück. Kruger wollte protestieren, doch Kelly verschloß ihm mit der Hand den Mund. Dann lächelte er; seit Krugers erstem Eintreffen in der Kolonie hatte er das schon immer mal gern tun wollen.

Die Versammlung wurde unruhig; Marlowe gab durch Gesten zu verstehen, daß das Beste erst noch kommen würde. Er hätte jedoch ganz unbesorgt sein können; Willis, erst einmal in Fahrt, war genauso schwer zum Schweigen zu bringen wie ein Tischredner.

Als er fertig war, herrschte für eine Weile erstauntes Schweigen, das langsam zu einem Gemurmel und alsbald zu einem Sturm der Entrüstung anschwoll. Marlowe forderte Ruhe, und Willis rollte sich rasch zusammen. Andrews, ein junger Techniker, meldete sich zu Wort.

»Herr Vorsitzender ... wir alle wissen, wie bedeutsam das ist, wenn es auf Wahrheit beruht ... aber wie soll man das einwandfrei feststellen?«

»Was? Ich glaube nicht, daß diese Geschöpfe Gehörtes anders als *verbatim* wiederholen können. Haben wir keinen psychologischen Sachverständigen hier, der ein Gutachten darüber abgeben könnte? Wie wär's mit Ihnen, Dr. Ibanez?«

»Ganz Ihrer Meinung, Mr. Marlowe. Ein Rundkopf kann zwar auf seiner geistigen Ebene Sprache entwickeln, aber was wir eben vernommen haben, muß ihm irgendwo zu Ohren gekommen sein. Er wiederholt papageienartig genau das, was er gehört hat. Ich bezweifle, daß sich eine solche ›Bandaufnahme‹, wenn ich es einmal so nennen darf, noch irgendwie abändern läßt, nachdem sich die Laute erst einmal in das Nervensystem des Tieres eingeprägt haben; es ist ein unwillkürlicher Reflex – kompliziert und schön, aber eben doch bloß ein Reflex.«

»Genügt Ihnen das, Andy?«

»Nein. Jedes Kind weiß, daß ein solches Wesen nur eine Art Superpapagei und zum Lügen nicht klug genug ist. Aber ist das auch wirklich die Stimme des Generalbevollmächtigten? Sie klingt so, aber ich habe ihn bisher nur über das Radio gehört.«

Jemand rief: »Es ist Beecher. Ich mußte mir seine Sprüche oft genug anhören, als ich noch in Syrtis stationiert gewesen bin.«

Andrews schüttelte den Kopf. »Es hört sich zwar so an, als ob er es wäre, aber wir müssen es genau *wissen*. Es könnte sich auch um eine Stimmenähnlichkeit handeln.«

Kruger hatte sich ruhig verhalten und in einem Zustand dagesessen, der einem Schock glich. Die Enthüllungen waren auch für ihn überraschend gekommen, da Beecher die Beamten in der Kolonie nicht ins Vertrauen gezogen hatte. Aber Kruger hatte kein ganz reines Gewissen. In seinen eigenen Akten gab es genügend Hinweise darauf, daß Willis' Meldung stimmte, und die Umsiedlungsaktion erforderte eine Reihe genauer Anweisungen aus dem Hauptbüro. Wenn Kruger ehrlich zu sich selbst war, mußte er sich gestehen, daß zumindest die Grundvoraussetzungen hätten erfüllt sein müssen, wenn die Umsiedlung, wie es amtlicherseits hieß, in knapp zwei Wochen beginnen sollte. Doch Andrews' Einwand war ein Strohhalm, an den er sich klammern konnte. Kruger erhob sich und sagte: »Ich freue mich, daß wenigstens einer den Schwindel durchschaut. Wie lange hat es denn gedauert, Marlowe, bis Sie Ihrem Willis diese Rede eingetrichtert hatten?«

Kelly sagte: »Soll ich ihm eins aufs Maul geben, Chef?«

»Nein. Damit müssen wir uns auseinandersetzen. Ich glaube, es läuft darauf hinaus, ob man meinem Jungen und seinem Freund glaubt oder nicht. Wünscht jemand irgendwelche Fragen an sie zu richten?«

Ein langer, hagerer Mann im Hintergrund erhob sich umständlich von seinem Platz. »Ich kann Klarheit schaffen.«

»Ach? Sehr schön, Mr. Toland. Sie haben das Wort.«

»Dazu brauche ich allerdings ein paar Gerätschaften. Es dauert einen Augenblick.« Toland war ein Elektroingenieur und ein gründlicher Techniker.

»Oh ... ich glaube, ich weiß, worauf Sie hinauswollen. Ein Band mit Beechers Stimme, damit wir vergleichen können.«

»Genau das. Es ist alles da. Kruger hat jede Rede Beechers auf Band aufnehmen lassen.«

Freiwillige meldeten sich, um Toland behilflich zu

sein. Marlowe schlug eine kurze Unterbrechung der Sitzung vor. Sogleich erhob sich Mrs. Pottle. »Mr. Marlowe!«

»Ja, Mrs. Pottle? – Ruhe. Ich bitte um Ruhe!«

»Was mich betrifft, so bleibe ich keine Minute länger und höre mir diesen Unsinn an! Derart unerhörte Anschuldigungen gegen unseren lieben Mr. Beecher zu erheben! Ganz davon zu schweigen, wie dieser schreckliche Mensch, dieser Kelly, mit Mr. Kruger umgeht, ohne daß Sie es für nötig befinden, ihm Einhalt zu gebieten! Und um auf dieses Vieh zu kommen . . .« Sie zeigte auf Willis. »Es ist völlig unverläßlich, wie ich genau weiß.« Sie machte eine Pause, schnaubte und sagte dann zu ihrem Mann: »Komm, Pottle, wir gehen.«

»Halte sie zurück, Kelly«, sagte Mr. Marlowe ruhig. »Ich hatte gehofft, niemand würde den Saal verlassen, ehe wir eine Entscheidung getroffen haben. Wenn die Kolonie Gegenmaßnahmen beschließen sollte, so könnte es nur von Vorteil für uns sein, wenn wir überraschend handeln. Ermächtigt mich die Versammlung, Vorsorge zu treffen, daß kein Schlitten die Kolonie verläßt, ehe wir nicht einen Beschluß gefaßt haben?«

Nur Mrs. Pottle stimmte mit nein.

»Suchen Sie sich noch ein paar Männer aus, Mr. Kelly«, befahl Marlowe, »und führen Sie den Beschluß der Versammlung durch.«

»Geht in Ordnung, Chef.«

»Sie können jetzt gehen, Mrs. Pottle. Sie nicht, Mr. Kruger.«

Mr. Pottle zögerte verwirrt und trottete dann hinter seiner Frau her.

Toland kam zurück und baute sein Gerät auf dem

Podium auf. Mit Jims Hilfe wurde Willis dazu gebracht, die mitgehörte Unterhaltung auf ein Band zu sprechen. Schon bald hob Toland die Hand. »Das genügt. Ich will jetzt nur ein paar immer wiederkehrende Worte aussuchen.« Er wählte die Begriffe ›Kolonie‹, ›Gesellschaft‹, ›Abend‹ und ›Eingeborene‹, weil sie auf beiden Bändern vorkamen. Er nahm eine sorgfältige Prüfung der zwei Bänder vor. Endlich richtete er sich auf.

»Es ist Beechers Stimme«, verkündete Toland ohne Umschweife.

Jims Vater mußte wiederum energisch um Ruhe bitten. Als der Lärm sich gelegt hatte, sagte er: »Sehr schön. Und was soll jetzt geschehen?«

Jemand schrie: »Lyncht Beecher!«

Der Vorsitzende bat, sich nach Möglichkeit auf praktische Vorschläge zu beschränken.

Jemand anders rief: »Was hat denn Kruger dazu zu sagen?«

Marlowe wandte sich an Kruger. »Sie fungieren hier als Vertreter der Gesellschaft, Mr. Kruger. Was haben Sie dazu zu bemerken?«

Kruger leckte sich die Lippen. »Es glaubt doch hoffentlich niemand, daß dieses Vieh ...«

»Zur Sache!«

Kruger ließ seine Blicke umherschweifen; für einen Menschen seiner Veranlagung war es unmöglich, eindeutig Stellung zu nehmen. »Was geht mich das Ganze an?« sagte er schließlich wütend. »Ich stehe sowieso kurz vor meiner Versetzung.«

MacRae stand auf. »Mr. Kruger, Sie sind für unser Wohlergehen verantwortlich. Wollen Sie etwa sagen, daß Sie nicht für unsere Rechte eintreten werden?«

»Ich bin Angestellter der Gesellschaft, Doktor.

Wenn das die Politik der Gesellschaft ist – was ich nicht zugebe –, so können Sie nicht von mir erwarten, daß ich mich dagegen auflehne.«

»Auch ich arbeite für die Gesellschaft«, knurrte der Doktor, »aber ich habe mich ihr nicht mit Leib und Seele verkauft.« Er ließ seine Blicke über die Menge schweifen. »Was meint ihr, Leute? Sollen wir ihm die Ohren langziehen und ihn an die Luft setzen?«

Marlowe mußte zur Ordnung rufen. »Setzen Sie sich, Doktor. Wir haben keine Zeit, uns mit Nebensächlichkeiten aufzuhalten.«

»Herr Vorsitzender ...«

»Ja, Mrs. Palmer?«

»Was sollten wir denn Ihrer Meinung nach tun?«

»Es wäre mir lieber, wenn Vorschläge dazu von den Versammlungsteilnehmern selbst kämen.«

»Ach, Unsinn. Sie wissen schon länger über die ganze Geschichte Bescheid als wir und müssen sich eine Meinung gebildet haben. Reden Sie!«

Marlowe sah, daß Mrs. Palmer einem allgemeinen Verlangen Ausdruck verlieh.

»Schön, ich werde für mich selbst und für Mr. Sutton sprechen. Laut Vertrag sind wir umsiedlungsberechtigt, und die Gesellschaft ist verpflichtet, uns ziehen zu lassen. Machen wir also Gebrauch von unserem Recht, und zwar sofort.«

»Ich stimme dafür!«

»Ich ebenfalls.«

»Zur Geschäftsordnung!«

»Wird eine Diskussion gewünscht?«

»Augenblick, Herr Vorsitzender ...« Der Sprecher war ein Mann namens Humphrey Gibbs, ein kleines, pedantisches Individuum. »Wir gehen etwas übereilt vor und, wenn ich so sagen darf, nicht in der richtigen

Reihenfolge. Noch haben wir nicht alle Hilfsmittel erschöpft. Wir sollten uns mit Mr. Beecher in Verbindung setzen. Vielleicht bestehen gute Gründe für diesen Wechsel in der Politik . . .«

»Wie würden dir hundert Grad unter null gefallen?«

»Herr Vorsitzender, ich muß wirklich um ordnungsgemäßes Vorgehen bitten.«

»Laßt ihn ausreden«, befahl Marlowe.

»Wie ich bereits sagte, es bestehen vielleicht gute Gründe, aber die verantwortlichen Personen der Gesellschaft auf der Erde haben womöglich keine rechte Vorstellung von den hiesigen Verhältnissen. Wenn Mr. Beecher uns keine Unterstützung leihen kann, sollten wir uns mit der Direktion in Verbindung setzen und unseren Fall dort vortragen. Schlimmstenfalls können wir uns auf unseren Vertrag berufen und Klage erheben.« Er setzte sich.

Wieder stand MacRae auf. »Hat jemand etwas dagegen, daß ich ein paar Worte vorbringe? Nur der Ordnung halber.« Als niemand etwas einwendete, fuhr er fort: »Habt ihr das gehört? Prozessieren will dieser Dreikäsehoch! Bis der Bursche ›seine Mittel erschöpft‹ hat, sind wir alle erfroren, und was von uns übrigbleibt, ist ein Vermerk auf dem Kalender irgendeines Richters oder Rechtsanwalts. Wenn man einen Vertrag durchsetzen will, muß man die Dinge selbst in die Hand nehmen.

Ihr alle wißt, was hinter dieser Geschichte steckt. Es fing damit an, daß die Gesellschaft in der vergangenen Saison die Gebühren für die Beförderung von Haushaltsartikeln heraufsetzte. Ich habe damals schon gewarnt – aber die Direktion war hundert Millionen Meilen entfernt, und ihr habt lieber bezahlt, als gekämpft. Die Gesellschaft scheut die Kosten, die unsere Umsiedlung verursacht, aber noch wichtiger ist, daß man auf schnellstem Wege mehr Einwanderer hereinschleusen will, als wir aufnehmen können. Die Gesellschaft glaubt, sie könnte sich die Sache sehr billig machen, indem sie in Nord- und Süd-Kolonie hineinstopft, was hineingeht; auf diese Art und Weise braucht man keine neuen Gebäude zu errichten. Wie unser Freund Gibbs bereits sagte: Sie haben keine Ahnung von hiesigen Verhältnissen und wissen nicht, daß im Winter keine produktive Arbeit möglich ist.

Die Frage ist nicht, ob wir einen Polarwinter überstehen können; es ist auch keine bloße Vertragsangelegenheit – nein, es handelt sich darum, ob wir freie Männer bleiben oder stillschweigend dulden wollen, daß Entscheidungen über unser Schicksal auf einem anderen Planeten getroffen werden, von Männern, die nie in ihrem Leben auf dem Mars gewesen sind!

Augenblick noch – ich bin gleich fertig! Wir sind die Vorhut. Sobald das Atmosphäre-Projekt beendet ist, werden Millionen anderer Menschen nachfolgen. Sollen auch diese Menschen von einem anderen Planeten aus regiert werden? Soll der Mars denn für immer eine Erdenkolonie bleiben? Jetzt muß die Entscheidung darüber fallen!«

Nach anfänglichem betroffenem Schweigen ertönte vereinzelt Beifall. Marlowe sagte: »Sollen wir die Diskussion fortsetzen?«

Mr. Sutton erhob sich. »Doc hat den Kernpunkt getroffen. Ich bin noch nie für Grundherren gewesen, die man niemals zu Gesicht bekommt.«

Kelly rief: »Goldrichtig, Pat!«

Jims Vater sagte: »Das gehört nicht zur Tagesordnung. Die Frage ist: Sollen wir umsiedeln, und zwar auf der Stelle? Kommen wir zur Abstimmung.«

Der Antrag wurde einstimmig angenommen. Es gab Stimmenthaltungen, aber niemand stimmte dagegen. Nachdem diese Entscheidung gefallen war, wurde ein Komitee gewählt und mit allen Vollmachten ausgestattet, die nur durch Mehrheitsbeschluß sämtlicher Kolonisten rückgängig gemacht werden konnten.

James Marlowe senior wurde zum Vorsitzenden gewählt. Dr. MacRae, der ebenfalls vorgeschlagen wurde, lehnte ab. Mr. Marlowe rächte sich, indem er ihn in das Komitee steckte.

Vom jüngsten Säugling bis zum alten Doc MacRae hatte Süd-Kolonie zu jenem Zeitpunkt fünfhundertundneun Einwohner. Elf Schlitten waren verfügbar; wenn man jedem einzelnen nur ein paar Pfund Handgepäck gestattete und auf Bequemlichkeit keine Rücksicht nahm, reichte der Transportraum gerade zur Beförderung der gesamten Bevölkerung. Planmäßig ging die Umsiedlung gewöhnlich in zwei oder drei Etappen mit Sonderfahrzeugen aus Syrtis Minor vonstatten.

Jims Vater beschloß, die gesamte Einwohnerschaft auf einmal in Marsch zu setzen, wobei fast alle persönliche Habe zurückbleiben mußte, die später abgeholt werden sollte, falls die Umstände es erlaubten. Der Unwille darüber war groß, doch Mr. Marlowe beharrte auf seinem Entschluß. Das Komitee stellte sich hinter ihn, und niemand versuchte eine Versammlung einzuberufen. Den Aufbruch setzte Marlowe auf Montag bei Sonnenaufgang fest.

Kruger durfte weiterhin im Amt bleiben; Marlowe zog es vor, die ganze Sache von sich aus zu organisieren. Kelly, der eine Art *de-facto*-Polizeichef blieb, bekam Anweisung, Kruger unter ständiger Beobachtung zu halten. Am Sonntagnachmittag rief Kelly bei Marlowe an. »He, Chef, wissen Sie schon? Eben sind zwei Beamte der Gesellschaft mit einem Schlitten hier eingetroffen, um Ihren und den Jungen von Suttons abzuholen.«

Marlowe überlegte. Wahrscheinlich hatte Kruger die Ankunft der Jungen sofort nach Syrtis Minor an Beecher gemeldet. »Wo sind sie denn jetzt?«

»Hier in Krugers Büro. Wir haben sie verhaftet.«

»Bring sie her. Ich möchte ein paar Fragen an sie richten.«

Schon nach kurzer Zeit waren die beiden – zwei mürrisch dreinschauende Männer – unter Bewachung Kellys und eines Assistenten zur Stelle.

»Ausgezeichnet, Mr. Kelly. Nein, nein, Sie können ruhig wieder gehen – ich bin bewaffnet.«

Als Kelly und sein Hilfspolizist gegangen waren, sagte einer der Beamten: »Das wird Sie teuer zu stehen kommen.«

»Bis jetzt ist euch nichts geschehen«, sagte Marlowe sachlich. »Ihr werdet eure Waffen wieder zurückbekommen. Ich will nur Antworten auf ein paar Fragen.«

Doch es war nichts aus ihnen herauszubekommen.

Das Videophon klingelte, und Kellys Gesicht erschien auf der Leuchtscheibe.

»Chef? Sie werden es kaum glauben ...«

»Was kaum glauben?«

»Kruger, dieser alte Fuchs, ist mit dem Schlitten durchgebrannt, in dem die beiden Vögel gekommen sind. Ich habe nicht einmal gewußt, daß er einen Schlitten fahren kann.«

Marlowes ruhiges Gesicht verriet nichts von seinen Empfindungen. Nach einer kurzen Pause erwiderte er: »Die Abfahrt findet bereits heute bei Sonnenuntergang statt. Laßt alles stehen und liegen und gebt das bekannt.« Er warf einen Blick auf eine Karte. »Das heißt, in zwei Stunden und zehn Minuten.«

Trotz lauten Gejammers und Geschreis fuhr der erste Schlitten pünktlich ab; die anderen folgten im Abstand von dreißig Sekunden. Als die Sonne unterging, setzte sich der letzte Schlitten in Bewegung, und die Kolonie befand sich auf dem Wege nach Norden.

10

»WIR SIND EINGESCHLOSSEN!«

Vier von den Fahrzeugen waren ältere Modelle, die nicht so schnell vorankamen. Sie fuhren voraus und gaben das Tempo an. Gegen Mitternacht fing der Motor des einen an zu stottern, und die gesamte Kolonne mußte langsamer fahren. Ein paar Stunden später fiel das Fahrzeug ganz aus. Man mußte haltmachen und die Passagiere auf die anderen Schlitten verteilen – ein kaltes und gefahrvolles Unternehmen.

MacRae und Marlowe kletterten zurück in den Befehlsschlitten, der die Nachhut bildete. Der Arzt warf einen Blick auf die Uhr. »Wie sieht es aus, machen wir halt in Hesperidum?« fragte er, als das Fahrzeug sich in Bewegung setzte. Am Cynia-Haltepunkt war man ohne Aufenthalt vorübergefahren; Hesperidum war nur eine kurze Strecke entfernt, und von dort waren es noch ungefähr siebenhundert Meilen bis Syrtis Minor.

Marlowe runzelte die Stirn. »Ich möchte eigentlich nicht. Wenn wir in Hesperidum Station machen, müssen wir bis Sonnenuntergang auf das Einsetzen des Frostes warten und verlieren einen vollen Tag. Und da Kruger uns voraus ist, gewinnt auch Beecher Zeit und kann in aller Ruhe seine Maßnahmen treffen. Wenn ich nur wüßte, ob das Eis auch tagsüber trägt, würde ich durchfahren ...« Er hielt inne und biß sich auf die Lippe.

In Süd-Kolonie hatte der Winter bereits begonnen, und das Eis würde bis zum Frühjahr halten, aber hier befand man sich schon in der Nähe des Äquators; der

Kanal gefror zwar jede Nacht, taute tagsüber unter den extremen Temperaturschwankungen, die durch die dünne Marsluft verursacht wurden, jedoch wieder auf. Nördlich des Äquators – in der Richtung, in die sie fuhren –, hatte die Frühlingsschmelze des Polareises schon eingesetzt; der Wasserspiegel der Kanäle stieg und brach das Eis auf, und eine dichte Wolkendecke strahlte etwas von der Tageswärme aus.

»Angenommen, wir fahren durch – hast du dir schon einen Plan zurechtgelegt?« fragte MacRae hartnäckig.

»Wir müssen versuchen, die Bootsanlegestelle in unseren Besitz zu bringen, die Schlitten stehenzulassen und zu beladen, was wir an Booten vorfinden. Sobald das Eis aufgebrochen genug ist, so daß die Boote durchkommen, müssen wir sie nach Norden in Fahrt setzen. Ich möchte mindestens hundertfünfzig von unseren Leute aus Syrtis Minor heraushaben, ehe Beecher sich von seiner Überraschung erholt. Ich habe weiter keinen festen Aktionsplan und möchte im Grunde nur durch rasches Handeln verhindern, daß Beecher irgendeinen Plan fassen kann. Ich will ihn vor vollendete Tatsachen stellen.«

MacRae nickte. »Frechheit siegt. Richtig. Weiter.«

»Wenn ich nur wüßte, ob das Eis hält! Wenn ein Schlitten einbricht und es gibt Tote, habe ich die Schuld.«

»Deine Fahrer sind bestimmt klug genug, die Kolonne bei Tage zu staffeln. Jamie, ich weiß schon lange, daß man im Leben so manches riskieren muß, wenn man etwas mehr sein will als bloß Grünzeug für den Suppentopf.« Er machte eine Pause und blickte an dem Fahrer vorbei hinaus. »Ich sehe Licht vor uns. Das müßte Hesperidum sein. Entschließ dich, Jamie.«

Marlowe gab keine Antwort. Nach einer Weile lag das Licht hinter ihnen.

Als die Sonne aufging, ließ Marlowe den Fahrer Gas geben; sie überholten die Kolonne und setzten sich an die Spitze. Es war gegen neun, als sie ohne anzuhalten an der Syrtis-Minor-Schlittenstation vorüberbrausten. Sie fuhren am Flugplatz vorbei zu der Bootsanlegestelle, die das Ende des Kanals aus dem Norden bildete. Marlowes Fahrer steuerte das Fahrzeug auf die Rampe und parkte; die übrigen reihten sich an.

Dem Befehlsschlitten entstiegen Marlowe, Kelly und MacRae, gefolgt von Jim, der Willis auf dem Arm hatte. Auch aus den anderen Schlitten drängten die Leute ins Freie. »Sag ihnen, daß sie sofort wieder ihre Plätze einnehmen sollen, Kelly!« befahl Marlowe kurz. Als Jim das hörte, verkroch er sich hinter seinem Vater und versuchte, so wenig Aufmerksamkeit wie möglich zu erregen.

Marlowe starrte wütend auf das Anlegebecken. Nicht ein einziges Boot lag darin. Auf der anderen Seite ruhte ein einziger kleiner Kutter mit abmontiertem Motor in einem Trockendock. Schließlich wandte Marlowe sich zu MacRae um. »Hier ist guter Rat teuer, Doc.«

»Du bist nicht schlimmer dran, als wenn du in Hesperidum gehalten hättest.«

»Und nicht besser.«

Ein Mann kam aus einem der Lagerhäuser, die das Becken umstanden, und näherte sich ihnen.

»Was baut sich denn hier auf?« fragte er mit einem Blick auf die Schlitten. »Ein Zirkus?«

»Die jährliche Umsiedlung.«

»Hab' mich längst schon gefragt, wann ihr durchkommt. War kein Wort darüber zu erfahren.«

»Wo sind denn all die Boote?«

»Sind noch nicht zusammengezogen worden und liegen da und dort verstreut, hauptsächlich in den Arbeiterlagern, nehme ich an. Nicht meine Sache. Am besten, ihr setzt euch mit dem Verkehrsbüro in Verbindung.«

Wieder legte Marlowe die Stirn in Falten. »Können Sie mir wenigstens sagen, wo die behelfsmäßigen Unterkünfte sind?«

Um für die durchziehenden Kolonisten zu sorgen, wurde zu jeder Umsiedlungsperiode ein Lagerschuppen geräumt und in eine Wohnbaracke umgewandelt; die Gesellschaft selbst verfügte nur über ein einziges Hotel, Marsapolis, das lediglich zwanzig Betten hatte.

»Jetzt, da Sie es erwähnen, fällt mir erst auf, daß überhaupt keine Vorbereitungen getroffen worden sind«, sagte der Mann. »Scheint so, als ob die ganze Sache irgendwie faul wäre.«

Marlowe stieß einen Fluch aus und ärgerte sich, daß er die Frage überhaupt erst gestellt hatte. Beecher hatte natürlich keine Vorbereitungen getroffen, da die Umsiedlung ja gar nicht stattfinden sollte.

»Kann man hier irgendwo telefonieren?« fragte er.

»In meinem Büro – ich bin der Lagerverwalter.«

»Danke«, sagte Marlowe und machte sich auf den Weg. MacRae folgte ihm.

»Was hast du vor?« fragte der Doc.

»Ich werde Beecher anrufen.«

»Hältst du das für klug?«

»Verdammt, ich muß dafür sorgen, daß die Leute aus den überfüllten Schlitten heraus können. Es sind Säuglinge darunter – und Frauen.«

»Sie sind gut aufgehoben.«

»Sieh mal her, Doc. Jetzt, da wir hier sind, muß Beecher doch *irgend etwas tun!*«

MacRae zuckte die Achseln. »Du bist der Koch.«

Marlowe mußte sich erst mit verschiedenen Dienststellen auseinandersetzen, ehe er Beecher auf den Bildschirm bekam. Der Generalbevollmächtigte tat so, als würde er ihn nicht kennen.

»Ja? Was gibt es denn so Dringendes?«

»Mein Name ist Marlowe. Ich bin Vorsitzender des Exekutivkomitees der Kolonisten aus Süd-Kolonie. Ich möchte wissen ...«

»Ach ja, richtig! Der berühmte Mr. Marlowe! Wir haben Ihre angeschlagene Armee durchmarschieren sehen.« Beecher wandte sich ab und sprach mit jemandem. Krugers Stimme antwortete.

»Und was soll jetzt geschehen? Was werden Sie tun?«

»Tun? Das ist doch wohl klar, Marlowe. Sobald es heute nacht friert, fahrt ihr allesamt dorthin zurück, wo ihr hergekommen seid. Alle, außer Ihnen – Sie bleiben hier und verantworten sich. Und Ihr Sohn ebenfalls, wenn ich mich recht erinnere.«

Marlowe beherrschte sich. »Das meine ich nicht. Ich brauche Unterkunft für fünfhundert Personen – eine Unterkunft mit Koch- und Waschgelegenheiten.«

Beecher schob das Problem beiseite. »Lassen Sie die Leute ruhig, wo sie sind. Ein Tag kann ihnen nichts schaden. Es wird ihnen eine Lehre sein.«

Marlowe wollte zuerst etwas darauf erwidern, besann sich jedoch und schaltete ab. »Du hattest recht, Doc. Es hatte keinen Zweck, mit ihm zu reden.«

»Na, geschadet hat's auch nicht.«

Sie gingen wieder hinaus und sahen, daß Kelly eine Postenkette um die Schlitten aufgestellt hatte. »Als ihr fort wart, Chef, wurde ich unruhig und habe zur Sicherung ein paar Posten aufgestellt.«

»Sie sind ein besserer General als ich«, sagte Marlowe. »Irgendwas Besonderes?«

»Einer von Beechers Polizisten zeigte sich, verschwand aber wieder.«

»Warum habt ihr euch den Burschen nicht gegriffen?« fragte MacRae.

»Das wollte ich zuerst«, erwiderte Kelly. »Aber als ich ihn anrief, rannte er davon. Ich hätte ihn niederschießen müssen, um ihn zum Stehen zu bewegen.«

»Sie hätten ihn kampfunfähig machen sollen«, sagte MacRae.

»Was ist denn eigentlich los?« wandte sich Kelly an Marlowe. »Ich war verdammt in Versuchung, abzudrücken, wußte aber nicht, ob es ratsam wäre. Befinden wir uns im Kriegszustand mit der Gesellschaft, oder haben wir nur irgendwelche Differenzen mit ihr?«

»Sie haben ganz richtig gehandelt«, versicherte Marlowe ihm. »Geschossen wird nur, wenn Beecher die erste Kugel abfeuert.« MacRae schnaubte. Marlowe drehte sich zu ihm um. »Bist du nicht einverstanden, Doc?«

»Jamie, du erinnerst mich an einen Fall, den ich im amerikanischen Westen erlebt habe. Ein geachteter Bürger streckte einen berufsmäßigen Revolverhelden mit einem Schuß in den Rücken nieder. Als man ihn fragte, warum er dem anderen überhaupt keine Chance gegeben habe, erwiderte er: ›Nun, er ist tot, und ich lebe, und so wollte ich es haben.‹ Wenn du dich einem ausgesprochenen Lumpen gegenüber sportlich benimmst, Jamie, gerätst du furchtbar in Nachteil.«

»Zum Geschichtenerzählen ist jetzt keine Zeit, Doc. Ich muß meine Leute so schnell wie möglich unter Dach und Fach bringen.«

»Meine Rede«, sagte MacRae. »Aber das müssen wir anders anpacken.«

»Wie denn?«

»Nimm deine besten Schützen, stell einen Stoßtrupp zusammen und laß Beecher und die leitenden Persönlichkeiten der Gesellschaft verhaften. Ich melde mich freiwillig als Anführer.«

Marlowe machte eine abwehrende Handbewegung. »Kommt nicht in Frage. Vorläufig sind wir noch eine Gruppe von Bürgern, die ihren rechtmäßigen Geschäften nachgeht. Ein solcher Schritt, und wir gelten als Verbrecher.«

MacRae schüttelte den Kopf. »Du willst die logischen Folgen dessen, was du bereits getan hast, noch immer nicht erkennen. Du weißt zwar, daß Wasser bergab fließt, meinst aber, es käme nie unten an. In Beechers Augen bist du bereits jetzt ein Verbrecher. Wir alle sind für ihn Verbrecher.«

»Unsinn, wir setzen nur durch, was uns vertraglich zusteht. Wenn Beecher vernünftig ist, werden auch wir vernünftig sein.«

»Ich sage dir, Junge – bei einer Nessel muß man fest zupacken.«

»Dr. MacRae, wenn du so genau weißt, wie man vorgehen muß, warum hast du dann das Kommando abgelehnt?«

MacRae wurde rot. »Ich bitte um Entschuldigung. Wie lauten deine Befehle?«

»Du kennst Syrtis besser als ich. Wo gibt es ein Gebäude, das für unsere Zwecke geeignet ist und das wir beschlagnahmen können?«

Für Jim schien dies der passende Augenblick zu sein, aus dem Hintergrund hervorzutreten.

»Dad«, sagte er und trat vor seinen Vater hin, »ich weiß, wo wir sind, und die Akademie liegt ...«

»Jim, ich habe jetzt keine Zeit zu schwatzen. Mach, daß du in den Schlitten kommst.«

»Aber Dad, es ist nur ungefähr zehn Minuten von hier.«

»Ich glaube, das ist ein ganz brauchbarer Vorschlag«, warf der Arzt dazwischen. »In der Akademie gibt es bestimmt richtige Betten für die Kinder – und auch eine Küche.«

»Hm ... also schön. Wie wär's, wenn wir beide Hochschulen nähmen und die Frauen und kleineren Kinder in der Mädchenakademie unterbrächten?«

»Jamie«, riet der Doktor, »selbst auf die Gefahr hin, mir wieder einen Anpfiff einzuhandeln – ich sage trotzdem nein. Zersplittere deine Kräfte nicht.«

»Das wollte ich auch nicht. Kelly!«

»Zu Befehl.«

»Lassen Sie alles aussteigen und ernennen Sie je einen Mann, der dafür verantwortlich ist, daß die einzelnen Gruppen zusammenbleiben. Wir wechseln den Standort.«

»Jawohl.«

In der Erdniederlassung von Syrtis Minor gibt es kaum Fußgängerverkehr, wenigstens auf den Straßen nicht; wer zu Fuß gehen muß, benutzt die Tunnels. Die wenigen Leute, denen man begegnete, schienen überrascht zu sein, aber niemand belästigte sie.

In die Luftschleuse am Eingang der Akademie gingen etwa zwanzig Personen auf einmal hinein. Als die zweite Ladung durchgeschleust war und die Außentür sich öffnete, trat Howe heraus. Trotz der Maske über seinem Gesicht konnte man sehen, wie wütend er war. »Was hat das denn zu bedeuten?« fragte er herrisch.

Willis warf einen einzigen Blick auf ihn – und rollte sich blitzartig auf der Stelle zusammen. Jim trat hinter seinen Vater. Marlowe ging auf Howe zu. »Es tut uns leid, aber wir müssen die Akademie als Notquartier benutzen.«

»Das können Sie nicht so ohne weiteres. Wer sind Sie überhaupt?«

»Mein Name ist Marlowe. Ich leite die Umsiedlungsaktion.«

»Aber ...« Howe drehte sich plötzlich um, bahnte sich einen Weg durch die Menge und ging ins Gebäude.

Fast dreißig Minuten später betraten Marlowe, MacRae, Kelly und die letzten Umsiedler die Akademie. Marlowe ließ Kelly an den Türen Posten aufstellen. MacRae hätte es lieber gesehen, hätte man das ganze Gebäude außen mit einer Postenkette umgeben, hielt jedoch den Mund.

Mr. Sutton wartete in der Eingangshalle auf Marlowe. »Ich soll dir von Mrs. Palmer ausrichten, daß das Essen in etwa zwanzig Minuten fertig ist.«

»Gut! Mir hängt der Magen schon bis zu den Kniekehlen.«

»Und die eigentliche Köchin der Akademie schmollt und möchte mit dir reden.«

»Übernimm du das. Wo ist Howe?«

»Weiß ich nicht. Er kam wie ein Wirbelwind hier durchgefegt.«

Ein Mann drängte sich nach vorn – die Halle war gestopft voll, nicht nur mit Kolonisten, sondern auch mit Studenten. Eltern feierten Wiedersehen mit ihren

Kindern. Kelly klopfte einem seiner Sprößlinge auf den Rücken und wurde tüchtig wiedergeklopft. Das Stimmengewirr war beinahe ohrenbetäubend. Der Mann, der sich nach vorn gedrängt hatte, beugte sich dicht an Marlowes Ohr heran und sagte leise: »Mr. Howe ist in seinem Büro. Er hat sich eingeschlossen. Ich habe gerade versucht, mit ihm zu sprechen.«

»Von mir aus kann er dort bleiben«, entschied Marlowe. »Wer sind Sie?«

»Jan van der Linden. Ich lehre Naturwissenschaften an der hiesigen Akademie. Und wer sind Sie, wenn ich fragen darf?«

»Ich heiße Marlowe. Zur Zeit bin ich mit der Oberaufsicht über dieses Irrenhaus betraut. Sagen Sie, könnten Sie nicht sämtliche Jungens zusammenrufen, die außerhalb wohnen? Wir müssen uns für mindestens einen Tag hier einrichten, und da wäre es vielleicht besser, wenn man die einheimischen Jungs und auch die Lehrer solange nach Hause schickt.«

Der Professor zögerte unschlüssig. »Mr. Howe würde es bestimmt nicht gern sehen, wenn ich so etwas ohne seine Einwilligung veranlassen würde.«

»*Ich* werde es auf alle Fälle veranlassen, aber Sie könnten die Dinge beschleunigen. Ich übernehme die volle Verantwortung.«

Jim erblickte seine Mutter in dem Gedränge und wartete das Ergebnis der Verhandlung gar nicht erst ab. Sie lehnte gegen eine Wand, hatte Oliver auf dem Arm und sah sehr müde aus. Phyllis stand dicht neben ihr. Jim schlängelte sich bis zu ihnen durch.

»Was gibt's denn, Jimmy?«

»Komm mit.«

»Ach, Jimmy – ich bin zu müde, um auch nur einen Schritt zu gehen.«

»Kommt nur! Ich weiß ein Plätzchen, wo du dich hinlegen kannst.«

Ein paar Minuten später hatte er die drei in dem Zimmer untergebracht, das er zusammen mit Frank bewohnt hatte. Seine Mutter sank auf das Bett. »Jimmy, du bist ein Engel!«

»Ruh dich nur schön aus. Phyl kann dir etwas zu essen bringen. Ich gehe und halte mal ein bißchen Umschau.« Er wollte das Zimmer gerade verlassen, zögerte aber plötzlich. »Phyl – würdest du mir Willis für eine Weile abnehmen und auf ihn aufpassen?«

»Warum? Ich möchte auch sehen, was draußen vor sich geht.«

»Du bist ein Mädchen und hast draußen nichts zu suchen.«

»Diese Tonart liebe ich gerade! Als ob ich nicht genauso ...«

»Ruhe, Kinder. Jimmy, wir werden auf Willis aufpassen. Sag deinem Vater, wo wir sind.«

Jim führte seinen Auftrag aus und war einer der letzten in der Schlange der Essenfasser. Er stellte sich noch einmal an, um eine zweite Portion zu ergattern. Als er endlich fertig war, entdeckte er, daß sich die meisten Kolonisten mittlerweile im Auditorium versammelt hatten. Er ging hinein, bemerkte Frank und Dr. MacRae und drängte sich bis zu ihnen durch.

Sein Vater schlug mit dem Griff seiner Pistole auf den Tisch, um sich Ruhe zu verschaffen. »Mr. Linthicum hat das Wort.«

Der Sprecher war ein etwa dreißigjähriger Mann mit einer aufreizend aggressiven Redeweise. »Ich sage, Dr. MacRae hat recht! Wir sollten Ernst machen. Wir brauchen Boote, um nach Copais zu kommen. Stimmt's? Beecher stellt uns bestimmt keine. Stimmt's? Aber was hat Beecher schon aufzuweisen außer ein paar lausigen Polizisten? Stimmt's? Selbst wenn er die gesamte männliche Einwohnerschaft von Syrtis unter Waffen stellt, kommt er höchstens auf hundertfünfzig Mann. Stimmt's? Wir sind doppelt so stark. Außerdem werden sich längst nicht alle hiesigen Angestellten von Beecher gegen uns aufhetzen lassen. Was machen wir also? Wir schnappen ihn uns und zwingen ihn, gerecht mit uns zu verfahren. Stimmt's?« Triumphierend setzte er sich.

MacRae murmelte: »Gott bewahre mich vor diesen meinen Freunden!«

Es kamen mehrere weitere Wortmeldungen. Marlowe sagte: »Mr. Gibbs hat das Wort.«

»Herr Vorsitzender ... Nachbarn ... ich habe selten eine unüberlegtere Rede und etwas derart Provokatorisches gehört. Sie, Mr. Marlowe, haben uns zu diesem unverantwortlichen Schritt überredet, ein Projekt, gegen das ich mich von Anfang an ablehnend verhalten habe ...«

»Und trotzdem bist du mitgekommen!« rief jemand dazwischen.

»Ruhe!« brüllte Marlowe. »Kommen Sie zur Sache, Mr. Gibbs.«

»... aber in das ich lieber einwilligte, als daß ich mich gegen den Mehrheitsbeschluß aufgelehnt hätte. Und jetzt wollen einige Hitzköpfe unsere Lage noch dadurch verschlimmern, indem sie zu Gewalttätigkeiten aufrufen. Nein, wir sollten ein Gesuch an die Regierung richten, damit man unseren Beschwerden abhilft.«

»Wenn Sie damit meinen, daß wir Beecher bitten sollten, für Transportmöglichkeiten nach Copais zu sorgen – das ist bereits geschehen.«

Gibbs lächelte schwach. »Ich bitte vielmals um Entschuldigung, Mr. Marlowe – aber mitunter kommt es sehr darauf an, von wem ein solches Gesuch ausgeht. Soviel mir bekannt ist, haben wir Mr. Howe unter uns, den Direktor der Akademie, der zugleich eine einflußreiche Persönlichkeit ist. Wäre es da nicht ratsam, seine Hilfe in Anspruch zu nehmen?«

Mr. Sutton rief: »Howe ist der letzte, den ich für mich sprechen lassen würde!«

»Richte deine Worte an den Vorsitzenden, Pat«, warnte Marlowe. »Du hast mir zwar aus der Seele gesprochen, doch wenn die Mehrheit darauf besteht, füge ich mich natürlich. Aber ...« fuhr er an die Versammlung gewandt fort, »ist Howe eigentlich noch hier? Ich habe ihn nirgends gesehen.«

Kelly stand auf. »Er ist hier. Er hat sich in seinem Büro verkrochen. Ich habe ihm durch den Ventilator gesagt, daß er eine ordentliche Tracht Prügel beziehen könnte, wenn er den Mut hätte, herauszukommen und mir wie ein Mann gegenüberzutreten.«

Mr. Gibbs machte ein entrüstetes Gesicht. »Also, ich muß schon sagen!«

»Es ist eine ganz persönliche Angelegenheit, die mit meinem Jungen zu tun hat«, erklärte Kelly.

Marlowe schlug auf den Tisch. »Ich kann mir vorstellen, daß Mr. Kelly auf sein Vorrecht verzichtet, falls gewünscht wird, daß Howe den Sprecher macht. Bringt jemand einen diesbezüglichen Antrag ein?« Der Antrag wurde von Gibbs gestellt, aber am Ende stimmten nur er selbst und die Pottles dafür.

Nach der Abstimmung sagte Jim: »Dad?«

»Richte deine Worte an den Vorsitzenden, Junge. Was ist denn?«

»Herr ... Herr Vorsitzender ... ich habe eine Idee.

Da wir keine Boote haben, könnten wir vielleicht ... auf demselben Weg nach Copais gelangen, auf dem Frank und ich zurück nach Charax gelangt sind ... das heißt, wenn die Eingeborenen uns helfen.« Er fügte hinzu: »Frank und ich könnten uns auf den Weg machen und Gekko aufstöbern und zusehen, was sich tun läßt.«

Für einen Augenblick herrschte Schweigen; dann setzte ein lebhaftes Gemurmel ein.

»Wovon redet er denn überhaupt?« fragte jemand.

Obwohl fast sämtliche Kolonisten die Geschichte der beiden Jungen schon irgendwann gehört hatten, glaubte doch niemand so recht daran. Der Bericht widersprach allen Erfahrungen, und die meisten Kolonisten bildeten sich auf ihren ›gesunden Menschenverstand‹ genausoviel ein wie ihre Verwandten auf Erden.

Mr. Marlowe legte die Stirn in Falten. »Wir wissen nicht, ob eine derartige Verbindung von hier nach Copais besteht ...«

»Ich möchte wetten, daß es eine gibt!«

»... und wir haben keine Anhaltspunkte dafür, daß die Eingeborenen uns die Benutzung gestatten würden.«

»Aber Dad, Frank und ich ...«

»Zur Geschäftsordnung, Herr Vorsitzender!« Es war wiederum Gibbs. »Unter welchen Voraussetzungen kommen Sie dazu, Kindern in einer Versammlung von Erwachsenen das Wort zu erteilen?«

Mr. Marlowe war für einen Augenblick um eine Antwort verlegen. Dr. MacRae erhob sich. »Ebenfalls zur Geschäftsordnung, Herr Vorsitzender. Seit wann hat dieser Windbeutel ...« Er deutete auf Gibbs.

»Ich muß Sie zur Ordnung rufen, Doktor!«

»Verzeihung. Ich meine, seit wann hat Mr. Gibbs, dieser Inbegriff männlicher Tugend, die Vorstellung, daß Frank und Jim und die übrigen waffentragenden Burschen ihres Alters keine vollwertigen Bürger wären? Ich muß vielleicht noch hinzufügen, daß ich bereits ein erwachsener Mann war, als diese Gibbsfigur noch den Ring vom Nachttopf auf dem Hint ...«

»Ich muß Sie erneut zur Ordnung rufen!«

»Entschuldigung. Ich meine, noch ehe er überhaupt mitzählte. Wir leben hier in einer primitiven Gesellschaft, und wer alt genug ist, mitzukämpfen, ist ein Mann und muß als solcher behandelt werden – und dasselbe gilt auch für jedes Mädchen, das kochen und Kinder pflegen kann. Ob ihr es einsehen wollt oder nicht – ihr lebt in einer Zeitspanne, die es euch gebietet, um eure Rechte zu kämpfen. Selbst die Jüngsten unter uns sind dazu bereit, und da ist es nur recht und billig, daß sie entsprechend behandelt werden. In einer überalterten, aussterbenden Gesellschaft wie auf der Erde mögen fünfundzwanzig Jahre das richtige Alter zur Verleihung der Bürgerrechte sein, aber wir können uns nicht nach Sitten und Gebräuchen richten, die unseren hiesigen Bedürfnissen widersprechen.«

Mr. Marlowe schlug auf den Tisch. »Das gehört nicht zur Tagesordnung. Jim, du kannst später mit mir sprechen. Hat irgend jemand einen sofort durchführbaren Vorschlag zu machen? Wollen wir uns auf Verhandlungen einlassen, oder wollen wir Gewalt anwenden?«

Mr. Konski sagte: »Ich bin dafür, daß wir Gewalt anwenden, wenn es gar nicht mehr anders geht, aber vielleicht ist das nicht nötig. Wäre es nicht gut, Mr. Marlowe, wenn Sie noch einmal mit Beecher telefonieren würden? Weisen Sie nachdrücklich darauf hin, daß wir stark genug sind, unsere Forderungen nötigenfalls mit Gewalt durchzusetzen; vielleicht bringt ihn das zur Vernunft. Ich stelle einen Antrag in diesem Sinne.«

Der Antrag ging durch. Mr. Marlowe schlug vor, einen anderen Sprecher zu wählen, was abgelehnt wurde. Er verließ die Rednerbühne und begab sich zu der Telefonzelle, die erst aufgebrochen werden mußte, da Howe sie immer noch unter Verschluß gehalten hatte. Beecher machte einen außerordentlich selbstzufriedenen Eindruck. »Ah – da ist ja mein Freund Marlowe wieder. Sie wollen mir wahrscheinlich mitteilen, daß Sie aufgeben?«

Marlowe setzte ihm in aller Ruhe den Zweck seines Anrufs auseinander.

»Boote nach Copais?« Beecher lachte. »Schlitten zur Rückkehr nach Süd-Kolonie stehen mit Anbruch der Dämmerung zur Verfügung. Wer zu diesem Zeitpunkt zurückkehrt, soll straffrei ausgehen. Sie natürlich nicht.«

»Ich möchte Sie darauf aufmerksam machen, daß wir Ihnen rein zahlenmäßig überlegen sind, wie viele Leute Sie in Syrtis Minor auch zusammentrommeln. Wir sind fest entschlossen, den Vertrag durchzusetzen. Wenn Sie uns dazu zwingen, werden wir Gewalt anwenden.«

Beecher grinste höhnisch über den Fernsehapparat. »Drohungen schrecken mich nicht, Marlowe. Ergebt euch. Kommt heraus, einer nach dem anderen, unbewaffnet und mit hochgehobenen Händen.«

»Ist das Ihr letztes Wort?«

»Ja. Das heißt, noch eines. Ihr haltet Mr. Howe gefangen. Laßt ihn sofort frei, sonst hänge ich euch noch ein Verfahren wegen Menschenraubes an.«

»Howe? Howe ist kein Gefangener. Er kann gehen, wann er will.«

Beecher seufzte ungläubig. Marlowe antwortete: »Das ist eine Privatangelegenheit zwischen Howe und Kelly. Sie können Howe in seinem Büro anrufen und ihm das mitteilen.«

»Sie müssen ihm sicheres Geleit garantieren«, forderte Beecher.

Marlowe schüttelte den Kopf. »Ich werde mich keinesfalls in private Auseinandersetzungen einmischen. Howe ist völlig sicher, wo er ist. Was geht mich die ganze Geschichte an? Beecher, ich gebe Ihnen noch eine Chance, die Boote auf friedlichem Wege zu stellen.«

Beecher starrte ihn wortlos an und schaltete ab.

Kelly sagte: »Vielleicht hätten Sie mich den Wölfen zum Fraß vorwerfen sollen, Chef.«

Marlowe kratzte sich am Kinn. »Ich glaube nicht. Ich kann niemanden als Geisel festhalten – aber dieses Gebäude ist sicherer, solange Howe hier ist. Soviel ich weiß, gibt es weder Bomben noch schwere Waffen in Syrtis Minor – ich frage mich nur, was Beecher so zuversichtlich stimmt.«

»Er will uns bluffen.«

»Darüber bin ich mir eben nicht ganz klar.« Marlowe ging zurück und teilte den Kolonisten das Ergebnis seiner Unterhaltung mit.

Mrs. Pottle erhob sich. »Also, wir nehmen Mr. Beechers großzügiges Angebot natürlich auf der Stelle an! Und was den armen Mr. Howe angeht, so ist es eine Schande, ihn gefangenzuhalten. Ich hoffe, daß man Sie und diesen gräßlichen Mr. Kelly angemessen dafür bestrafen wird. Komm, Männe!« Wieder rauschte sie hinaus, gefolgt von Mr. Pottle.

Marlowe sagte: »Wer will sich sonst noch ergeben?«

Gibbs schaute sich unschlüssig um und ging schließlich hinter den Pottles her. Niemand sagt ein Wort, bis er hinaus war. Dann erklärte Toland: »Ich stelle den Antrag, daß wir zur Gegenoffensive übergehen.«

Es gab keine Debatte darüber, und der Antrag wurde angenommen. Toland schlug vor, Marlowe den Oberbefehl zu übertragen und ihn mit der Befugnis auszustatten, Offiziere zu ernennen. Auch dieser Antrag ging durch.

Im selben Augenblick kam Gibbs zurückgestolpert; er war kreideweiß im Gesicht, und seine Hände zitterten.

»Sie sind tot! Sie sind tot!« rief er.

Es war Marlowe unmöglich, die Ruhe wiederherzustellen. Er drängte sich in den Kreis von Leuten, der sich um Gibbs gebildet hatte. »Wer ist tot? Was ist geschehen?«

»Die Pottles. Auch mich hätte es beinahe erwischt.« Langsam beruhigte er sich und war imstande, zusammenhängend zu berichten; die drei hatten ihre Masken aufgesetzt und waren durch die Luftschleuse hinausgegangen. Mrs. Pottle war, ohne sich weiter umzuschauen, auf die Straße getreten, dicht gefolgt von ihrem Mann.

Kaum aus dem Eingang heraus, waren sie mit Lasergewehren niedergeschossen worden. Ihre Leichen lagen auf der Straße vor der Akademie.

»Ihre Schuld!« kreischte Gibbs, als er am Ende seines Berichts angelangt war. »Sie haben uns diese Suppe eingebrockt.«

»Moment mal«, sagte Marlowe. »Haben sie auch alle Bedingungen erfüllt, die Beecher gestellt hat? Die

Hände hochgehoben – einzeln hinausgegangen und so weiter? War Pottle bewaffnet?«

Gibbs schüttelte den Kopf und wandte sich ab. »Das ist nicht das Entscheidende«, sagte MacRae bitter. »Während wir hin und her diskutiert haben, hat Beecher uns eingeschlossen.«

11

BELAGERT

Das Ungeheuerliche war nur allzu wahr, wie eine Untersuchung ergab. Die Vorder- und Hinterausgänge wurden von Scharfschützen beherrscht – Beechers Polizei, wie anzunehmen war – die jeden, der das Gebäude verlassen wollte, aus sicherer Deckung mit ihren Todesstrahlen niederstrecken konnten. Die Luftschleusen an den Türen machten einen Ausfall von vornherein illusorisch.

Die Akademie lag ein Stück von den anderen Gebäuden der Niederlassung entfernt; es gab keine Tunnelverbindung dorthin. Außerdem besaß sie keine Fenster. Die Kolonie verfügte über hundert lizenzierte Waffenträger, und dennoch war man so gut wie machtlos.

MacRae setzte es mit seiner gewaltigen Stimme durch, daß die Beratungen wieder aufgenommen wurden. »Ehe wir fortfahren«, verkündete Marlowe, »möchte ich fragen, ob jemand sich ergeben will? Ich bin ziemlich sicher, daß die Pottles nur deshalb erschossen wurden, weil sie zu unvorsichtig waren. Wenn ihr euch durch Zurufe bemerkbar macht und mit einem weißen Fetzen winkt, wird man euch wahrscheinlich unbehelligt lassen.«

Er wartete ab. Einige Personen erhoben sich von ihren Plätzen und gingen unter dem eisigen Schweigen der Zurückbleibenden hinaus.

Als sie verschwunden waren, machte Marlowe sich daran, seine Kräfte zu organisieren. Mrs. Palmer wurde mit der Leitung sämtlicher wirtschaftlicher

Angelegenheiten betraut, Doc erhielt das Kommando über die aktive Truppe, Kelly hatte für Ruhe und Sicherheit im Inneren zu sorgen. Sutton und Toland bekamen den Auftrag, einen transportablen Schutzschild gegen Strahlenbeschuß zu konstruieren, damit man sich gegen das Feuer, das die Pottles niedergestreckt hatte, abschirmen konnte.

Jim verfolgte die Vorgänge mit dem größten Interesse, bis es – nach der Ernennung von Zugführern – klar wurde, daß sein Vater die Jugendlichen nicht in die kämpfende Truppe einzureihen beabsichtigte. Die Studenten wurden in zwei Züge eingeteilt und durften wegtreten. Sie sollten nur im größten Notfall herangezogen werden.

Jim schlich herum und versuchte, ein paar Worte mit seinem Vater zu sprechen. Endlich gelang es ihm, seine Aufmerksamkeit für einen Augenblick auf sich zu lenken. »Dad . . .«

»Laß mich jetzt in Ruhe, Jim.«

»Aber Dad, du wolltest doch wegen der Eingeborenen mit mir sprechen.«

»Die Eingeborenen? Oh . . .« Mr. Marlowe überlegte kurz und sagte: »Vergiß das, Jim. Erst müssen wir hier raus, alles andere ist nebensächlich. Kümmere dich lieber um deine Mutter.«

Leicht gekränkt, wandte Jim sich ab. Plötzlich tauchte Frank neben ihm auf. »Manchmal bist du gar nicht so dumm, wie du aussiehst, Jim«, sagte er.

Jim musterte ihn argwöhnisch. »Wenn das ein Kompliment sein soll – danke.«

»Kein Kompliment. Nur eine Feststellung. Ich bin selten genug mit dir einer Meinung, aber diesmal hast du wirklich eine gute Idee gehabt.«

»Halte keine lange Rede und komm zur Sache.«

»Na gut. Das mit den Eingeborenen hat Hand und Fuß.«

»Oh! Schönen Dank, aber ich weiß leider auch nicht, wie es zu bewerkstelligen wäre. Dad hat schon recht. Erst müssen wir hier raus, dann können wir weitersehen. Aber dann brauchen wir ihre Hilfe wahrscheinlich gar nicht mehr.«

»Nicht so hastig. Laß uns doch unsere Lage einmal analysieren, wie Doc es nennen würde. Dank deinem Vater sitzen wir hier fest.«

»Laß meinen Vater aus dem Spiel!«

»Ich mache ihm gar keine Vorwürfe. Dein Vater ist ein großartiger Kerl. Er hat sich nur viel zu anständig benommen – zu unserem Nachteil. Ich mache ihm keine Vorhaltungen, aber es ist nun mal so. Was sollen wir also machen? Meinst du, daß Toland und mein alter Herr mit dem Schutzschild, den sie konstruieren sollen, Erfolg haben werden?«

»Darüber habe ich mir überhaupt noch keine Gedanken gemacht.«

»Aber ich. Es kommt bestimmt nichts dabei heraus. Dad ist ein tüchtiger Fachmann. Wenn er Werkzeuge und Material hat, schustert er dir sonstwas zusammen. Aber womit soll er hier arbeiten? Ihm steht nur die Werkstatt der Akademie zur Verfügung, und du weißt ja, was für ein trauriger Laden das ist. Die Gesellschaft hat nie einen Penny für Maschinen und Werkzeug ausgegeben ... und dementsprechend sieht das Ganze aus. Und das Material? Woraus wollen sie einen solchen Schild herstellen? Aus Tischplatten etwa? Da könnten sie ebensogut Käse nehmen.«

»Irgend etwas Brauchbares wird sich schon finden.«

»Und was? Das möchte ich nun wirklich gern wissen!«

»Was sollen wir denn deiner Meinung nach tun?« sagte Jim gereizt. »Uns ergeben?«

»Keineswegs. Unsere Alten sitzen in der Klemme. Also müssen wir uns einschalten und deine Idee in die Tat umsetzen.«

»Hör auf damit. Ich habe keine Idee.«

»Okay, dann nehme ich sie für mich in Anspruch. Wir benachrichtigen Gekko, daß wir Hilfe brauchen. Er ist unser Wasserfreund und wird sein möglichstes tun.«

»Wie sollte Gekko denn helfen? Die Eingeborenen kämpfen nicht.«

»Das stimmt schon, aber wie heißt es so schön in der Mathematik? Was folgt daraus? Menschen kämpfen unter keinen Umständen gegen Marsbewohner. Beecher kann es sich einfach nicht leisten, die Eingeborenen vor den Kopf zu stoßen. Du weißt doch, wie schwierig es für die Gesellschaft war, überhaupt die Zustimmung der Eingeborenen zum Ansiedeln zu erhalten. Angenommen, zwanzig oder dreißig Eingeborene erschienen plötzlich hier vor der Tür – was tun Beechers Leute?«

»Wie bitte?«

»Sie stellen ihr Feuer ein, sofort, sage ich dir – und wir brechen aus. Das könnte Gekko für uns tun. Er könnte Beecher dazu bewegen, seine Leute zurückzuziehen.«

Jim überlegte. Die Sache hatte etwas für sich. Jedem Erdenmenschen, der den Mars betrat, wurde eingeschärft, die Eingeborenen unter keinen Umständen zu provozieren und vor allen Dingen, ihnen kein Leid zuzufügen. Seit die erste Siedlergeneration mit fürchterlichen Erfahrungen für diese Erkenntnis hatte zahlen müssen, galt dies als Grundsatz in allen Marskolonien. Jim konnte sich nicht vorstellen, daß Beecher gegen dieses Gesetz verstoßen würde – auch seiner Polizei würde er kaum eine derartige Anweisung geben. In normalen Zeiten bestand die Hauptaufgabe der Polizei gerade darin, darauf zu achten, daß dieses Gesetz befolgt wurde, besonders von Touristen von der Erde, denen man gar nicht erst gestattete, mit Eingeborenen in Berührung zu kommen.

»Die Sache hat nur einen Haken, Frank. Angenommen, Gekko und seine Freunde wären bereit dazu, wie sollen wir sie benachrichtigen? Wir können sie nicht einfach anrufen.«

»Natürlich nicht – hier mußt du einhaken. Du kannst ihm eine Nachricht übermitteln.«

»Wie?«

»Willis.«

»Du bist verrückt!«

»So? Angenommen, du würdest selbst hinausgehen – *fssst!* Und du bist erledigt. Aber angenommen, Willis geht hinaus? Wer soll ihn schon unter Feuer nehmen?«

»Das Ganze gefällt mir nicht. Willis könnte dabei zu Schaden kommen.«

»Wenn wir weiter hier herumsitzen, wirst du dir bald wünschen, er wäre tot, denn Beecher schickt ihn in den Londoner Zoo.«

Jim überlegte und erwiderte: »Dein Plan ist voller Lücken. Selbst wenn Willis sicher ins Freie gelangen sollte, so weiß er erstens nicht, wo er Gekko suchen soll, und zweitens haben wir keine Garantie, daß er die Nachricht richtig übermittelt. Es könnte sein, daß er ihnen einfach irgendwas vorsingt, oder ihnen einige von Docs schlechten Witzen erzählt. Ich habe eine bessere Idee.«

»Laß hören.«

»Ich möchte wetten, daß Beecher nicht daran gedacht hat, einen seiner Gangster vor den Abfallschacht zu postieren. Ich werde Gekko die Nachricht selbst überbringen.«

Frank überlegte. »Das gefällt mir nicht. Selbst wenn vor dem Schacht niemand steht, die Hintertür können sie von ihrem Versteck aus überwachen. Sie würden dich festnageln, ehe du dich aufrappeln könntest.«

»Ich werde bis Einbruch der Dunkelheit warten.«

»Hm ... das könnte gehen. Nur werde *ich* die Sache übernehmen. Ich kann schneller laufen als du.«

»Denkst du!«

»Schön, versuchen wir es beide – mit einer Stunde Abstand.« Frank fuhr fort: »Aber das schließt Willis nicht aus. Auch er muß es versuchen. Einer von uns kommt vielleicht durch. Augenblick – du unterschätzt deinen kleinen Freund. Wir werden ihm eintrichtern, was er sagen soll. Dann schickst du ihn ins Eingeborenenviertel und schärfst ihm ein, den ersten Eingeborenen, der ihm über den Weg läuft, anzuhalten und seinen Spruch aufzusagen. Die einzige Frage lautet, ob Willis klug genug ist, genau nach deinem Geheiß zu handeln. In dieser Hinsicht habe ich große Bedenken.«

Jim ließ sich provozieren. »Du willst Willis immer als Dummkopf hinstellen. Er ist aber gar nicht dumm; du verstehst ihn nur nicht.«

»Okay. Dann wird er wohl auch den Weg finden und die Nachricht überbringen können. Oder nicht?«

»Das paßt mir gar nicht.«

»Was ist dir lieber? Daß Willis das kleine Risiko auf sich nimmt, oder daß deine Mutter und dein kleiner Bruder den Winter in Süd-Kolonie verbringen müssen?«

Jim nagte an der Lippe. »Also gut – wir werden's versuchen. Komm, holen wir Willis.«

»Nicht so überstürzt. Wir beide beherrschen die Eingeborenensprache nicht gut genug, um Willis genau die Worte mit auf den Weg zu geben, die er sagen soll. Aber Doc beherrscht sie. Er hilft uns bestimmt.«

»Er ist sowieso der einzige Erwachsene, den ich in unser Vorhaben einweihen würde. Komm.«

Sie fanden MacRae, konnten aber nicht sogleich mit ihm sprechen. Er war in der Telefonzelle und brüllte irgend etwas in den Apparat. Die Jungen konnten gerade noch einiges davon mitanhören. »Ich möchte mit Dr. Rawlings sprechen. ... Dann müssen Sie ihn eben holen ... sitzen Sie nicht so stocksteif herum! Sagen Sie ihm, hier ist Dr. MacRae ... Ah, Tag, Doktor! ... Nein, eben angekommen ... Wie geht's sonst, Doktor? Äschern Sie immer noch Ihre Irrtümer ein? ... Na ja, im Grunde tun wir ja alle weiter nichts ... Tut mir leid, kann leider nicht ... Bin eingesperrt, sagte ich ... Ganz richtig ... EINGESPERRT! ... wie ein randalierender Besoffener ... Ganz ohne Grund. Beecher steckt dahinter ... Ach, Sie wissen noch gar nichts? Die ganze Kolonie ist in der Akademie zusammengepfercht ... läßt jeden niederblitzen, der auch nur die Nase raussteckt ... Nein, nein, kein Witz. Sie kennen doch Skinny Pottle – er und seine Frau sind vor etwa zwei Stunden dabei umgekommen. Überzeugen Sie sich doch selbst einmal, was für ein Verrückter hier das Sagen hat ...« Plötzlich erlosch das Bild auf der Mattscheibe. MacRae fluchte und schaltete wie wild.

Nach einer Weile merkte er, daß die Verbindung gänzlich unterbrochen war. Er kam achselzuckend heraus. »Endlich sind sie hinter meine Schliche gekommen«, bemerkte er ganz allgemein, »aber ich habe mit drei Leuten gesprochen, die in Schlüsselstellungen sitzen.«

»Was wollten Sie denn erreichen, Doc?« fragte Jim.

»Daß irgendeine fünfte Kolonne hinter Beechers Rücken taucht und ihm ein Feuerchen unter den Hintern macht. Es gibt überall anständige Kerle, Junge, aber man muß ihnen alles erst vorkauen.«

»Doc, hätten Sie einen Augenblick Zeit für uns?«

»Wozu? Ich habe noch eine ganze Menge für deinen Vater zu erledigen, Jim.«

»Es ist wichtig.« Sie zogen MacRae beiseite und setzten ihm ihren Plan auseinander.

MacRae wurde nachdenklich. »Könnte Erfolg haben. Glänzende Idee, Frank, die Immunität der Eingeborenen für uns auszunutzen. Du solltest Politiker werden. Nur die Sache mit dem Abfallschacht gefällt mir nicht so recht. Ich weiß jetzt schon, daß dein Vater sein Veto einlegen wird.«

»Könnten Sie ihn nicht fragen? Auf Sie hört er bestimmt.«

»Vielleicht sollte man nach dem Sprichwort verfahren: ›Was ich nicht weiß, macht mich nicht heiß.‹«

»Oh ... ich verstehe.«

»Also los! Holt euren kleinen Freund. Ihr findet mich in Seminarraum C. Dort habe ich mein Büro aufgeschlagen.«

Jims Mutter und Oliver schliefen, während seine Schwester und Willis verschwunden waren. Jim wollte gerade wieder kehrt machen, als seine Mutter erwachte. »Jimmy?«

»Ich wollte dich nicht wecken, Mom. Wo ist Phyl? Ich muß Willis haben.«

»Deine Schwester hilft in der Küche. Ist Willis denn nicht hier? Vorhin lag er auf dem Bett.«

Jim schaute sich noch einmal um, entdeckte aber keine Spur von Willis.

»Ich werde Phyl mal fragen, vielleicht hat sie ihn mitgenommen.«

»Er kann nicht weit sein. Es tut mir leid, Jim.«

»Ich finde ihn schon.«

Er ging in die Küche und fand seine Schwester. »Wie soll ich das denn wissen?« protestierte sie. »Als ich ging, war er noch da. Guck mich nicht so an.«

»Sie haben ihn wieder einmal entwischen lassen«, sagte Jim zu Frank. »Wir müssen ihn suchen.«

Nach einer Stunde vergeblicher Suche war Jim derart mitgenommen, daß er die eigentliche Gefahr, in der man schwebte, völlig vergessen hatte. »Das kommt davon, wenn man Frauen mit etwas betraut«, sagte er bitter. »Was sollen wir denn jetzt machen, Frank?«

Frank zuckte die Achseln. Sie befanden sich auf der anderen Seite des Gebäudes und gingen zurück, um zu sehen, ob Willis inzwischen vielleicht aufgetaucht war. Als sie durch die Vorhalle gingen, blieb Jim plötzlich stehen. »Eben habe ich ihn gehört!«

Sie lauschten. »Aufmachen!« ertönte es in Jims Stimme. »Willis reinlassen!« Die Worte kamen durch die Sprechvorrichtung an der Tür.

Jim wollte die Luftschleuse in Bewegung setzen, wurde aber von dem Posten daran gehindert. »He!« protestierte er.

»Öffnen Sie die Schleuse. Es ist Willis.«

»Sieht mehr nach einer Falle aus. Zurück!«

»Lassen Sie ihn rein! Es ist Willis, sage ich Ihnen!« Der Posten ignorierte ihn, drückte jedoch den Hebel, der die Schleuse in Umdrehung versetzte, und trat dann mit gezogener Pistole beiseite.

Die Innentür ging auf, und Willis kam hereingewatschelt.

»Jim war weg. Alle waren weg. Deshalb Willis macht Spaziergang«, schmollte Willis, als Jim ihn ausschimpfte.

»Wie bist du denn rausgekommen?«

»Ging raus.«

»Aber *wie?«* Willis verstand anscheinend nicht, wieso das schwierig sein sollte, und gab keine näheren Erklärungen.

»Vielleicht ist er zusammen mit den Pottles durchgeschlüpft«, sagte Frank.

»Kann sein. Ist ja auch egal.«

»Viele Leute gesehen«, fuhr Willis mitteilungsbedürftig fort. Er nannte eine Reihe von Eingeborenennamen und fügte hinzu: »War schön. Wasserfreunde. Geben Willis Wasser, viel Wasser.«

Obwohl er keine Lippen hatte, schmatzte er, wie Jim es manchmal tat.

»Du hast doch erst vor einer Woche getrunken«, sagte Jim vorwurfsvoll.

»Willis guter Junge«, wehrte Willis ab.

»Augenblick mal«, sagte Frank. »Er war mit *Eingeborenen* zusammen.«

»Was? Von mir aus mit Kleopatra. Jedenfalls soll er nicht ausreißen.«

»Aber verstehst du denn nicht? Er kann die Eingeborenen erreichen. Er war sogar schon dort. Wir brauchen ihm nur noch einzuschärfen, was er ausrichten soll.«

MacRae zeigte das lebhafteste Interesse, als er von der Geschichte erfuhr. Man setzte sich zusammen und entwarf einen englischen Text, den MacRae übersetzen sollte.

»Ich grüße dich«, so begann die Botschaft. »Dies ist eine Botschaft von Jim Marlowe, dem Wasserfreund Gekkos in ...« Hier fügten sie den schwierigen, einheimischen Namen für Cynia ein. »Wer immer du sein magst, Freund meines Freundes, so bitten wir dich dringend, diese Nachricht an Gekko weiterzuleiten. Ich bin in großer Not und brauche seine Hilfe.« Sie erläuterten, welcher Art ihre Schwierigkeiten waren, wer dafür verantwortlich war und was sie sich von Gekko erhofften. Telegrammstil war nicht nötig, da Willis sich tausend Worte ebenso leicht merken konnte wie zehn.

MacRae übersetzte den Text. Dann mußte Jim so lange üben, bis er ihn fließend beherrscht. Dann kam Willis an die Reihe, der sich zwar gutwillig zeigte, MacRae und die Jungen aber mit seiner Verspieltheit und Sprunghaftigkeit fast zur Verzweiflung brachte. Endlich hatte man ihn so weit, daß er auf die Frage, was er tun solle, die Antwort gab: »Freunde aufsuchen«, und wenn man weiter in ihn drang, was er ausrichten solle, den gelernten Spruch aufsagte.

»Es könnte klappen«, sagte MacRae. »Wir wissen, daß die Eingeborenen über einen ausgezeichneten und rasch funktionierenden Nachrichtendienst verfügen, wenn wir auch noch nie herausbekommen haben, wie die Übermittlung vor sich geht. Falls unser kleiner Freund nicht vergißt, was wir ihm aufgetragen haben und weshalb er geschickt wurde ...«

Jim trug Willis bis an die Tür. Auf Anweisung MacRaes ließ der Posten sie durch. Während die

Schleuse sich drehte, mußte Willis noch einmal kurz wiederholen, was er ausführen sollte; er schien seinen Auftrag begriffen zu haben, obwohl seine Antworten alles andere als eindeutig waren und die übliche Zerstreutheit und Sprunghaftigkeit zeigten.

Jim nahm Deckung, und Willis kugelte sich auf die Straße hinunter. Die Leichen der Pottles lagen noch genau so, wie sie niedergestürzt waren; Willis warf einen Blick auf die reglosen Gestalten, lief im Zickzack die Straße entlang und verschwand alsbald aus Jims Blickfeld. Jim bedauerte, daß er nicht daran gedacht hatte, sich einen Spiegel einzustecken, um ihn als Periskop zu benutzen. Schließlich faßte er sich ein Herz, legte sich auf den Bauch und schob den Kopf vorsichtig über die Schwelle hinaus.

Willis war bereits ein gutes Stück entfernt, ohne daß ihm etwas zugestoßen war. Weiter unten auf der Straße hatte man eine Art Barrikade errichtet. Jim schob den Kopf noch etwas weiter vor und versuchte zu erkennen, was es sein mochte. Plötzlich war es, als hätte der Blitz neben ihm eingeschlagen. Über ihm löste sich ein Rauchwölkchen vom Türrahmen. Er verspürte das elektrische Prickeln des Einschlages, zuckte zurück und verschwand im Inneren der Luftschleuse.

Er hatte ein flaues Gefühl im Magen und war überzeugt, daß er Willis nie wiedersehen würde.

12

»NICHT SCHIESSEN!«

Für Frank und Jim zog der Tag sich endlos in die Länge. Um ihren Plan in die Tat umzusetzen, mußten sie warten, bis es dunkel wurde. Mittlerweile hielten die verantwortlichen Männer Beratungen ab, aber diese fanden hinter verschlossenen Türen statt, und die Jungen wurden nicht hinzugezogen.

Das Abendbrot bot eine willkommene Abwechslung, nicht nur, weil sie beide Hunger hatten, sondern hauptsächlich, weil sie damit rechneten, daß die Küche jetzt bald geräumt und der Weg zum Abfallschacht frei werden würde. Wenigstens bildeten sie sich das ein. Sie fanden jedoch, daß die Frauen sich erst unendlich viel Zeit mit dem Abwasch ließen und dann noch geneigt zu sein schienen, die ganze Nacht schwatzend und kaffeetrinkend herumzusitzen.

Die Jungen kamen dauernd unter irgendeinem neuen Vorwand in die Küche, so daß Mrs. Palmer schließlich stutzig wurde. Als Jim erneut hinter einem anderen Jungen hineinging und sich den Kopf zerbrach, wie er sein Auftauchen diesmal erklären sollte, hörte er, wie der andere Junge sagte: »Mrs. Palmer, Hauptmann Marlowe läßt fragen, ob Sie einen Bereitschaftsdienst einrichten könnten, der die Nachtwache mit Kaffee und Broten versorgt?«

»Aber ja«, hörte Jim die Frau erwidern. »Selbstverständlich. Henrietta, sieh doch mal zu, wer sich freiwillig meldet. Ich übernehme die erste Runde.«

Jim drückte sich hinaus und ging dorthin zurück, wo Frank auf ihn wartete.

»Wie stehen unsere Chancen?« fragte Frank. »Sieht es danach aus, als würden sie bald Schluß machen?«

Jim berichtete, was er gehört hatte. Frank fluchte und benutzte ein paar Ausdrücke, die Jim noch gar nicht kannte. »Was machen wir denn jetzt, Jim?«

»Ich weiß nicht. Wenn nur noch eine Dienst macht, muß sie ja vielleicht doch mal raus.«

»Fällt dir nicht irgend etwas ein, womit wir sie herauslocken könnten?«

»Wir könnten sagen, daß der Chef sie zu sprechen wünscht. Das müßte hinhauen.«

Während sie den Fall noch diskutierten, ging plötzlich das Licht aus.

Das ganze Haus lag mit einem Mal in schwärzester Finsternis. Und schlimmer noch: Es herrschte eine unheimliche Stille. Jim hatte sich gerade klargemacht, daß diese völlige Geräuschlosigkeit mit der Luftzufuhr zusammenhängen mußte, die abgeschnitten zu sein schien, als eine Frau zu schreien begann.

Eine andere stimmte ein, in noch höheren und schrilleren Tönen. Dann vernahm er von überall her Stimmen aus dem Dunkel: fragende, klagende, tröstende Stimmen.

Irgendwo blitzte der Lichtschein einer Lampe auf, und Jim hörte die Stimme seines Vaters: »Ruhig, Leute! Es handelt sich nur um eine Störung. Habt einen Augenblick Geduld.«

Das Licht bewegte sich auf sie zu. »Macht, daß ihr ins Bett kommt, Jungs!« Jims Vater ging weiter. Aus der anderen Richtung hörte man Docs Stimme, der die Leute anbrüllte, sie sollten sich beruhigen und still sein.

Jims Vater kam zurück. Diesmal sagte er: »Sofort Schutzkleidung anlegen und die Masken bereithalten. Das gilt für alle. Wir hoffen, die Störung in ein paar Minuten beseitigt zu haben, möchten aber vermeiden, daß jemand zu Schaden kommt. Nicht nervös werden. Der Luftdruck beginnt frühestens in einer halben Stunde abzusinken. Ihr habt also genügend Zeit, euch darauf vorzubereiten, selbst wenn wir die Störung bis dahin noch nicht behoben haben.«

Andere Lichter flammten auf, und schon bald waren sämtliche Gänge und sogar verschiedene Zimmer einigermaßen erleuchtet. Auf den Gängen wimmelte es von dunklen Gestalten, die in ihre Schutzkleidung schlüpften. Jim und Frank hatten ihre Anzüge längst an, da sie sowieso ins Freie wollten. Beide waren sie bewaffnet und hatten ihre Masken griffbereit. »Vielleicht wäre es jetzt bei dem Durcheinander am günstigsten«, sagte Frank.

»Nein«, erwiderte Jim. »Sie sind immer noch in der Küche. Ich kann Licht sehen.«

MacRae kam den Gang entlang. Jim hielt ihn an.

»Doc, wie lange kann es dauern, bis das Licht wieder in Ordnung ist?«

MacRae sagte: »Willst du mich verulken?«

»Wie meinen Sie das, Doc?«

»Beecher – er hat uns die Energieversorgung abgeschaltet, vom Kraftwerk aus.«

»Sind Sie ganz sicher?«

»Wir haben es nachgeprüft – eine bloße Störung ist ausgeschlossen. Es wundert mich nur, daß Beecher das nicht schon längst getan hat. Aber haltet den Mund. Dein Vater hat jetzt gerade genug am Hals, Jim.« Damit ging er weiter.

Trotz der beruhigenden Worte Marlowes herrschte

unter den Kolonisten bald kein Zweifel mehr über die wahre Lage. Der Luftdruck ließ langsam nach, so unmerklich, daß man den Befehl zum Maskenaufsetzen geben mußte, damit unachtsame Gemüter nicht plötzlich aus Sauerstoffmangel umfielen. Auch die Temperatur sank allmählich ab; es bestand zwar keine Erfrierungsgefahr in dem geschlossenen und isolierten Gebäude – aber der Nachtfrost drang dennoch ein.

Marlowe schlug seinen Befehlsstand im Lichtkreis einer einzigen Lampe in der Halle auf. Jim und Frank drückten sich weiter hinten im Schatten herum; sie wollten um keinen Preis zu Bett gehen, da die einzigen Betten, die sie hatten, wie Frank rechtfertigend zu Jim sagte, ja doch von Mrs. Marlowe, Phyllis und Oliver besetzt seien.

Ihren Plan, durch den Abfallschacht ins Freie zu gelangen, hatten sie noch nicht aufgegeben, aber innerlich wußten sie genau, daß an ein unbeobachtetes Hinausschlüpfen bei dem Hin und Her im Haus vorläufig nicht zu denken war.

Joseph Hartley, einer der Gärtner, der die Hydrokulturen der Kolonie versorgte, trat an Marlowe heran. Seine Frau, die ihr Töchterchen in einer unter erhöhtem Luftdruck stehenden Krippe auf dem Arm trug, kam dicht hinter ihm her.

»Mr. Marlowe – ich meine, Hauptmann Marlowe ...«

»Ja?«

»Sie müssen etwas unternehmen. Unsere Kleine kann das nicht aushalten. Sie hat Keuchhusten, und wir können sie nicht herausnehmen und ihr helfen.«

MacRae drängte sich nach vorn. »Sie hätten sie zu mir bringen sollen, Joe.«

Er warf einen prüfenden Blick durch die durchsichtige Plastikhülle auf das Kind und sagte: »Ich kann nichts Bedenkliches feststellen.«

»Sie ist krank, sage ich Ihnen.«

»Hm ... ich kann sie zwar nicht gründlich untersuchen, nicht einmal ihre Temperatur messen, aber in wirklicher Gefahr scheint sie mir nicht zu sein.«

»Sie wollen mir nur etwas einreden«, sagte Hartley wütend. »Sie können überhaupt nichts feststellen, solange die Kleine in dieser abgedichteten Krippe liegt.«

»Tut mir leid, mein Junge.«

»Das nützt mir gar nichts! Irgend jemand muß etwas *unternehmen*. Das kann nicht ...«

Seine Frau zupfte ihn am Ärmel; er drehte sich um, und sie flüsterten eine Weile miteinander. Dann wandte Hartley sich wiederum an Marlowe.

»Ja, Mr. Hartley?«

»Die anderen können machen, was sie wollen. Ich habe genug. Ich muß an Frau und Kind denken.«

»Die Entscheidung liegt ganz bei Ihnen«, erwiderte Marlowe förmlich und ließ ihn stehen.

»Aber ...«, sagte Hartley, ließ den Satz jedoch unbeendet, als er merkte, daß Marlowe ihn keiner Aufmerksamkeit mehr würdigte. Er blickte sich unschlüssig um wie ein Mann, der gern möchte, daß jemand ihm sein Vorhaben ausredete. Seine Frau stieß ihn an; er drehte sich um, und sie gingen zusammen auf den Vorderausgang zu.

Marlowe sagte zu MacRae: »Was erwartet man eigentlich von mir? Wunder?«

MacRae erwiderte: »Genau das, mein Junge. Die meisten Leute werden nie erwachsen. Sie verlangen, daß Papa ihnen den hübschen Mond vom Himmel holt.« Der Arzt fuhr fort: »Trotzdem hat Joe etwas Richtiges gesagt. Wir müssen etwas tun.«

»Ich sehe nicht, was wir tun können, solange Sutton und Toland nicht weiter sind.«

»Du kannst nicht länger auf sie warten, mein Junge. Wir müssen raus hier. Theoretisch kann ein Mensch zwar tagelang unter einer Maske leben, aber praktisch ist das unmöglich, und damit rechnet Beecher. Du kannst nicht Hunderte von Leuten im Finstern und in der Kälte hier sitzen lassen, noch dazu, wo jeder eine Maske tragen muß, um überhaupt am Leben zu bleiben – für längere Zeit jedenfalls nicht. Über kurz oder lang bricht eine Panik aus.«

Selbst durch die Maske hindurch konnte man erkennen, wie abgespannt Marlowe aussah. »Unterirdisch können wir nicht raus. Der einzige Weg ins Freie führt durch die Türen. Und diese Türen liegen unter Beschuß. Es ist Selbstmord.«

»Und trotzdem muß es getan werden, mein Junge. Ich werde die Führung des Trupps übernehmen.«

Marlowe seufzte. »Nein, ich.«

»Du hast Frau und Kinder. Ich habe niemanden und lebe sowieso schon zu lange von geborgter Zeit.«

»Das ist mein Vorrecht. Erledigt.«

»Wir werden ja sehen.«

»Ich sagte: *erledigt!*«

Die Unterhaltung fand ein jähes Ende; die Innentür der Luftschleuse ging auf, und Mrs. Hartley stolperte herein. Sie hielt die winzige Krippe an sich gepreßt und schrie markerschütternd unter ihrer Maske.

Es war genau dieselbe Geschichte wie mit den Pottles und Gibbs. MacRae entnahm Mrs. Hartleys von Schluchzen unterbrochenen Bericht, daß sie sehr vorsichtig gewesen waren, gewartet und ihre Absicht, sich zu ergeben, durch Zurufe kundgetan und sogar mit einem Licht Zeichen gegeben hatten. Es war keine Antwort erfolgt, und so hatten sie noch einmal gerufen. Dann war Hartley mit erhobenen Händen herausgetreten, während seine Frau ihn anleuchtete.

Er war niedergeblitzt worden, kaum daß er den ersten Schritt aus der Tür getan hatte.

MacRae übergab sie den Frauen und ging auf Erkundung hinaus. Er war fast augenblicklich wieder da. »Einen Stuhl«, sagte er knapp. »Jim, lauf und hol mir einen Stuhl. Aber schnell!«

»Was ist denn?« fragte Marlowe.

»Sollst es gleich wissen. Ich vermute etwas.«

»Sei vorsichtig.«

»Deswegen will ich ja den Stuhl haben.«

Jim kam mit dem Gewünschten zurück, und der Arzt ging wieder durch die Luftschleuse. Als er nach etwa fünf Minuten erneut auftauchte, erklärte er: »Für Dumme ist es gerade klug genug.«

»Was meinst du damit?«

»Beecher hat gar nicht erst versucht, während der Nacht Leute draußen aufzustellen – ich glaube es jedenfalls nicht. Es ist eine automatische Anlage. Man hat einen elektrischen Stromkreis quer über die Tür gelegt, der den tödlichen Strahl auslöst, sobald man ihn durchbricht. Der Laserblitz fällt genau dorthin, wo man sein würde, wenn man hindurchgegangen wäre.« Er zeigte den Stuhl herum, der etwa ein halbes Dutzend tiefe Brandlöcher aufwies.

Marlowe untersuchte sie. »Aber das ist nicht das

Wesentlichste«, fuhr MacRae fort. »Die Waffe ist zwar automatisch, aber feststehend. Sie wirft zwei Strahlen, die immer auf dieselben Stellen fallen. Ein Mann, der die nötige Kaltblütigkeit besitzt, könnte hindurchkriechen.«

Marlowe richtete sich auf. »Zeig mir das.«

Als sie bald darauf zurückkehrten, wies der Stuhl noch mehr Brandlöcher auf.

»Kelly«, sagte Marlowe nachdrücklich, »ich brauche zwanzig Freiwillige für ein Stoßtruppunternehmen. Geben Sie das bekannt.«

Mindestens zweihundert Freiwillige meldeten sich; das Problem war, die richtigen Leute auszuwählen. Auch Jim und Frank wären gern dabeigewesen, aber außer Jims Vater kamen nur erwachsene, unverheiratete Männer in Betracht. MacRae wurde ebenfalls zurückgewiesen.

Der Doktor zog Jim beiseite und flüsterte ihm zu: »Dräng doch nicht so! In ein paar Minuten habe ich hier das Kommando.«

Der Trupp sammelte sich in der Luftschleuse. Marlowe wandte sich an MacRae. »Wir werden in Richtung Kraftwerk vorstoßen. Sollten wir in zwei Stunden nicht zurück sein, handelst du nach eigenem Ermessen.« Er betrat die Schleuse und schloß die Tür.

Sobald die Tür sich geschlossen hatte, sagte MacRae: »Okay. Noch zwanzig Freiwillige.«

Kelly sagte: »Wollen Sie denn nicht die zwei Stunden abwarten?«

»Kümmern Sie sich um Ihre Angelegenheiten! Sobald ich hier raus bin, übernehmen Sie das Kommando.« Er wandte den Kopf und gab Jim und Frank ein Zeichen. »Ihr beiden kommt mit.« MacRae hatte seinen Trupp in kürzester Zeit beisammen; offenbar hatte er seine Leute in Gedanken bereits ausgewählt, noch ehe Marlowe gegangen war. Nacheinander betraten sie die Schleuse.

Als die Außentür offen war, leuchtete MacRae die Straße mit seiner Taschenlampe ab. Die Pottles und der unglückliche Joseph Hartley lagen noch genau so da wie zuvor, neue Opfer waren jedoch nicht hinzugekommen. MacRae drehte sich um und sagte: »Gib mal den Stuhl. Ich will euch vormachen, wie die Sache funktioniert.« Er streckte den Stuhl durch die Tür. Im selben Augenblick zuckten zwei grelle, blendende Blitze auf und schlugen an der Tür vorbei. Noch als sie längst verschwunden waren, war der Weg, den sie genommen hatten, durch ein violettes Flimmern gekennzeichnet.

»Ihr werdet bemerkt haben«, sagte der Arzt, als würde er eine Vorlesung vor Medizinstudenten halten, »daß es gleichgültig ist, wo ich den Stuhl hinhalte.« Er schob den Stuhl noch einmal durch die Öffnung und bewegte ihn auf und nieder. Die Blitze folgten einander in kaum meßbaren Abständen, jedoch immer auf denselben Stellen, etwa knie- und brusthoch.

»Also los! Der erste!«

Jim schluckte und trat vor – oder hatte ihm jemand einen Stoß versetzt? Er war sich nicht klar darüber. Er maß die tödliche Schranke, bückte sich, schlängelte sich mit unendlicher Vorsicht hindurch und trat auf die Straße hinaus.

»Weitergehen!« befahl der Doktor. »Ausschwärmen!«

Jim rannte die Straße entlang. Noch nie war er sich so allein vorgekommen; noch nie hatte er eine solche Erregung verspürt. Am Ende des Gebäudes blieb er stehen und spähte um die Ecke. Niemand war zu sehen – er wartete in der Dunkelheit, bereit, auf alles zu feuern, was sich bewegte.

Vor sich, zur Linken, konnte er die seltsame Struktur sehen, die ihn vor vielen Stunden fast das Leben gekostet hätte. Jetzt war es klar, daß die Blitze von dort kamen.

Jemand näherte sich ihm von hinten. Er fuhr herum und hörte eine beschwörende Stimme: »Nicht schießen! Ich bin's, Frank.«

»Wo sind die anderen?«

»Kommen nach, glaube ich.«

Hinter der Schußanlage, die die Blitze warf, leuchtete vor einem Haus kurz ein Licht auf. »Mir ist, als wäre eben jemand dort rausgekommen.«

»Kannst du ihn sehen? Ob wir schießen sollen?«

»Ich weiß nicht.« In ihrem Rücken rannte jemand mit schweren Schritten die Straße entlang auf sie zu. Im selben Augenblick blitzte vor ihnen das Mündungsfeuer eines Lasergewehrs auf, ungefähr dort, wo Frank einen Mann gesehen zu haben glaubte; der Strahl schoß an ihnen vorbei.

Unwillkürlich erwiderte Jim das Feuer.

»Treffer«, sagte Frank. »Guter Junge.«

»So? Hab' ich ihn wirklich getroffen?« sagte Jim. »Und was ist mit dem Kerl hinter uns?« Er merkte, daß er zitterte.

»Hier ist er.«

»Wer hat auf mich geschossen?« fragte der Neuankömmling keuchend. »Wo stecken sie?«

»Im Augenblick nirgends«, erwiderte Frank. »Dafür hat Jim gesorgt.«

Frank versuchte durch die Maske hindurch zu erkennen, wer der Ankömmling war, doch die Nacht war zu finster.

»Wer ist da?« fragte er schließlich.

»Smitty.«

Sowohl Frank als auch Jim stießen einen Ausruf der Überraschung aus – es war tatsächlich Smythe, der Praktiker. »Schaut mich nicht so an«, sagte Smythe, als wollte er sich rechtfertigen. »Ich habe mich gerade noch in allerletzter Minute angeschlossen – um meine Kapitalanlage zu schützen. Ihr Kerle seid mir schließlich eine Menge Geld schuldig.«

»Ich glaube, Jim hat das soeben wettgemacht.«

»So seht ihr aus! Das steht auf einem anderen Blatt.«

»Später, später«, sagte Frank.

Inzwischen waren die anderen herangekommen. Bald kam auch MacRae angekeucht und brüllte: »Ich habe euch Schafsköpfen doch befohlen, auszuschwärmen! Dabei drängt ihr euch hier auf einem Haufen zusammen.« Er verschnaufte und fuhr fort: »Unser Stoß richtet sich gegen das Hauptbüro der Gesellschaft. Laufschritt – und nicht alle auf einem Haufen!«

»Doc«, sagte Jim, »in dem Haus da vorn müssen noch welche stecken.«

»Was für welche?«

»Wir sind von dort beschossen worden.«

»Oh. Alle mal herhören!« MacRae erteilte heisere Befehle und fragte dann: »Alles klar?«

»Doc«, sagte Frank, »was machen wir mit dem eingebauten Geschütz dort drüben? Warum zerstören wir es nicht gleich?«

»Ich möchte noch ein paar Jährchen leben«, sagte MacRae. »Ist jemand hier, der genug von technischen Dingen versteht, daß er dem Apparat die Zähne ziehen kann?«

Eine unkenntliche dunkle Gestalt meldete sich.

»Dann vorwärts«, sagte Doc. »Wir decken dich von

hier aus.« Der Kolonist trottete auf den Schild zu, hinter dem sich der stationäre automatische Werfer befand, und blieb stehen. Er machte sich für eine Weile daran zu schaffen; dann schoß plötzlich eine grelle, weiße Stichflamme empor. Der Mann kam zurück.

»Ich hab' das Ding kurzgeschlossen, es hat bestimmt jede Sicherung im Kraftwerk durchgehauen.«

»Bist du sicher, daß es keinen Schaden mehr anrichten kann?«

»Damit macht niemand mehr auch nur einen Punkt auf ein ›i‹.«

»Okay. Du, mein Freund ...«, Mac Rae packte einen aus der Gruppe am Arm, »läufst zurück und sagst Kelly Bescheid. Und du«, er zeigte auf den Mann, der den Werfer unschädlich gemacht hatte, »gehst hinten rum und siehst zu, was du dort ausrichten kannst. Ihr beiden deckt ihn. Die übrigen folgen mir – das Haus vor uns, wie verabredet.«

Jim hatte den Befehl, sich an das Gebäude anzuschleichen und ein paar Meter von der Tür entfernt in Deckung zu gehen. Sein Weg führte ihn an der Stelle vorbei, wo der Mann gewesen war, auf den er geschossen hatte. Doch es lag kein Toter auf dem Pflaster. Der Schuß mußte sein Ziel wohl doch verfehlt haben. Bei der herrschenden Dunkelheit war mehr nicht zu erkennen.

MacRae wartete, bis die Leute, die zur Deckung des Angriffs vorgegangen waren, Stellung bezogen hatten. Dann stürmte er mit einem kleineren Trupp, unter dem sich auch Frank befand, die Tür. Sie war offen. Der Doktor winkte seinen Leuten, ihm zu folgen, und ging ins Gebäude. Die Außentür der Luftschleuse schloß sich hinter ihnen.

Jim drückte sich gegen die eiskalte Mauer, die Augen weit offen, die Pistole schußbereit. Ewigkeiten schienen zu vergehen; ihm war, als würden sich am östlichen Himmel bereits die ersten Dämmerungsstreifen zeigen. Dann sah er plötzlich dunkle Gestalten vor sich, legte an und erkannte gerade noch rechtzeitig Docs stattliche Figur.

MacRae war Herr der Lage. Er führte vier entwaffnete Gefangene mit sich; einer davon wurde von zwei anderen beinahe getragen. »Zurück in die Akademie mit ihnen«, befahl er einem aus seiner Gruppe. »Beim geringsten Fluchtversuch wird geschossen. Und sag demjenigen, der dort jetzt das Kommando hat, daß er sie einsperren soll. Weiter, Leute. Unsere eigentliche Aufgabe liegt noch vor uns.«

Hinter ihnen machte sich jemand durch Zuruf bemerkbar; MacRae drehte sich um. Kellys Stimme rief: »Doc! Auf uns *warten!*« Er kam herbeigerannt und fragte: »Wie sind die Pläne?« Hinter ihm strömten die Männer aus dem Gebäude der Akademie und kamen die Straße herunter.

MacRae nahm eine Neueinteilung der Kräfte vor. Einem der Zugführer, einem Zivilingenieur namens Alvarez, wurde das Kommando über die Akademie übertragen. Er bekam die Anweisung, eine Wache vor dem Gebäude aufzustellen und Streifen zur Sicherung der näheren Umgebung auszuschicken. Kelly erhielt den Befehl, sich in den Besitz des Fernsprechamtes zu bringen, das zwischen der Ansiedlung und dem Raumhafen lag. Es war eine wichtige Schlüsselstellung, nicht nur, weil das örtliche Netz dort zusammenlief, sondern weil es möglich war, von dort aus Radioverbindung mit Deimos und dadurch mit sämtlichen vorgeschobenen Posten auf dem Mars aufzunehmen – außerdem enthielt es eine Radaranlage und andere Hilfsmittel für die Raumfahrt.

Den Handstreich auf das Hauptbüro der Gesellschaft, das zugleich Beechers Hauptquartier war, behielt sich MacRae selbst vor. Die Privatwohnung des Generalbevollmächtigten befand sich in diesem Gebäude; der Doktor hoffte, mit Beecher selbst ins Handgemenge zu kommen.

Er schickte eine Gruppe von Leuten zur Unterstützung Marlowes zum Kraftwerk und rief: »Vorwärts, ehe wir alle erfrieren! Schlaft nicht ein! Los!« Dann setzte er sich selbst im Laufschritt an die Spitze.

Jim entdeckte Frank in der Gruppe und machte, daß er an seine Seite kam. »Was habt ihr denn so lange in dem Gebäude gemacht?« fragte er. »Ist es zum Kampf gekommen?«

»Was heißt hier lange?« sagte Frank. »Die ganze Sache hat keine zwei Minuten gedauert.«

»Aber ihr müßt doch ...«

»Ruhe da hinten!« rief Doc.

Jim schwieg und zerbrach sich weiter den Kopf darüber.

Der Hauptkanal wurde auf dem Eis überschritten, da MacRae befürchtete, daß die Brücke unterminiert sein könnte. Je zwei Mann überquerten den Kanal, während die Zurückbleibenden den Feuerschutz übernahmen; dasselbe wiederholte sich mit vertauschten Rollen vom anderen Ufer aus. Das Ganze ging im Zeitlupentempo vor sich und hatte etwas Gespenstisches; auf dem Eis bot jede Gestalt ein weithin sichtbares Ziel – und dennoch war es unmöglich, die Sache zu beschleunigen. Jim sehnte sich nach seinen Schlittschuhen.

Auf der anderen Seite sammelte der Doktor seine

Leute im Schatten eines Lagerschuppens. »Wir halten uns ostwärts und schlagen einen Bogen um das Wohnviertel«, flüsterte er mit heiserer Stimme. »Von hier an keinen Laut mehr, wenn euch euer Leben lieb ist. Wir bleiben zusammen, sonst schießt noch einer den anderen über den Haufen.«

Sein Plan ging dahin, den Gebäudekomplex zu umzingeln und sämtliche Ausgänge zu besetzen. Mit der anderen Hälfte seiner Leute wollte MacRae durch den Haupteingang in das Haus einzudringen versuchen.

»Wenn ihr von hinten eindringt und Feindberührung habt«, warnte er die beiden Männer, welche die Flankenvorstöße führen sollten, »werdet ihr nicht wissen, wer Freund und wer Feind ist. Also Vorsicht. Die Losung heißt ›Mars‹. Die Antwort lautet ›Freiheit‹.«

Jim gehörte zu dem Stoßtrupp. Doc sicherte die Tür durch sechs Mann, die fächerförmig ausschwärmen und in zielsicherer Entfernung in Deckung gehen mußten – das heißt, soweit Deckung vorhanden war. »Im Zweifelsfall das Feuer eröffnen«, schärfte der Doc ihnen ein. »Kommt, ihr anderen.«

Das betraf auch Jim. Der Doc ging an die Außentür und rüttelte daran; sie war verschlossen. Er drückte auf den Signalknopf und wartete.

Nichts geschah. MacRae drückte den Knopf noch einmal und rief mit leiser Stimme in das Sprechgitter: »Laßt mich herein. Ich habe eine wichtige Botschaft für den Residenten.«

Auch diesmal gab es keine Antwort. MacRae änderte die Tonart und gebärdete sich, als wäre er am Ende seiner Kräfte. »Schnell! Bitte! Ich bin am Erfrieren!«

Alles blieb dunkel und still. MacRae änderte erneut seine Taktik und gab eine offene Kriegserklärung ab. »Okay, Beecher, aufmachen! Das Haus ist umstellt, und wir sind bereit, die Tür aufzusprengen. Sie haben dreißig Sekunden Zeit, dann geht die Ladung hoch.«

Die Sekunden verstrichen. Der Doc flüsterte Jim zu: »Wenn es doch nur so wäre!« Dann hob er die Stimme und sagte: »Die Zeit ist abgelaufen, Beecher. Wir machen jetzt Ernst!«

Die Luft in der Schleuse begann zischend nach außen zu entwichen, und die Schleuse selbst drehte sich. MacRae befahl seine Leute ein kleines Stück zurück; atemlos und schußbereit wartete man auf den Augenblick, da die Tür sich gänzlich öffnen würde.

Dann ging sie auf, und eine einzelne Person wurde in dem Lichtschein sichtbar, der von hinten auf sie fiel. »Nicht schießen!« sagte eine kräftige, angenehme Stimme. »Es ist alles in Ordnung. Es ist alles vorbei.«

MacRae starrte auf die Gestalt. »Menschenskind!« sagte er. »Dr. Rawlings! Wie kommen Sie denn hierher?«

13

»ES IST EIN ULTIMATUM.«

Beecher hatte Rawlings und noch verschiedene andere prominente Bürger, die den Versuch unternommen hatten, ihn zur Vernunft zu bringen, einfach festnehmen und einsperren lassen. Als sich die Geschichte herumsprach, besonders der Tod der Pottles, waren die meisten von Beecher abgerückt, und nur seine eigene Clique und die nach keiner Seite interessierten Berufspolizisten der Gesellschaft hatten zu ihm gehalten.

Selbst Kruger war es zuviel geworden, und er hatte Beecher Mäßigung angeraten – mit dem Erfolg, daß auch er zu den übrigen Abtrünnigen geworfen wurde, unter denen sich auch der Oberingenieur des Kraftwerks befand. Dr. Rawlings hatte lange mit dem Posten verhandelt und ihn endlich dazu überredet, die Gefangenen herauszulassen – die Frau des betreffenden Mannes war bei ihm in Behandlung.

»Ich glaube nicht, daß Beecher straffrei ausgehen würde, selbst wenn wir unten auf der Erde wären«, sagte MacRae zu Rawlings und Marlowe. »Was meinen Sie, Doktor?«

Die drei saßen in einem der Verwaltungsgebäude. Nachdem MacRae ihn im Kraftwerk benachrichtigt hatte, war Marlowe hierher geeilt, hatte sich sofort an die Arbeit gemacht und die einzelnen Projekt-Lager sowie Nord-Kolonie selber von den Vorgängen in Kenntnis gesetzt und darum gebeten, Boote zu schicken. Dann hatte er, übermüdet wie er war, einen Bericht an die Direktion auf der Erde abzufassen versucht, bis MacRae ihn unterbrochen und ihm nahegelegt hatte, sich erst einmal ein wenig Ruhe zu gönnen.

»Paranoia?« sagte Rawlings.

»Ein ganz klarer Fall.«

»Das ist auch meine Meinung. Ich habe längst schon Anzeichen dafür wahrgenommen, aber klinisch wurde der Fall erst in dem Augenblick, als die Dinge sich mehr und mehr gegen seinen Willen entwickelten. Er gehört in eine Anstalt.« Dr. Rawlings warf einen Blick über die Schulter auf eine geschlossene Tür, hinter der Beecher saß.

Rawlings wandte sich wieder um. »Was halten Sie von Howe, Doktor?«

MacRae knurrte: »Ich kenne den Kerl nicht gut genug, um mir eine Meinung über ihn zu bilden.« Er wandte sich an Marlowe. »Was willst du mit ihm machen, Jim?«

Marlowe runzelte die Stirn. »Nichts. Wir haben nicht genügend belastendes Material gegen ihn. Wir werden ihn einfach zurückschicken.«

MacRae nickte. »Richtig. Alles andere wäre viel zu gut für ihn. Gib ihm einen Tritt.«

»Was mir viel mehr Sorgen macht«, fuhr Marlowe fort, »durch wen sollen wir ihn ersetzen? Die Akademie muß wieder ihren Betrieb aufnehmen, ehe wir nach Copais aufbrechen. Warum springst du nicht ein, Doc? Natürlich nur vorübergehend.«

MacRae starrte ihn an. »Ich? Gott bewahre!«

»Ich brauche aber jemanden, der diese Horde von Jugendlichen bändigen kann, ohne sie direkt in Zwangsjacken zu stecken. Sie haben dich alle gern.«

»Nein! Ich wiederhole nachdrücklich: nein!«

»Mir fällt in diesem Zusammenhang jemand ein, der schon eine Zeitlang als Professor an der Akademie tätig ist«, ergriff Rawlings das Wort. »Professor Steuben hätte ihn schon damals gern als seinen Nachfolger gesehen. Wie hieß er doch gleich? Ach ja – van der Linden. Scheint ein netter und verständiger Kerl zu sein. Mein Junge hält große Stücke auf ihn.«

Marlowe dachte kurz nach. »Ich glaube, ich kenne ihn sogar. War mir mal gefällig. Ich habe natürlich keinerlei tatsächliche Befugnis, ihn zu ernennen.«

MacRae schnaubte. »Jamie, du bringst mich noch ins Grab!«

Marlowe setzte seine Kaffeetasse ab und wischte sich den Mund. »Wie dem auch sei. Ich glaube, ich muß mich doch für ein paar Stunden hinlegen. Doc, du sorgst dafür, daß man mich weckt.«

»Aber sicher«, sagte MacRae und dachte gar nicht daran, sich an den Befehl zu halten. Erst sollte Marlowe sich einmal richtig ausschlafen.

Jim und die anderen waren wieder in der Akademie untergebracht, wo sie das Eintreffen der Boote abwarten sollten. Mrs. Palmer und ihre Frauen sorgten für ein kräftiges Frühstück. Jim selbst war hundemüde und hungrig, aber viel zu aufgeregt, um schlafen zu können, zumal es draußen bereits hell war.

Er hatte sich gerade eine Tasse Kaffee geben lassen und pustete darauf, als Smythe auftauchte. »Hör mal, mir ist jetzt erst klargeworden, daß du den Kerl umgelegt hast, der es auf mich abgesehen hatte.«

»Nein«, erwiderte Jim. »Er liegt im Lazarett, nur eine Verwundung. Ich habe ihn aufgesucht.«

Smythe schien leicht beunruhigt. »Ach, Quatsch«, sagte er schließlich. »So was passiert nur mal im Leben. Hier ist dein Schuldschein.«

Jim starrte ihn an. »Smythe, bist du krank?«

»Wahrscheinlich. Nimm ihn lieber.«

Jim fiel eine Phrase ein, die er einmal von seinem Vater gehört hatte. »Nein, danke«, sagte er. »Marlowes bezahlen ihre Schulden.«

Smythe blickte ihn an und sagte dann: »Zum Teufel mit dir, du undankbarer Knilch!« Er zerriß den Schuldschein in kleine Stücke und machte sich davon.

Jim schaute ihm verwundert nach. »Was hat er denn bloß?« Er beschloß, Frank aufzusuchen und ihm von dem Vorfall zu berichten.

Jim entdeckte Frank, hatte aber keine Zeit, mit ihm zu sprechen, denn aus der Menge ertönte ein Ruf: »Marlowe! Jim Marlowe!«

»Hauptmann Marlowe ist im Verwaltungsgebäude«, erwiderte jemand.

»Nicht der Hauptmann, der Junge«, rief die Stimme zurück. »Jimmy Marlowe, sofort nach vorn kommen.«

»Komme schon«, rief Jim. »Was ist denn los?« Er drängte sich bis zum Eingang durch, Frank ihm Schlepptau.

Der Mann, der seinen Namen gerufen hatte, ließ ihn erst nahe herankommen, bevor er antwortete: »Du wirst es kaum glauben – ich auch nicht. Eingeborene!«

Jim und Frank stürzten hinaus. Vor der Akademie standen etwa ein Dutzend Eingeborene, darunter Gekko und G'kuro. K'boomch war nicht dabei. Auch den Alten, den Jim für den ›Häuptling‹ von Gekkos Stamm gehalten hatte, konnte er nicht entdecken.

Als Gekko die Freunde erblickte, begrüßte er sie in seiner eigenen Sprache. »Grüße, Jim Marlowe, Grüße, Frank Sutton, Freundschaft mit Wasser besiegelt.«

Eine andere Stimme aus dem einen großen Handlappen Gekkos rief: »Hallo, Jim Junge!«

Willis war zurück – ein wenig spät zwar, aber wohlbehalten.

Eine andere kehlige Stimme fragte irgend etwas, worauf Gekko sich wieder an die Jungs wandte. »Wo ist derjenige, der unseren Kleinen gestohlen hat?«

Jim war sich nicht ganz klar darüber, ob er richtig verstanden hatte. »Euren ...?«

»Er will wissen, wo Howe ist«, sagte Frank und antwortete ziemlich fließend in der Eingeborenensprache. Howe befand sich immer noch in seinem Büro und war aus Angst vor Kelly trotz wiederholter Aufforderungen nicht herausgekommen.

Gekko gab zu verstehen, daß er das Gebäude gern betreten würde. Die Jungs waren erstaunt und geleiteten ihn hinein. Um durch die Luftschleuse zu kommen, mußte der riesige Gekko sich dermaßen verrenken und verbiegen, daß er wie ein Garderobenhaken aussah, doch er gelangte durch die Schleuse.

Drinnen sorgte sein Erscheinen für eine solches Erschrecken, als hätte jemand einen Elefanten mit in eine Kirche gebracht. Die Leute wichen vor ihm zurück.

Die Tür zum Vorzimmer des Büros war noch schmaler als die Luftschleuse, aber auch hier kam Gekko durch. Frank und Jim blieben ihm dicht auf den Fersen. Gekko reichte Willis an Jim weiter und rüttelte mit seinem einen Handlappen sanft an Howes Tür. Plötzlich riß er an der Tür, das Schloß gab nach, und die Tür brach aus den Angeln. Gekko duckte sich, so daß er den Türrahmen völlig ausfüllte.

Die Jungs blickten sich an; Willis drängte sich dicht gegen sie. Sie hörten, wie Howe sagte: »Was soll denn das? Wer sind ...«

Dann richtete sich Gekko so hoch auf, wie das für menschliche Bedürfnisse eingerichtete Zimmer es gestattete, und ging auf die Außentür zu. Die Jungs zögerten. Frank sagte: »Laß uns lieber mal nachschauen, was er mit ihm gemacht hat.«

Sie kletterten über die zerborstene Tür und schauten ins Zimmer. »Ich sehe niemanden. He, Jim – er ist überhaupt nicht mehr da.«

So war es tatsächlich.

Sie rannten los und holten Gekko in der Luftschleuse ein. Niemand versuchte, sich dem Marsianer in den Weg zu stellen, und niemand versuchte, die Freunde aufzuhalten. Eingeborenen trat man nicht in den Weg – das wußten alle, und jeder handelte danach. Draußen angelangt, wandte Gekko sich nach den Freunden um. »Wo ist der andere, der dem Kleinen ein Leid zufügen wollte?«

Frank erklärte ihm, daß Beecher nicht hier wäre.

»Ihr werdet uns hinführen«, verkündete Gekko und nahm sie auf den Arm. Ein anderer Eingeborener nahm ihm Frank ab.

Gekkos weiche Handlappen umschlossen Jim, der seinerseits Willis im Arm hatte. Willis streckte seine Augenstengel heraus, schaute sich um und bemerkte: »Fein, was, Jim?«

Jim war sich da nicht so ganz sicher.

Die Eingeborenen durchquerten die Stadt und standen binnen kürzester Zeit vor dem Verwaltungsgebäude. Die dortige Luftschleuse war höher und geräumiger als die Schleuse der Akademie; die ganze Schar ging hinein. Die Vorhalle war so hoch, daß selbst die größten Eingeborenen aufrecht darin stehen konnten. Als sie drinnen waren, setzte Gekko Jim ab. Auch der Eingeborene, der Frank getragen hatte, ließ diesen zu Boden gleiten.

Das Erscheinen der Marsbewohner erregte hier dasselbe Aufsehen wie in der Akademie. MacRae kam heraus, verschaffte sich einen Überblick über die Lage und fragte ohne die geringste Aufregung: »Was soll denn dieser Affenzirkus?«

»Sie wollen mit Beecher sprechen«, erklärte Frank.

MacRae hob die Augenbrauen und sagte dann etwas in der Eingeborenensprache. Einer der Marsianer antwortete ihm, und so ging es eine Zeitlang hin und her.

»Okay. Ich werde ihn holen«, sagte MacRae schließlich und wiederholte seine Worte in der fremden Sprache. Er verschwand, kehrte aber schon nach wenigen Minuten zurück und schob Beecher vor sich her. Rawlings und Marlowe folgten ihm.

»Sie haben Besuch«, sagte MacRae und gab Beecher einen so heftigen Stoß, daß dieser stürzte.

»Ist es der hier?« erkundigte sich der Sprecher der Eingeborenen.

»Ja, das ist der Halunke.«

Beecher starrte zu den Marsianern empor. »Was wollt ihr von mir?« fragte er auf englisch. Die Eingeborenen bildeten einen engen Kreis um ihn.

»Macht, daß ihr wegkommt!« rief Beecher. Immer enger schloß sich der Kreis um ihn. Beecher versuchte auszubrechen, doch eine große Hand versperrte ihm den Weg. Die Zuschauer konnten ihn bald hinter den gewaltigen Handlappen der Eingeborenen nicht mehr sehen.

»Laßt mich in Ruhe!« hörten sie Beecher kreischen. »Ich habe nichts getan! Ihr habt kein Recht ...« Er stieß noch einen Schrei aus, dann war es still.

Der Kreis löste sich auf. Von Beecher war nichts mehr zu erblicken, nicht einmal ein Blutstropfen war geblieben.

Die Eingeborenen gingen auf den Ausgang zu.

Gekko blieb stehen und sagte zu Jim: »Willst du nicht mit uns kommen, mein Freund?«

»Nein, das geht nicht«, sagte Jim. »Ich muß hierbleiben.« Dann fiel ihm ein, daß er seine Worte erst übersetzen mußte.

»Und der Kleine?«

»Willis bleibt bei mir. Nicht wahr, Willis?«

»Klar, Jim Junge.«

»Dann sag Gekko Bescheid.«

Willis tat, wie ihm geheißen. Gekko verabschiedete sich traurig von Willis und den Freunden; dann ging er durch die Schleuse hinaus.

MacRae und Rawlings unterhielten sich im Flüsterton und zeigten immer wieder auf die Stelle, an der man Beecher zum letztenmal gesehen hatte. Hauptmann Marlowe sah verschlafen aus und hörte ihnen verwirrt zu. Frank sagte: »Nichts wie raus hier, Jim.«

»Hast recht.«

Die Eingeborenen standen noch immer vor der Tür. Als Gekko die Jungs herauskommen sah, wechselte er ein paar Worte mit einem Stammesangehörigen und sagte dann: »Wo ist der Gelehrte, der unsere Sprache spricht? Wir möchten mit ihm reden.«

»Er wird wohl den Doc meinen«, sagte Frank.

»Hat er das gesagt?«

»Ich glaube. Komm, holen wir ihn.« Sie gingen wieder ins Gebäude. MacRae war von einer Menge aufgeregt diskutierender Leute umgeben.

»Doc«, sagte Frank, »sie wollen mit Ihnen sprechen . . . die Eingeborenen.«

»Eh?« sagte MacRae. »Warum gerade mit mir?«

»Ich weiß nicht.«

Der Arzt wandte sich an Marlowe. »Was hältst du davon? Kommst du mit?«

Mr. Marlowe rieb sich die Stirn. »Nein, ich bin noch viel zu verwirrt und könnte kein Wort in ihrer Sprache sagen. Erledige du die Sache.«

»Okay.« MacRae ging los, um Schutzkleidung und Maske anzulegen. Er ließ sich von den Freunden helfen und schickte sie auch nicht fort, als sie hinter ihm her trotteten. Draußen blieben sie ein Stückchen zurück und paßten aus der Ferne auf.

MacRae ging auf die Gruppe zu und sprach sie an. Dunkle, kehlige Stimmen antworteten ihm. Der Doc mischte sich unter die Gruppe, und die Jungs sahen ihn sprechen, antworten und gestikulieren. Die Konferenz dauerte eine ganze Weile.

Schließlich ließ MacRae die Arme schlaff herabsinken. Erschöpfung spiegelte sich auf seinem Gesicht. Eingeborenenstimmen riefen ihm einen deutlich erkennbaren Abschiedsgruß zu; dann setzte sich die Gruppe in Bewegung und kehrte über die Brücke in ihre eigene Stadt zurück. MacRae kam langsam auf die Rampe zu.

In der Schleuse fragte Jim: »Worum ging es denn überhaupt, Doc?«

»Eh? Sei ruhig, Junge.«

Drinnen ergriff MacRae Marlowe am Arm und zog ihn in den Raum, in dem sie vorher gesessen hatten. »Sie auch, Rawlings. Die übrigen gehen weiter ihrer Arbeit nach.« Trotz dieser Aufforderung folgten Jim und Frank den Männern, und MacRae ließ sie mit ins Zimmer kommen. »Ihr könnt es ruhig hören, es geht auch euch an. Paß auf, daß niemand hereinkommt, Jim.«

»Was ist denn los?« fragte Jims Vater. »Du siehst ja aus, als wolltest du jemanden fressen.«

»Sie verlangen, daß wir abziehen.«

»Abziehen?«

»Ja. Daß wir den Mars räumen und auf die Erde zurückkehren.«

»Was? Warum schlägt man uns das vor?«

»Es ist kein Vorschlag. Es ist ein Befehl, ein Ultimatum. Wer weiß, ob die Eingeborenen überhaupt warten, bis die nötigen Transportmittel von der Erde hier eintreffen. Alle sollen wir verschwinden – Männer Frauen und Kinder, und zwar sofort und allen Ernstes!«

14

WILLIS

Vier Tage später stolperte Dr. MacRae in dasselbe Büro. Marlowe sah noch immer müde aus, aber diesmal war es MacRae, der sichtbar erschöpft war.

»Ich muß dich allein sprechen, Marlowe.«

Marlowe schickte die anderen aus dem Zimmer und schloß die Tür. »Was ist denn los, Doc?«

»Hast du meine Botschaft erhalten?«

»Ja.«

»Ist die Autonomie-Erklärung ausgeschrieben? Waren die Leute damit einverstanden?«

»Ja, sie ist aufgesetzt – wir haben zwar eine Menge aus der amerikanischen Unabhängigkeitserklärung übernommen, aber immerhin.«

»Die rhetorische Seite interessiert mich nicht. Wie geht es weiter?«

»Die ganze Sache ist bereits ratifiziert. Ging ohne Schwierigkeiten über die Bühne. Wir hatten eine Menge Anfragen aus den einzelnen Lagern, aber auch dort ist die Vereinbarung angenommen worden. Ich glaube, das verdanken wir Beecher; durch ihn haben die Leute erst wieder einmal gemerkt, was es mit der Unabhängigkeit auf sich hat.«

»Wir verdanken Beecher überhaupt nichts! Um ein Haar hätte der Kerl uns alle ins Verderben gestürzt.«

»Wie meinst du das?«

»Ich sage es dir schon noch – aber erst möchte ich einiges über die Erklärung wissen. Ich mußte mich auf Verschiedenes verpflichten. Hast du sie losgeschickt?«

»Ja. Per Radiogramm nach Chicago, gestern abend. Ist noch zu früh für eine Antwort. Und du? Hast du ebenfalls Erfolg gehabt?«

»Ja.« MacRae rieb sich die Augen. »Wir dürfen bleiben.«

Marlowe erhob sich und stellte ein Mikrophon auf. »Willst du das Ganze gleich auf Band sprechen, damit du es nicht zu wiederholen brauchst?«

MacRae winkte ab. »Nein. Wenn ein amtlicher Vorgang erforderlich ist, muß jedes Wort genau überlegt werden. Ich werde dir einen ersten Bericht geben.« Er machte eine nachdenkliche Pause. »Jamie, wie lange ist es her, seit die ersten Menschen auf dem Mars gelandet sind? Über fünfzig Jahre, nicht wahr? Ich glaube, in den vergangenen paar Stunden habe ich mehr über die Eingeborenen gelernt, als man während dieser ganzen Zeit über sie in Erfahrung gebracht hat. Und trotzdem weiß ich nichts über sie. Wir haben sie uns immer als Menschen vorgestellt und sie in ein bestimmtes Schema gepreßt. Aber es sind keine Menschen. Sie haben überhaupt nichts mit uns gemein.«

Er hielt kurz inne; dann fuhr er fort: »Sie haben schon vor Millionen Jahren interplanetarische Raumfahrt getrieben ... haben sie betrieben und wieder aufgegeben.«

»Was?« sagte Marlowe.

»Es tut nichts zur Sache und ist völlig unwichtig. Es ist nur eines von den Dingen, die ich erfahren habe, als ich mit dem Alten sprach, demselben Alten, mit dem auch Jim gesprochen hat. Jim hat sich, nebenbei bemerkt, damals geirrt. Der Alte ist gar kein Eingeborener.«

»Moment mal – was ist er dann?«

»Oh, ich glaube schon, daß er hier auf dem Mars zur Welt gekommen ist, aber er ist nicht das, was du und ich unter einem Marseingeborenen verstehen. Mir sah er jedenfalls nicht so aus.«

»Wie sah er denn aus? Beschreib ihn doch mal.«

MacRae war in Verlegenheit. »Man kann ihn nicht beschreiben. Jim und ich haben wahrscheinlich nur das gesehen, was der Alte wollte, das wir sahen. Aber egal. Willis muß jedenfalls zu den Eingeborenen zurück, und zwar möglichst bald.«

»Das tut mir leid«, erwiderte Marlowe. »Jim wird sehr betrübt sein. Aber wenn das ihr Preis ist, so ist er wirklich nicht zu hoch.«

»Du verstehst nicht, du verstehst überhaupt nichts. Willis ist der Schlüssel zu dem Ganzen.«

»Natürlich war er mit betroffen«, gab Marlowe zu. »Aber wieso der ist er der Schlüssel?«

MacRae rieb sich die Schläfen. »Es ist alles sehr kompliziert, und ich weiß nicht recht, wo ich anfangen soll. Willis *ist* wichtig. Sieh mal, Jamie, dein Name wird wahrscheinlich in den Geschichtsbüchern überliefert werden, aber im Grunde ist Jim derjenige, der uns gerettet hat. Jim und Willis – Willis' Liebe zu Jim und die unerschütterliche Freundschaft, die Jim ihm entgegengebracht hat – nur deswegen sind die Kolonisten heute überhaupt noch am Leben und nicht schon irgendwo in der Wüste verscharrt. Das Ultimatum, das uns gestellt wurde, war weiter nichts als eine Konzession an Jim. Man hatte bereits beschlossen, uns auszurotten.«

Marlowe saß mit offenem Munde da. »Aber ... das ist doch unmöglich! So etwas würden die Eingeborenen nie und nimmer tun!«

»Doch. Könnten und würden sie«, sagte MacRae

kategorisch. »Wir waren ihnen schon seit langem nicht geheuer. Es bedurfte nur noch einer Kleinigkeit, um den Stein ins Rollen zu bringen. Und als sie erfuhren, daß Beecher Willis in einen Zoo verfrachten wollte, war es soweit – nur Jim und sein Verhältnis zu Willis hielt sie zurück. Es kam zu einem Kompromiß.«

»Ich kann es nicht glauben«, sagte Marlowe. »Mit welchen Mitteln ... ?«

»Wo ist *Beecher?*« fragte MacRae.

»Mmm ... ja.«

»Siehst du? Also hör auf damit, was die Marsianer können oder nicht. Wir wissen nichts über sie – nicht das geringste.«

»Ich kann dir nicht widersprechen. Aber vielleicht kannst du mir das Geheimnis um Willis und Jim noch etwas lüften? Warum ist Willis den Eingeborenen so wichtig? Schließlich ist er nur ein kleines interessantes und amüsantes Tier.«

»Ich glaube nicht, daß ich dir viel dazu sagen kann«, gab MacRae zu. »Aber ich habe verschiedene Theorien darüber. Kennst du Willis' richtigen Namen? Und weißt du, was er bedeutet?«

»Ich wußte gar nicht, daß er überhaupt einen Namen hat.«

»Er heißt: ›Derjenige, auf den die Welt ihre Hoffnungen setzt‹. Sagt dir das etwas?«

»Du lieber Himmel, nein. Hört sich eher nach einem Messias an als nach einem Angeber.«

»Na ja, meine Übersetzung ist wahrscheinlich nicht besonders. Es muß vielleicht heißen, ›Junger Hoffnungsvoller‹, oder vielleicht auch nur ›Hoffnung‹. Möglicherweise haben die Namen der Eingeborenen auch noch eine poetische Bedeutung wie bei uns. Nimm beispielsweise meinen Namen: ›Donald‹, was soviel wie ›Weltbeherrscher‹ heißt und womit meine Eltern sich schwer vergriffen haben. Oder vielleicht haben die Eingeborenen Kosenamen für solche Geschöpfe wie Willis. Ich habe mal jemanden gekannt, dessen Pekinese ›Großmeisterlicher Manchu-Prinz von Belvedere‹ hieß.« MacRae machte plötzlich ein bestürztes Gesicht. »Weißt du, was mir eben einfällt? Daß dieses Hündchen für gewöhnlich Willis gerufen wurde!«

»Was du nicht sagst!«

»Wirklich!« Der Arzt kratzte die Bartstoppeln auf seinem Kinn und sagte sich, daß er sich wieder mal rasieren müßte. »Aber das ist keine zufällige Übereinstimmung. Ich habe Jim den Namen ›Willis‹ überhaupt erst vorgeschlagen. Wahrscheinlich dachte ich dabei unbewußt an diesen Pekinesen. War ein munterer kleiner Teufel mit Glotzaugen wie Willis – unser Willis. Womit ich sagen will, daß keiner von Willis' Namen etwas bedeuten muß.«

Er versank in Schweigen, bis Marlowe schließlich sagte: »Sehr schnell klärst du das Geheimnis wirklich nicht auf. Du willst doch darauf hinaus, daß Willis' richtiger Name irgend etwas bedeutet, nicht wahr? Sonst hättest du ihn doch gar nicht erst erwähnt.«

MacRae richtete sich mit einem Ruck auf. »Genau darauf will ich hinaus. Ich glaube, daß Willis' Name wörtlich zu nehmen ist. Augenblick – wirf mir jetzt nichts an den Kopf. Ich bleibe ganz ruhig. Aber sag mir mal, wofür du Willis hältst?«

»Ich?« sagte Marlowe. »Ich halte ihn für ein halb intelligentes, unglaublich anpassungsfähiges, exotisches Exemplar aus der Mars-Fauna.«

»Große Worte«, sagte der Arzt. »*Ich* halte ihn für einen Eingeborenen im Kindheitsstadium.«

Marlowe machte ein gequältes Gesicht. »Es sind keinerlei strukturelle Ähnlichkeiten vorhanden. Willis und ein erwachsener Eingeborener sind so verschieden wie Kreide und Käse.«

»Zugegeben. Aber wo ist die Ähnlichkeit zwischen einer Raupe und einem Schmetterling?«

Marlowe öffnete den Mund und schloß ihn wieder.

»Ich kann es dir nicht verdenken, daß du sprachlos bist«, fuhr MacRae fort. »In Verbindung mit höher gearteten Lebewesen – falls es so etwas überhaupt gibt – denken wir nie an solche Metamorphosen. Aber Willis ist etwas Derartiges, und deswegen muß er zu seinen Leuten zurück, wie es scheint. Er ist gewissermaßen eine Larve und steht vor seinem Verpuppungsstadium, einem langen Winterschlaf, aus dem er dann als Marsmensch hervorgeht.«

Marlowe nagte an seiner Lippe. »Annehmbar, aber unheimlich.«

»Alles auf dem Mars ist unheimlich. Sollte meine Theorie jedoch stimmen – und ich behaupte nicht, daß sie stimmt – hätten wir auch eine Erklärung dafür, warum Willis eine so wichtige Persönlichkeit ist. Eh?«

Marlowe wehrte müde ab. »Soviel, wie du verlangst, kann ich auf einmal nicht verarbeiten.«

»Nimm eine Pille. Ich bin noch nicht fertig. Ich glaube, daß die Eingeborenen noch ein anderes Stadium durchmachen, das Stadium des ›Alten‹, mit dem ich gesprochen habe, und das ich für das seltsamste von allen halte. Jamie, kannst du dir ein Volk vorstellen, das so enge Beziehungen zum Himmel – *seinem* Himmel – hat, wie etwa ... sagen wir einmal, die USA zu Kanada?«

»Doc, verlange, was du willst, ich stelle mir alles vor.«

»Wir sprechen von der ›anderen Welt‹ der Eingeborenen. Was bedeutet das für dich?«

»Nichts. Irgendeinen Zustand der Entrückung, wie die Inder ihn kennen.«

»Ich frage nur. Denn wie man mir sagte, habe ich mit einem aus dieser ›anderen Welt‹ gesprochen. Nämlich den ›Alten‹. Jamie, ich glaube, ich habe mit einem *Geist* über unseren neuen Kolonisationsvertrag verhandelt.«

Marlowe wechselte die Farbe.

»Fall mir ja nicht vom Stuhl«, fuhr MacRae fort. »Ich werde dir sagen, was mich zu dieser Vermutung bringt. Als wir zu keinem Ergebnis kamen, wechselte ich das Thema. Wir sprachen Englisch, und mir fiel auf, daß der Alte ausschließlich Jims Wortschatz benutzte, als hätte er sich seine Sprachkenntnisse von Jim angeeignet. Ich bat ihn, spaßeshalber einmal anzunehmen, daß wir bleiben könnten, und fragte, ob uns die Eingeborenen dann die Benutzung ihrer Untergrundbahn nach Copais gestatten würden. Ich bin mit dieser Bahn zu der Konferenz gefahren – technisch ist sie ganz hervorragend. Der Alte schien erst nicht zu begreifen, wovon ich redete. Dann zeigte er mir einen Marsglobus – sehr naturgetreu, aber *ohne die Kanäle*. Gekko war mit dabei, genau wie er bei Jim gewesen ist. Der Alte und Gekko unterhielten sich darüber, *von welchem Jahr ich spräche*. Danach gingen plötzlich auf dem Globus sichtbare Veränderungen vor sich. Ich sah die Kanäle über das Antlitz des Mars kriechen. *Ich sah, wie sie gebaut wurden*, James!

Und jetzt frage ich dich«, schloß er, »was muß das für ein Wesen sein, das Mühe hat, sich zu erinnern, in welchem Jahrtausend es sich befindet? Hast du noch etwas dagegen, wenn ich es als *Geist* bezeichne?«

»Mir ist bald alles egal«, versicherte Marlowe ihm. »Vielleicht sind wir alle Geister.«

»Das war erst *eine* Theorie, Jamie. Jetzt kommt noch eine zweite: Geschöpfe wie Willis und die gewöhnlichen Eingeborenen und die Alten sind völlig verschiedene Rassen. Geschöpfe wie Willis sind drittklassige Bürger, Eingeborene sind zweitklassig, und die eigentlichen Herrscher bekommen wir nie zu Gesicht, weil sie tief unter dem Marsboden hausen. Es ist ihnen gleichgültig, was wir hier oben anstellen, solange wir uns anständig aufführen. Wir dürfen gewissermaßen im Park spazierengehen und den Rasen betreten, aber wir dürfen die Vögel nicht erschrecken. Vielleicht war der Alte aber auch nur ein Phantom, und ich war von Gekko hypnotisiert. Vielleicht. Sag du es mir.«

»Ich kann gar nichts dazu sagen. Ich bin nur froh, daß es dir gelungen ist, einen Vertrag abzuschließen, der es uns erlaubt, hierzubleiben. Ich glaube, es werden noch viele Jahre vergehen, ehe wir die Eingeborenen verstehen.«

»Das ist sehr milde ausgedrückt, Jamie. Noch fünfhundert Jahre nach Kolumbus wußte der weiße Mann nicht, wie ein Indianer dachte und fühlte – und dabei sind Europäer und Indianer vom gleichen Menschenschlag und einander so ähnlich wie Erbsen. Doch hier handelt es sich um *Marsgeschöpfe.* Wir werden sie niemals begreifen. Unser Weg führt wahrscheinlich sogar in eine ganz andere Richtung.«

MacRae erhob sich. »Mir ist nach einem Bad zumute, und dann möchte ich schlafen – aber erst muß ich noch mit Jim sprechen.«

»Augenblick noch, Doc. Glaubst du, daß wir große Schwierigkeiten haben werden, die Autonomieerklärung durchzusetzen?«

»Sie muß durchgesetzt werden. Die Beziehungen zu den Eingeborenen sind zehnmal heikler, als wir dachten. Stell dir nur einmal vor, auf der Erde sollten in dieser Hinsicht Entscheidungen gefällt werden – von Leuten, die noch nie einen Eingeborenen zu Gesicht bekommen haben.«

»Das meinte ich nicht. Werden wir auf sehr starken Widerstand stoßen?«

MacRae kratzte seine Bartstoppeln. »Auch früher schon haben die Menschen um ihre Freiheiten kämpfen müssen, Jamie. Ich weiß es nicht. Wir müssen die Leute auf der Erde davon überzeugen, daß wir autonom werden müssen. Bei den Ernährungsschwierigkeiten und Überbevölkerungsproblemen, vor denen man dort steht, wird man froh sein, wenn es hier zu einer friedlichen Regelung kommt. Es wäre nur zu ihrem Vorteil.«

»Ich hoffe, du hast recht.«

»Auf lange Sicht muß ich recht behalten. Wir haben die Eingeborenen hinter uns. Und jetzt werde ich gehen und Jim auf den Verlust vorbereiten, der ihm bevorsteht.«

»Er wird sehr traurig sein«, sagte Jims Vater.

»Das gibt sich wieder. Vielleicht findet er einen anderen Willis, dem er Englisch beibringen kann. Außerdem ist Jim in wenigen Jahren ein erwachsener Mann mit anderen Interessen und anderen Sorgen.«

Nachdenklich fügte er hinzu: »Aber was aus Willis wird, wüßte ich selbst für mein Leben gern.«

Jim nahm es ziemlich gut auf. Er akzeptierte MacRaes sehr behutsame Erklärung und nickte schließlich. »Wenn Willis überwintern muß ... na ja, da kann man halt nichts machen. Und ich werde schon keinen Aufstand veranstalten, wenn die anderen ihn holen kommen.

Es ist nur so, daß Howe und Beecher kein *Recht* hatten, Willis zu behalten.«

»Das siehst du ganz richtig, mein Junge. Aber es ist gut für Willis, mit den Marsbewohnern zu gehen, weil die wissen, wie sie sich um ihn kümmern müssen, wenn er Pflege braucht. Du hast es ja gesehen, als du bei ihnen gewesen bist.«

»Ja«, erwiderte Jim. »Kann ich Willis denn mal besuchen?«

»Er wird dich doch gar nicht bemerken«, sagte MacRae. »Er schläft.«

»Nun ja ... aber wenn er aufwacht, Doc, wird er mich dann erkennen?«

MacRae blickte Jim ernst an. Dieselbe Frage hatte er dem alten Marsianer gestellt. »Ja«, antwortete er wahrheitsgemäß. »Willis' Gedächtnis bleibt erhalten.« Doch er verschwieg Jim den Rest der Antwort – daß die Umwandlungsphase mehr als vierzig Erdenjahre dauern würde.

»Na, das ist ja mal eine erfreuliche Nachricht. Dann werde ich bis dahin fleißig auf der Akademie pauken.«

»Das ist die richtige Einstellung.«

Jim blickte zu Frank hinüber, und die beiden Freunde gingen zu ihrer alten Stube in der zur Zeit mädchenleeren Akademie. Jim hielt Willis behutsam in den Armen und erzählte Frank, was der Doc ihm gesagt hatte. Willis lauschte, doch das Gespräch schien den kleinen Marsianer nicht weiter zu interessieren, denn er gab keinen Kommentar dazu ab.

Willis wurde das alles zunehmend langweilig, und er begann zu singen – das Lied, das er als letztes gelernt hatte: Es war der Tango, den Jim von Frank bekommen hatte.

Quien es la Senorita?

Als Willis verstummt war, sagte Frank: »Wenn Willis dieses Lied singt, hört er sich wie ein Mädchen an.«

Jim kicherte. »*Quien es la Senorita,* Willis?«

Das kleine Wesen brachte eine verärgerte Miene zustande. »Willis lieber Junge!« sagte er mit Nachdruck.

ENDE

Greg Mandel, Ex-Mitglied des MINDSTAR-Batallions, verdient sich sein Geld inzwischen als Privatdetektiv mit einer ausgefallenen Eigenschaft: Er kann Gedanken lesen. In einer High-Tech-Zeit, in der Verbrechen über Computernetze verübt werden, in einer Zeit künstlicher Intelligenz ist Greg Mandel derjenige, der gerufen wird, wenn es hart auf hart kommt. So auch, als ein Saboteur die mächtige Organisation EVENT HORIZON bedroht. Doch diesmal ist das Netz der Intrigen, in das Mandel verstrickt wird, besonders dicht. Wertvolle wissenschaftliche Entdeckungen stehen auf dem Spiel – und sogar die Zukunft der Erde . . .

Lange mußte die SF auf einen Autor wie Hamilton warten: Bei ihm verbindet sich auf geniale Weise die Tradition der Space Opera mit den modernsten Entwicklungen in der SF. Somit führt Hamilton das Genre einen Schritt weiter in die Zukunft, und das völlig unaufdringlich in einem erstklassigen Krimi!

ISBN 3-404-23202-X

BASTEI LÜBBE

Ein Klassiker der Science Fiction in Neuauflage. Der preisgekrönte, brillante Roman Larry Nivens liegt hiermit, in der kongenialen Übersetzung von Axel Merz, erstmals vollständig, ungekürzt und bis ins Detail werkgetreu vor: eine Neuentdeckung, ebenso spannend wie die Entdeckungsreise auf die Ringwelt selbst.

Abenteurer dreier verschiedener Rassen unternehmen eine waghalsige Expedition zum größten Wunder der Milchstraße: Einst baute ein längst vergessenes Volk eine gigantische ringförmige Welt, die um eine Sonne rotiert. Die Abenteurer glauben, auf einem verlassenen Artefakt zu landen – doch die Ringwelt ist nicht tot ...

ISBN 3-404-24238-6

BASTEI
LÜBBE

Acht Millionen Dollar für einen einzigen Sonderauftrag? Für einen einfachen Flug zur zehn Lichtjahre entfernten neuen Erdkolonie EMPYRION und die Erstellung eines Lageberichts? Wie hätte Orion Treet da widerstehen können? Allen Berichten zufolge ist EMPYRION ein Paradies, doch Treets Erwartungen werden aufs bitterste enttäuscht. Er findet sich inmitten eines Konflikts zwischen zwei völlig unterschiedlichen Zivilisationen wieder, der Bevölkerung von Dome und den friedfertigen Fieri. Seine Gefährten von der Erde lassen ihn im Stich, und Treet wird zu einem Spielball in einem tödlichen Glaubenskrieg ...

BESTSELLER-Autor Stephen Lawhead gehört zu den großartigsten Erzählern des Genres. Seine Bücher wurden mehrfach ausgezeichnet. Die zweiteilige Saga um Orion Treet liegt hiermit erstmals in deutscher Übersetzung vor.

ISBN 3-404-24233-5

BASTEI
LÜBBE